A Terra Tremeu?

Da Autora:

Uma Cama para Três

A Terra Tremeu?

CARMEN REID

A Terra Tremeu?

Tradução
Maura Paoletti

Copyright © Carmen Reid, 2003
Título original: *Did the Earth Move?*

Capa: Carolina Vaz
Ilustração de capa: Gavin Reece/New Division
Foto da autora: Richard Chambury
Editoração: DFL

2010
Impresso no Brasil
Printed in Brazil

CIP-Brasil. Catalogação na fonte
Sindicato Nacional dos Editores de Livros, RJ

R284t	Reid, Carmen
	A Terra tremeu?/Carmen Reid; tradução Maura Paoletti. – Rio de Janeiro: Bertrand Brasil, 2010.
	308p.
	Tradução de: Did the Earth move?
	ISBN 978-85-286-1419-0
	1. Romance inglês. I. Paoletti, Maura. II. Título.
	CDD – 823
09-6355	CDU – 821.111-3

Todos os direitos reservados pela:
EDITORA BERTRAND BRASIL LTDA.
Rua Argentina, 171 — 2º andar — São Cristóvão
20921-380 — Rio de Janeiro — RJ
Tel.: (0xx21) 2585-2070 — Fax: (0xx21) 2585-2087

Não é permitida a reprodução total ou parcial desta obra, por quaisquer meios, sem a prévia autorização por escrito da Editora.

Atendimento e venda direta ao leitor:
mdireto@record.com.br ou (21) 2585-2002

Agradecimentos

Muito obrigada:

Thomas. Jamais teria conseguido sem você, seu apoio incansável, seu senso de humor (quase!) infindável e nossos maravilhosos e exaustivos filhos.

A meus maravilhosos pais, por me ajudarem além do esperado.

Às pessoas que cuidaram de mim e deram duro para garantir que meu trabalho fosse o melhor possível: meus agentes, Darley Anderson e Carrie Neilson, e Diana Beaumont, da Transworld.

A Debbie Turnham, por me ajudar a encontrar meu caminho.

A Sophie Ransom, da Midas.

Às pessoas que gostaram do primeiro livro, acreditaram em mim e mandaram as amigas comprarem um exemplar; em especial, Tash, Son, Sarah, Lucy, Georgina, Ali e Jo.

A minhas amigas do East End Mummy.

Muito carinho e agradecimentos a Scott — pelas noites no jardim, por sempre ter tempo e por ser um Paizão moderno para os meninos. Nossos corações estão partidos e sentimos muito a sua falta.

Capítulo Um

— Nils.

— O quê?

— Nada. Só estou experimentando. Nils... Nils... — Ela repetiu devagar, com a cabeça apoiada no braço dele, perigosamente perto de adormecer bem no meio da tarde. Era tão bom. Como é que se esquecera de como era bom?

Eva virou-se e sorriu para o rosto largo e sardento no travesseiro a seu lado.

— Seria bom repetir a dose qualquer dia desses — comentou, sentindo um arrepio ao reviver mentalmente os melhores momentos.

— Sim, por favor — ele respondeu, com seu sotaque holandês, gostoso como pão quente com manteiga, que foi o responsável por tudo o que aconteceu entre eles.

Ele rolou para o lado e apoiou a cabeça na mão para vê-la melhor. Tão bonita, uma beleza tipicamente inglesa: magra como um palito, nariz perfeito, lábios finos, cabelos loiros demais, longos demais, descabelados demais, as *unhas*... as mais feias que já vira e achava isso enternecedor. Será que ela andara cavando na terra sem luvas?

Sem dizer uma palavra, apenas sorrindo, deslizou a ponta do dedo bem devagarzinho, do queixo ao umbigo dela.

— Você é linda nua — disse.

— Você também — ela respondeu e aproximou-se, apertando um corpo contra o outro. — E agora sei que você é loiro natural — brincou, descendo os dedos do peito até os caracóis úmidos na base do estômago dele.

Ele colocou os dois braços ao redor dela, apertando-a com força, e ela ouviu-se soltando um suspiro de alívio. Estava tudo OK. Era bom. Era divertido. Ela ia ficar bem. Seria capaz de seguir em frente.

Ouviu um arranhar vigoroso e soltou-se do abraço. Uma de suas gatas cinza estava esparramada aos pés da cama, coçando a orelha.

— Elas vão ficar curadas? — Perguntou a Nils.

— Mais uma semana aplicando as gotas, e o problema termina. Mas espero que você me telefone mesmo assim.

Nils era seu veterinário, quer dizer, o veterinário das gatas. Conheciam-se há quase um ano. Riram e flertaram na clínica. Ela já havia visitado o apartamento dele, no andar de cima do consultório, para tomar um café escaldante em uma elegante xícara azul e branca. Mas essa era a primeira vez em que ela e as gatas abriam caminho até o quarto simples e bem arrumado que agora analisava: paredes brancas, lençóis brancos, móveis de madeira escura onde livros, roupas e sapatos estavam bem guardados e uma cama que estalou, gemeu e balançou de modo assustador a tarde toda.

A janela era grande, com cortinas listradas cinza, bem masculinas, e através do vidro podiam-se ver os galhos sem folhas de uma cerejeira. Era um dia claro, no princípio de fevereiro, mas o sol que entrava pela janela era morno.

— Face sul — raciocinou em voz alta —, você pode cultivar plantas exóticas nas janelas... pimenta, tomate, manjericão... posso fazer isso para você, se quiser.

— Jardineiras nas janelas? — Ele retrucou. — É nisso que vocês inglesas malucas pensam em vez de sexo, não é?

— Não! Eu faço sexo... às vezes. De vez em quando.

— Você não pode realmente dizer que uma tarde de sexo em três anos é "de vez em quando", pode? Três anos! Como é que pode?

— Sou uma garota ocupada — respondeu.

— Sei disso.

— Tenho quatro filhos, dois ex-maridos, trabalho em período integral, duas gatas, um jardim, um apartamento muito bagunçado e um carro velho... — Ela fez a lista contando nos dedos e encolheu os ombros... Como se esse pequeno resumo fizesse jus a seu passado louco e complicado. Mas o quanto é que um novo amante deseja mesmo saber sobre seus filhos e suas histórias?

Denny, com 22 anos, Tom, que acaba de completar 20 (sem falar no pai deles, desaparecido há anos), Anna, com 9, Robbie, com 2, e o pai deles, Joseph. O complicado. O homem que ela mais amou, mais odiou, mais desejou e mais afastou. Brincou com o anel de Joseph, que ainda está em seu dedo anular. Não, um novo amante não gostaria de ouvir suas histórias, especialmente sobre Joseph.

— Você é ocupada — Nils concordou. — Mas fico feliz por ter tirado uma tarde de folga.

— Acha que sua recepcionista desconfia de nós? — Enroscou uma perna ao redor da dele e registrou todas as movimentações entre elas.

— Como poderia? Nem eu suspeitava de nós — ele respondeu.

— Ah, mas eu sim. — E deu uma risadinha com um timbre deliciosamente rouco, que ele esperava significar que iriam recomeçar tudo.

Ele encostou sua boca quente com gosto de café na dela, puxou-a para cima dele, e ela sentiu uma nova onda de interesse. Uau! Saiam de perto, lá vem uma explosão.

— É como andar de bicicleta. — Foi a frase que surgiu repentinamente em sua cabeça. Podem ter sido três anos de abstinência, mas nunca se esquece como se faz. A língua dele agora explorava partes de seu corpo, tornando impossível envergonhar-se da excitação que tomava conta de si, sendo tocada, acariciada dos pés à cabeça.

Ouviu a si mesma gemendo, em uma estranha sensação de estar fora de seu corpo:

— Sim. Sim. *Ahhhh... Mais...* — Mais? Esse era o problema. Mais. Agora estava encrencada. Reativara o botão do sexo e iria querer Nils de manhã, de tarde e de noite. Repetiu para si mesma que andava mesmo MUITO OCUPADA.

— O quê? — A cabeça dele apareceu por baixo do edredom, e ela arregalou os olhos, surpresa.

A Terra Tremeu?

— O quê? — ela perguntou, mas desconfiava que dissera a última frase em voz alta.

— Está se sentindo cansada?

— Não, não. Estou bem. — Qual a maneira correta de lidar com uma situação dessas? Dizer "por favor, continue"?

— Tem certeza?

— Claro que tenho certeza.

Estava sobre ela, apoiado nos braços, e ela não resistiu a dar um apertãozinho nos bíceps duros e alvos.

— Você é adorável — ela disse com sinceridade. Ele era. De um modo completamente diferente do... ah, não, não comece... esqueça... por favor, concentre-se no veterinário musculoso que está passando a língua e cheirando seu pescoço, cujas pontas dos dedos estão percorrendo, circulando lá, lá... ah, sim...

Ela enroscou suas pernas ao redor dele, e ele penetrou-a novamente. Sem sexo durante três anos e, de repente, três vezes na mesma tarde. Será um recorde? Sem dúvida, era uma overdose. Como ela iria explicar a irritação em seu rosto causada pelo arranhar da barba?

Mas estava feliz em ter dado o passo que faltava para confirmar a certeza crescente de que Nils van der Hoeven era provavelmente o homem que a ajudaria a fazer a transição entre a separação, o estar solteira e o voltar a namorar. Havia marcado a consulta para as gatas — que estavam mesmo com problemas no ouvido, ela não causara a infecção voluntariamente —, mas escolhera o horário mais perto do fim do expediente da clínica. Esperava que ele não tivesse nada planejado e que ela ainda soubesse os pontos básicos de como seduzir um homem ou, pelo menos, como passar a mensagem de que ele podia tentar seduzi-la.

Foi pensando nisso que se abaixou para pegar as gatas na salinha de exames de Nils, de modo que a calcinha fio-dental prateada aparecesse por baixo da calça camuflada justa. Quando se virou, percebeu que ele desviava o olhar, como ela queria, para o decote do cardigã rosa grudado no corpo, exibindo os seios estrategicamente posicionados dentro de um sutiã Wonderbra.

— Acho que estão com os ouvidos infeccionados. — Passou o braço cheio de braceletes tilintando pelo cabelo e sorriu com os lábios recobertos de brilho, pensando que talvez estivesse exagerando um pouco. Ele examinou os animais cuidadosamente, e as duas meninas rechonchudas, que era como ela pensava em suas gatas, ronronaram e ficaram sentadas quietinhas.

— Estive fora e não sei há quanto tempo estão assim — disse.

— Tudo bem... e onde você esteve? — Ele perguntou com aquele sotaque que tinha um estranho efeito hipnótico, que a induzia a abrir o zíper.

— Ah, nenhum lugar interessante, visitando familiares no interior.

— Nenhum lugar interessante... hummm... minha cliente mais interessante diz "nenhum lugar interessante" — ele provocou.

— E o que faz você me achar tão interessante assim? — Ela sorriu para ele. Ah, estar ali sob o brilho daqueles calorosos olhos cor de âmbar era como tomar sol. Sentia-se tão feliz e relaxada que precisou lutar contra o desejo insuportável de começar a tirar a roupa naquele exato momento.

Por um segundo, só conseguia pensar em fazer sexo no piso de linóleo desinfetado, sob o olhar das gatas, com a sala de espera cheia de aposentados e de seus cães com prisão de ventre e periquitos perdendo as penas, murmurando sobre o atraso e tentando imaginar o que poderia ser aquele barulho sincopado.

Meu Deus, Eva, controle-se. Tentou apagar a imagem de sua mente.

Mas ele era tão bonito e *real*. As mangas arregaçadas do jaleco branco mostravam dois antebraços fortes, recobertos de sardas e pelos dourados. Não conseguiu evitar imaginar o corpo forte e dourado por baixo do jaleco. Olhou para o rosto dele, o maxilar largo, os cabelos castanho-claros, que davam a leve impressão de terem sido cortados com uma tigela. Ele era maravilhoso. Devia estar na casa dos 35... Não era nenhum bebê e inexplicavelmente solteiro.

— Bom — ele respondia a uma pergunta da qual ela não se lembrava mais —, ainda não sei os motivos pelos quais alguém como você usa

A Terra Tremeu?   11

um anel de noivado, veste-se como uma adolescente e vive sozinha com crianças e gatas nesta parte da cidade. Acho que deve ser uma história muito interessante... não?

— É... talvez. Gosto daqui. — Ela sorriu de volta, respondendo somente à parte fácil da pergunta.

— Eu também.

— E, afinal de contas, por que as pessoas permanecem solteiras? — Sorriso enorme, uma remexida de leve no cabelo. — Você é solteiro?

— Sou. — A resposta foi curta enquanto cruzava os braços e olhava direto para ela. — Estou prestes a encerrar o expediente. Gostaria de subir e tomar uma xícara de café?

— Claro que sim. Teria me convidado se você não perguntasse — ela confessou.

— Mesmo?

Voltou à sala de espera com as gatas, quase sem fôlego por causa do suspense. Discretamente, arrumou o cabelo, deu uma levantada nos seios e puxou as calças camufladas, pensando se ainda sabia como fazer isso: deixar alguém perceber que você deseja um pouco mais do que amizade. Não muito mais — só um pouquinho.

— Também tenho vinho — disse enquanto ela subia as escadas do apartamento atrás dele. — Você prefere uma taça de vinho?

— Pode ser, se você quiser, ou talvez Ketamine? Você sabe, aquele tranquilizante para cavalos, aparentemente age mais rápido. — *Ah, meu Deus, fiquei maluca de vez.*

Estavam no hall, e ele virou-se com uma expressão divertida no rosto.

— Desculpe, por que estou fazendo piadas sobre tranquilizantes equinos? Pode me dar um tiro. Quer dizer... não estou dizendo que você dá tiros em cavalos... bom, talvez dê... mas somente quando é mesmo necessário. — *Não foi fácil, foi?*

Mas Nils deu um sorriso largo demais, como se estivesse se controlando para não cair na gargalhada, e acrescentou:

— Não há muitos casos que exigem o sacrifício de cavalos em Hackney. Quer soltar as gatas? Elas podem explorar o apartamento à vontade.

Ela inclinou-se para frente, na penumbra do pequeno hall, para abrir a trava da caixa de transporte, e, quando se endireitou, beijaram-se.

Só isso. Tão simples que não conseguiria explicar como foi que aconteceu. Abaixar, soltar a trava, levantar e beijar.

A decisão deve ter sido simultânea, porque as bocas se encontraram no meio do caminho. No início, somente os lábios se tocaram, depois, vagarosamente, as línguas.

Somente quando tudo começou foi que percebeu o quanto queria que acontecesse. Um beijo... beijar... Meu Deus, estava *faminta* por beijos. Envolveu-o com seus braços, para que ele não parasse, um holandês muito excitado... vestindo um jaleco branco... com cheiro de desinfetante... Várias fantasias reunidas em uma só.

Sentiu seu sutiã abrir nas costas e as mãos dele sobre sua pele, movendo-se meio sem graça na direção dos seios. A excitação de estar fazendo isso com um novo alguém era tão intensa que se aproximava do terror. Um rosto diferente, uma boca maior e mais macia, uma nova ilha humana a ser explorada em sua totalidade. Agarrou os botões do jaleco engomado e começou a desabotoá-los, precisava sentir aquele corpo quente e nu contra o dela.

— Miauuuuuu! — Ele pisara em uma gata, mas quem liga?

Ah, ele liga, está na cara.

— Sinto muito. — Ele a soltou e seguiu a gata em direção ao quarto.

— Ela vai ficar bem. — Eva, com a voz rouca, também entrou no quarto, braços cruzados sobre o cardigã e sutiã desabotoados, e o observou enquanto ele examinava a gata rapidamente.

— No seu trabalho, você deve pisar nos gatos o tempo todo — brincou.

— No meu *trabalho* — que saiu como "trrrrabalhu" e fez os joelhos dela tremerem —, devo tentar *não* pisar nos gatos.

Aproximou-se mais dela, esperando que não tivesse assassinado o momento, como quase fizera com a gata.

A Terra Tremeu? 13

— Onde estávamos? — Ela perguntou, prendendo as mãos ao redor da cintura, enganchando os dedos nos passadores do cinto e puxando-o em sua direção.

— Refresque minha memória — ele respondeu, chegando perto, movendo sua boca em direção à dela, alisando seu cabelo com as mãos, fazendo círculos ao redor do pescoço e dos ombros até que a possibilidade de tirar todas as peças de roupa e de ir para a cama com este estranho e novo homem se tornou muito real.

Ela deixou-o abrir o primeiro botão de suas calças, depois ele sentou-se na cama e puxou-a para seu lado. Afastando os pensamentos insistentes de que ele não era Joseph... era um novo homem... uma primeira vez... deixou que ele tirasse suas roupas e movesse a boca para baixo, tocando os mamilos frios, a barriga macia e os ossos arqueados do quadril até que chegou lá; provando, tocando, insistente e persuasivo. Apesar de suas reservas sussurradas — "*Não... não... ainda... não...*", porque isso parecia tão íntimo e estranho —, tudo se tornara irresistível, e ela baixara lentamente a guarda, fechara os olhos e enrolara os cabelos encaracolados e pouco familiares com seus dedos, abrindo-se ao toque trêmulo, à respiração, ao marulhar constante de ondas submarinas. "*Não!*" Ia gozar antes mesmo de abrir o zíper dele, percebera quando aconteceu, com um tremor silencioso.

Nils levantara-se e despira-se, com naturalidade, sem quebrar o olhar fixo no dela, que o observava. Removera a camisa e a camiseta, desabotoara as calças e puxara-as junto com a cueca samba-canção e as meias. Tinha um corpo quadrado, forte, tão loiro quanto ela esperava, surpreendentemente sardento, mas espetacularmente atraente.

Incapaz de tirar os olhos de cima dele, aguardou nua na cama — com o coração pulando em seu peito — para que ele colocasse um preservativo e voltasse.

Quando ele se moveu dentro dela, Eva teve de dobrar os joelhos para cima e colocar os calcanhares nas nádegas dele para abrir espaço. Mas era perfeito sentir-se pequena, como se estivesse grudada a este grande homem-urso para não desabar. Colou-se nele, sentiu seu tamanho e calor e conseguiu afastar todos os pensamentos chorosos que queriam vir para a superfície.

Ele também ia gozar depressa. Sentiu-o fazer um esforço momentâneo para diminuir o ritmo e aguentar, mas depois desistira com um suspiro e caíra sobre ela.

Mais tarde, fizeram sexo mais lentamente, conversando. Joseph chamava isso de sexo mantra (mas não devia estar pensando nele).

— Como é que ainda não casou? — perguntou a Nils.

— Mulheres britânicas não gostam de veterinários — ele respondeu. — Todas assistiram à série de TV *Todos os tipos de animais* quando estavam em uma idade impressionável. Estão sempre pensando em onde minhas mãos andaram e se tenho *certeza* de que as lavei.

— Argh! — Ela deu risadinhas.

— Não sei — respondeu, um pouco mais sério. — Provavelmente porque ainda não encontrei a mulher certa.

— Sempre quis transar com um holandês — ela disse.

— Por quê?

— Porque vocês são tão liberais, supostamente nada choca vocês, e imagino que tenham várias boas ideias.

— Entendi — disse, mudando de posição e explicando que nascera em uma das minúsculas ilhas protestantes e puritanas da Holanda e que ia à igreja seis dias na semana até completar 19 anos e se mudar de lá para ir à faculdade.

— Ah.

— Mas isso não quer dizer que não tenho algumas ideias boas e, diga-me, por favor, que vai gozar logo...

— Ah, sim.

— Já são quase cinco da tarde, não é? — ela perguntou, tentando erguer a cabeça do travesseiro. — Tenho mesmo que ir embora.

Saiu da cama, pegou a calcinha minúscula e deitou de costas no chão. Apoiou os quadris nas mãos e ergueu as pernas para o ar, inclinando-as em direção à cabeça, até que os pés tocassem o solo.

— O que está fazendo?! — Ele perguntou, sentando-se na cama para assistir.

A Terra Tremeu?

— Estou alongando as costas um pouco — ela respondeu, sorrindo, com ar surpreendentemente confortável.

— Não é perigoso?

— A pose do arado? Não, não quando alguém faz ioga há tanto tempo quanto eu. Desde antes da década de 90 — acrescentou e imediatamente desejou não ter feito isso. Não queria que ele se lembrasse de que ela era... bem... digamos... alguns anos mais velha do que ele.

Manteve a pose por alguns minutos, depois girou o corpo e começou a vestir-se. Ele perguntou se ela gostaria de marcar outra "consulta".

Essa era a parte da qual não tinha certeza.

— Tenho um monte de coisas... e crianças para cuidar. Realmente não sei... — A voz dela falhou.

— Quer me ver novamente, Eva? — Ele perguntou, sentado na cama muito desarrumada.

— Sim. Eu só...

— Psiu! — Ele colocou um dedo nos lábios dela. — Tudo bem. Não há pressa. Vamos ver como as coisas caminham.

— Obrigada. — Ela sentou-se a seu lado e, colocando as mãos em seu rosto, puxou-o para um beijo. Para surpresa dele, foi um beijo na testa, um adeus levemente maternal.

— E o que isto tem a ver com a situação? — Ele segurou a mão esquerda dela e passou o polegar sobre o anel de esmeralda no dedo anular.

— Ah, nada... verdade. É o hábito. Nos separamos há um tempão... você sabe disso... — Sentiu o rosto corar e ficou irritada, o que fez com que a vermelhidão aumentasse. — É que não houve ninguém desde então. De modo que tudo isto... é uma novidade.

— Não há pressa — ele repetiu com firmeza.

— Tenho certeza de que vou lhe contar tudo a respeito. — Ela sorriu, vestiu as calças, calçou os sapatos e pegou o cardigã. — Mas não hoje.

Capítulo Dois

Quase todos os dias, o expediente de Eva no escritório terminava às 16 horas, mas o *trabalho* não. Às vezes, parecia que o trabalho só acabava quando mergulhava na banheira, às 22h30, com uma taça enorme de vinho tinto na mão.

Mas era às 16 horas que mudava de turno. Quando a oficial de condicional Eva desligava o computador e fechava os arquivos sobre os garotões do dia, transformava-se em mamãe Eva e, nas próximas horas, iria cozinhar, corrigir a lição de casa, dar banho, lavar a roupa, passar aspirador e muito mais.

Hoje, sexta-feira, nada era diferente. Primeira etapa: correr para o ponto de ônibus e descer perto da casa da babá de Robbie. Sempre tocava a campainha da casa de Arlene com três toques rápidos, assim, Robbie sabia que era ela e saía bamboleando pelo corredor, gritando de felicidade, pronto para jogar-se em seus braços assim que a porta abrisse.

— Olá, coelhinho — disse com o rosto enfiado nos cabelos dele, enquanto ele agarrava-se ferozmente a seu pescoço. Eva e Arlene batiam um papinho na soleira da porta... o que haviam feito, o que ele comera, quanto dormira... Depois, Robbie montava em seu bugue, e desciam rua abaixo em disparada para pegar Anna no clube.

Os encontros com Anna não eram tão calorosos. Sua filha, loira e alta, estava sentada à mesa que ficava encostada na parede da sala de recreação do clube e não os vira entrar. Estava fazendo a lição de casa, completamente alheia ao caos a seu redor, com crianças jogando pingue-pongue e bilhar, brigando para ver de quem era a vez de brincar no PlayStation.

— Anna! — O supervisor teve de chamar várias vezes antes que ela o ouvisse. Só então se virou, deu um rápido sorriso para a mãe, virou-se novamente, terminou de escrever a frase ou fazer a conta, seja lá o que estava estudando, e só então guardou os livros e os cadernos, tudo muito bem organizado, como uma miniexecutiva arrumando a pasta no fim do dia.

Anna permitiu que Eva a beijasse na bochecha, nada mais. Depois, inclinou-se para dar um beijo de olá em Robbie, de um modo doce, mas condescendente e muito contido para uma menina de 9 anos.

— Então, conte-me tudo — Eva disse quando saíram do clube, e a caminhada de 15 minutos até a casa ficou repleta de novidades e fofoquinhas da escola.

Eva não pôde deixar de notar que a casa grande da esquina, maltratada e pouco amada, com o jardim descuidado, finalmente estava à venda.

Chegavam por volta das 17 horas ao pequeno apartamento térreo de dois quartos que era a base da família de Eva há mais de dez anos.

Abrir a porta era sempre um alívio: os três adoravam estar em casa. Anna correu para seu quarto, e Eva carregou Robbie para o quarto dela, sentando-o na cama, de onde ficou observando a mãe tirar a roupa de trabalho e vestir jeans, uma blusa colorida, meias de lã e um par velho e decrépito de sandálias Birkenstock. Só então se sentia novamente no papel de mamãe.

Tirou os brincos, escovou o cabelo e tentou sentir-se um pouco energizada para as últimas etapas do dia: jantar, lição de casa, encontrar Joseph que vinha buscar Anna, banhos e cama.

— O que vamos comer hoje à noite? — Anna perguntou do quarto ao lado.

— Sopa, salada, pão e queijo — Eva respondeu, sabendo que o cardápio não era novidade na rotina alimentar.

— Que tipo de sopa?

— Cenoura e lentilhas — foi a resposta, e não esperava ouvir um gemido como reação. A sopa era um de seus pratos mais apreciados.

Anna entrou no quarto usando calças cáqui e uma camiseta branca de mangas compridas. Achava muito difícil compartilhar do gosto da mãe por calças de cintura baixa, com detalhes em lantejoulas, blusas extravagantes e bijuterias de contas.

— Como vão as coisas? — Eva perguntou, mas, antes que Anna pudesse responder, Robbie despencou da cama e aterrissou no piso de madeira, dando início a uma chuva de lágrimas.

Depois de muito carinho, ele se acalmou, e Anna respondeu:

— Tudo bem, sobrevivendo, tentando manter meus limites e não me envolver muito com todas as crianças da minha classe, que ainda se comportam como bebês.

— Hummm. — Eva balançou a cabeça. Já sabia por experiência própria que a melhor coisa era não se deixar levar em uma conversa de psicologia barata com Anna, pois tudo sempre terminava com gritos de "Você simplesmente não quer compreender!"

Às vezes, Eva se preocupava se era normal que uma menina de 9 anos estivesse desesperada para ser psiquiatra, passando a maior parte do tempo livre lendo manuais de psicologia. Mas, diabos, o que é normal? É melhor não perder muito tempo pensando a respeito.

Enquanto as crianças jantavam — Robbie partindo o pão em pedaços para que flutuassem "como patos" na sopa, e Anna tendo um ataque de choro porque derrubara suco de laranja na camiseta "e a mancha *nunca* vai sair" (gemido teatral) —, Eva tentava atender a um telefonema de seu filho mais velho, Denny.

— Já conheceu a nova namorada de Tom? — Denny perguntara, tentando falar mais alto que a cacofonia na cozinha.

— Sim. Não é adorável? Estou torcendo nos bastidores — Eva respondeu, porque esse parecia ser o primeiro grande romance de Tom. Ele sempre tivera namoradas, mas nenhuma realmente séria até agora. Quando ela conheceu Deepa, na semana passada, viu a amizade entusiasmada entre eles e ficou muito feliz. Deepa era adorável: uma estudante

A Terra Tremeu?   19

de medicina atraente, inteligente e muito divertida, como Tom, mas ambiciosa também. Isso era interessante porque Tom, mais displicente, nunca levara nada muito a sério, decidido a ser um surfista e programador de software sem se preocupar com nada pelo máximo de tempo possível.

— Eu sei — Denny concordou. — Não faço a mínima ideia do que ela viu em Tom.

— Denny! Ele está tomando jeito — Eva disse. — O trabalho vai bem. A parte financeira está melhorando. — Eva tinha uma capacidade de compreensão infinita por seu segundo filho, gentil, mas caótico.

— Mas o gosto para roupas continua ruim — Denny acrescentou.

— Bom... quem sabe Deepa dê um jeito nisso. Mas ainda é cedo. E você? Como vai? — perguntou, tentando ignorar Robbie que acabara de descobrir que podia zunir a sopa para o outro lado da mesa com a colher. — Como vai o trabalho?

— Vai bem. Temos um projeto grande para acontecer na semana que vem, cruze os dedos. Patrícia também está bem.

— Ótimo. — Neste momento, Anna foi atingida pela sopa.

— Tenho que desligar — ela disse em meio a gritos ensurdecedores.

— Mãe! Olha o que ele fez!

— Precisa mesmo — Denny disse às gargalhadas. — Faça um cafuné nos dois por mim.

— Vejo você em breve. Você está bem? — Ela perguntou rapidamente.

— Estou bem.

— OK, vocês dois... — Encaminhou-se, com toalhas de papel na mão, para a mesa coberta com plástico que virara uma zona de guerra. — Ele ainda é um bebê — foi seu comentário para Anna, que tinha lágrimas nos olhos.

— Posso comer o iogurte agora, mamãe? — Robbie olhou para ela com o sorriso mais enternecedor e charmoso que conseguiu fazer.

— Sim, sim, só um minuto. — Limpou tudo e todos, colocou um iogurte de frutas na frente de Anna e preparou-se para o debate noturno com Robbie.

— Quem está na geladeira hoje? — Robbie perguntou, animado.

Ela olhou para o interior da geladeira.

— James, Thomas, Annie ou Sir Topham Hatt. — Depois de resistir durante meses, desistira e comprara os iogurtes com os personagens de *Thomas e seus amigos*, um famoso desenho animado, e agora estava condenada para sempre. Robbie só queria comer o iogurte com o Henry. Na verdade, ela deveria simplesmente lavar o potinho do Henry, encher com iogurte comum e recolocar a tampa de alumínio. Por que nunca se lembrava de fazer isso?

— Mas eu quero o Henry — foi a resposta choramingada.

— Ah, não, Thomas vai chorar. — Eva imitou soluços saindo da geladeira. — Me coma Robbie, me coma — disse com uma voz tristonha.

Anna revirou os olhos.

Finalmente, Robbie concordou e deixou que ela colocasse uma colherada da gororoba rosa em sua boca.

Depois do jantar, colocou pratos, xícaras e tigelas na lava-louça minúscula que Denny e Tom lhe deram no Natal e foi para a sala com as crianças.

Acendeu as luzes, apesar de ainda estar claro, porque a sala ficava abaixo do nível da rua, e uma cortina natural de hera e clematite adornava as janelas.

Eva gostava do efeito esverdeado, era como se estivessem debaixo da água. Pintara as paredes da sala com uma tinta pêssego-claro, e a decoração consistia em um sofá surrado de segunda mão, estantes, luminárias de vidro colorido e fileiras de luzinhas brancas de Natal. O piso da sala, como todo o piso do apartamento, fora cuidadosamente lixado, alisado, pregado, as rachaduras preenchidas e encerado com suas próprias mãos. As janelas não possuíam cortinas, a folhagem já era suficiente.

Como nos demais ambientes do apartamento, as paredes da sala estavam cobertas com objetos interessantes: pôsteres, pinturas, fotos ampliadas que Denny havia tirado da família e uma grande quantidade de

A Terra Tremeu? 21

artesanato caseiro — palmas de mãos impressas em tinta azul-claro e emolduradas, árvores de massinha pintadas e envernizadas, dinossauros purpurinados, lenços estampados e até mesmo uma roupinha de bebê em tule rosa. Era uma coleção excêntrica que começara há anos, quando Denny e Tom eram pequenos.

Robbie subiu no sofá maior e começou a brincar com as almofadas. Eva colocou o vídeo do desenho animado *Thomas e seus amigos*, apertou o play e deitou-se ao lado dele, curvando-se de modo que ele tivesse espaço para sentar-se na dobra dos joelhos dela.

Anna tirou os livros da mochila e instalou-se na mesinha atrás do sofá. Desse modo, Eva podia ajudá-la com a lição de casa sem sair do lugar.

O tema barulhento do desenho começou, e Eva sentiu as pálpebras pesarem. Pensou quanto tempo poderia "descansar" os olhos, mantendo-os fechados, antes que Anna fizesse uma pergunta ou que Robbie enfiasse o dedo em seu rosto.

Mal se passaram 15 segundos quando a resposta à pergunta silenciosa veio.

— Quanto é mesmo seis vezes oito? — Anna perguntou.

— Bom, quanto é cinco vezes oito? — Ela retrucou.

— Quarenta, ou seja, mais oito, quarenta e oito.

— Muito bem. A propósito, sua mala está pronta? — Eva perguntou ao mesmo tempo em que a campainha tocou.

— É o papai? — O rosto de Anna iluminou-se.

— Vou ver. — Eva se endireitou no sofá e apanhou a si própria arrumando o cabelo. Ó meu Deus! Sem falar nas borboletas no estômago acompanhando a onda de tensão que Joseph sempre conseguia provocar nela. Ficou pensando se iria sentir-se diferente ao encontrá-lo hoje, depois de ter dado um passo tão grande e começado a se relacionar com outra pessoa... a sério.

Nunca imaginara que seria fácil manter uma amizade educada com Joseph. Viveram juntos por sete anos, e ela o amou durante todo o tempo. Haviam tido Anna e vários anos de felicidade, do tipo que nunca causa arrependimento, mas as coisas começaram a piorar muito antes da chegada de Robbie.

Na verdade, Eva jogara a toalha no meio da gravidez e pedira a Joseph que saísse de casa definitivamente. O que dera errado? A única explicação que encontrava era "ele mudou". Porém, isso não explicava direito todo o complicado conjunto de circunstâncias entre eles e só servia para tornar mais fácil para ela lidar com tudo. Agora achava que seu coração ainda estava partido e desconfiava de todos os novos homens em sua vida. Mas estava determinada a não ficar amargurada e acreditava que seria capaz de superar tudo algum dia — o que Joseph parecia ter sido capaz de fazer sem grandes problemas.

E lá estavam eles: separados, tentando ser educados e bons pais, fingindo ignorar todos os sentimentos difíceis e não resolvidos entre os dois.

Fora mais fácil quando Dennis, seu marido e pai dos dois meninos mais velhos, a abandonara. Ele escolhera uma ruptura clara e melodramática, seguida pelo desaparecimento. A adaptação à nova situação fora um choque e um pesadelo, mas, pelo menos, não havia essa confusão e as idas e vindas necessárias para ser amigo de alguém pelo bem das crianças.

— Olá, Joseph. — Levantou-se e sorriu quando ele entrou na sala.

— Oi, Eva. — Deu-lhe um beijinho rápido e leve no rosto. Apesar da tarde selvagem com Nils, ainda havia algo, uma leve comoção... um choque... quando ele fazia isso, o que a deixava muito irritada. Ainda era difícil desgrudar os olhos dele. Mas talvez não fosse um problema só dela. Ele era alto, esguio e musculoso, com olhos escuros e espessos cabelos negros. Muitas mulheres gostam de olhar para ele.

— Oi, Jofus — Robbie disse no sofá.

— Olá, amigão, como vai você? — Sentou-se no sofá para conversar com o filho, que pouco via. Ele e Eva concordaram que Robbie passaria os fins de semana junto com Anna, no apartamento de Joseph, em Manchester, quando o filho crescesse um pouco. Mas o tempo passara, e até o momento nenhum dos dois voltara a discutir o assunto. Cada um achava que o outro deveria dar o primeiro passo. Uma das várias picuinhas em seu relacionamento.

Joseph ficava tempo suficiente para tomar uma xícara de chá e manter a conversinha de costume: como estavam Anna e Robbie? Anna ia bem na lição de casa? O que estava lendo? O tempo todo, Eva o observava, registrando todo tipo de pequenos detalhes pessoais, e ele fazia o mesmo.

Ele passara o dia em reuniões na cidade, e o terno escuro tinha aquele aspecto suave, de uma roupa de corte perfeito e custo criminoso. Mas ele deu um toque casual ao conjunto, usando uma camisa preta, o menor celular do mundo no bolso de cima e o fio auricular preso ao longo do colarinho. Tinha um laptop novo. Ela viu a pasta leve e pequena aos pés dele. Sem dúvida, algo muito elegante e top de linha. Ele estava se dando bem, tornara-se um empresário rico e bem-sucedido. Como ela suspeitava... e odiava. Nunca aceitara pensão, mas fez questão de que ele depositasse o dinheiro em uma poupança para o futuro das crianças. E tentava não interferir nos presentes caros que ele comprava.

Anna voltou para a sala com uma malinha.

— Tem certeza de que isto cabe no porta-malas? — Eva não conseguiu conter a pergunta. Não lembrava a marca do carro de Joseph, mas era um carrinho esportivo, cintilante e bobo, e ela o detestava.

— Miiiiiaaaaauuuuu — Joseph disse, mas sorriu.

— Planos para o fim de semana? — Eva tentou voltar a usar a "voz educada".

— Muitos planos. Vamos nos divertir muito, não vamos, Anna?

— Sim. Michelle vai estar junto?

Joseph e Eva respiraram fundo involuntariamente. Sempre espere que uma criança de 9 anos faça perguntas constrangedoras.

— Ela se ofereceu para fazer o jantar de amanhã, se você quiser.

— Melhor comer antes de ir, querida. — Eva sabia que era um comentário maldoso e malicioso, mas não conseguiu se controlar.

Michelle, a namorada de Joseph, era — e Eva baseava-se somente em fotos e comentários de Anna — uma daquelas mulheres obcecadas por academias de ginástica e pela nova dieta da moda. Atualmente, Michelle não comia carboidratos e aparentemente nunca comera mais do que um pedacinho de bolo, uma bolinha de sorvete ou qualquer outra coisa doce, pelo profundo terror de que poderia perder o controle, se entupir de comida até as coxas virarem uma tora, a bunda explodir e as costuras da roupa de grife rasgarem.

Mas Eva se consolava pensando que ela não deveria ser nada divertida.

— Eva — Joseph advertiu —, comporte-se.

— Desculpe.

Mas então foi ele quem não pôde evitar.

— Pelo menos Michelle sabe cozinhar outra coisa além de lentilhas. Ai, ai, ai.

— Ah, me poupe — ela conseguiu retrucar, esperando dar a impressão de que ele não a magoara.

— Você tem planos? — Ele perguntou, talvez tentando compensar pela alfinetada.

— Sim. Tenho um encontro amanhã à noite. Nosso novo veterinário, um homem muito legal.

Se Joseph ficara surpreso, não demonstrou nada. Ela observara sua reação cuidadosamente, mas tudo o que recebeu foi um sorriso e uma frase educada.

— Que bom, espero que se divirta.

Sim, vou me divertir mesmo, disse para si mesma, surpresa com a mágoa causada pela falta de interesse dele. Era a primeira vez que comentava sobre um encontro. *Vou comer, beber, me divertir, trazê-lo para casa para uma maratona de sexo e não pensar nem um minuto em você.* Apesar de Nils não a ter convidado para jantar ou para sair, inventara tudo na hora só para irritar Joseph.

— Você vai *sair*? Com o *veterinário*? — Anna perguntou. Droga, chocara a única pessoa no mundo que não queria aborrecer. — Por que não me contou?

Eva ajoelhou-se e disse a Anna:

— Querida, é uma bobagem. Robbie vem junto, e vamos falar sobre as gatas. — Viram só... É por isso que quase nunca mentia. Tudo sempre se complica demais.

— OK. — Joseph pegou a mala de Anna e começou as despedidas.

— Dê um beijo em sua mãe e em Robbie, Anna. É hora de ir.

* * *

A Terra Tremeu?

Robbie estava na cama às 20 horas, aconchegado na parte debaixo do beliche com seus coelhos de pelúcia, lutando para manter os olhos abertos enquanto Eva lia uma história.

Jantou sozinha com o rádio ligado e depois fez uma ronda na casa para realizar as tarefas mais urgentes — ligou a máquina de lavar roupas, passou esfregão no piso da cozinha, passou pano nas superfícies e guardou as tralhas das crianças na caixa de brinquedos. Colocou os ingredientes e ligou a máquina de fazer pão, cortou legumes e colocou tudo na panela com água fervente.

Pelo menos Michelle sabe cozinhar outra coisa além de lentilhas. Não conseguiu evitar a lembrança enquanto mexia a sopa. Puxa vida, Joseph!

Até parece que no passado ele se preocupava com seu talento culinário, quando os meninos não estavam em casa, e Anna dormia no berço. Quando iam jantar à luz de velas na cozinha, um observando o outro comer, sabendo exatamente o que iria acontecer em seguida.

Lembrou-se de que ele deixava o molho de salada escorrer no braço dela, passando a língua do punho ao ombro, até que ela sentasse em seu colo, provando-o, cheia de desejo. Então, ele inclinava-se para trás, olhando para o interior da geladeira, verificando o que mais poderia usar para lambuzá-la.

— Que tal cubos de gelo... ou manteiga? Ah... um clássico: temos creme de leite *e* morangos.

— Sim, por favor.

Uma vez, ele inventara um bufê ridículo de iguarias para complementar o sexo oral: molho de salada grega, queijo cremoso, fatias de salmão defumado.

Às vezes, descrevia em detalhes o que iriam fazer depois da refeição, chegando a um ponto em que ambos estavam ofegantes e mal podiam comer.

— Veja este morango — dizia e o mergulhava na calda de chocolate ou caramelo, lambendo-o com a pontinha da língua, e ela o imaginava fazendo o mesmo com seu mamilo, clitóris ou ponta do nariz.

— Morango sortudo — ela respondia, incapaz de tirar os olhos do rosto dele, imaginando como agarrara um homem tão irresistível.

Por que era tão difícil esquecer Joseph?

Essa era a pergunta que ainda a acordava às três da madrugada e prejudicava seu sono.

Ele *parecia* ser exatamente o homem que tanto amara. Mas não conseguia acreditar no que ele havia se tornado. Era como se ela, mesmo depois de tanto tempo, ainda esperasse que ele abandonasse o cargo de executivo, devolvesse o carro, os celulares, o laptop e os brinquedinhos eletrônicos e aparecesse na porta todo desarrumado, novamente jovem e delicioso, dizendo: "Voltei a ser o que você quer, por favor, me deixe entrar." Onde foi parar aquele homem? Aquele que amara tanto? Estaria preso em algum lugar dentro dele? Haveria alguma chance mínima de que ela o trouxesse novamente à tona? Ou será que desaparecera por completo?

Deu comida às gatas, que se esfregavam em suas pernas, ronronando, enquanto ela estava ao fogão. Já era hora de ir para o jardim.

Vestiu a jaqueta de *fleece*, calçou as galochas na porta dos fundos e saiu, acendendo as luzes do jardim e iluminando o paraíso verde, que vinha recebendo seus cuidados desde o primeiro dia no apartamento.

Com o passar dos anos, o jardim evoluiu e tomou forma. Ela começou com o gramado e o canteiro de flores que herdara, mas logo ganhou confiança para transformá-lo em algo muito mais interessante e particular. Elevou os três muros que rodeavam o jardim a dois metros e meio de treliças recobertas com heras; no lugar do gramado construiu caminhos sinuosos com placas de pedra, circundando plantas altas e verdejantes em vasos, arbustos densos e árvores frutíferas. Lentamente, o jardim cresceu, e as plantas mesclaram-se, fazendo com que ficasse mais protegido do que o das outras casas ao redor.

Hoje, a sensação era a de entrar em um mundo verde isolado, com algo interessante em cada canto. Vasos de todas as cores, tamanhos, padrões e acabamentos carregavam vários tipos de plantas: arbustos floridos, roseiras, palmeiras altas e esculturais, flores rasteiras. Todos os

A Terra Tremeu?

espaços estavam preenchidos: ela plantara indiscriminadamente, fazendo viver com vigor tudo que lhe caía nas mãos.

Mas não havia qualquer planejamento. Alecrim, hortelã, salsinha e alface — no inverno, couve-de-bruxelas e repolho — cresciam ao acaso nas beiradas dos grandes vasos de barro ou nos espaços entre as flores perenes, onde quer que houvesse um lugar.

No verão, tomateiros eram amarrados contra o muro mais ensolarado, junto com as rosas trepadeiras de aroma doce, as selvagens e indomáveis abobrinhas e os girassóis plantados especialmente para Robbie.

Os bulbos de outono estavam enfiados em cada centímetro disponível de terra, de modo que açafrão, tulipas, lírios, peônias e todos os tipos de flores multicoloridas começavam a pipocar inesperadamente a partir de fevereiro.

No final do jardim, havia um pátio minúsculo, cercado de grama e coberto por um caramanchão de rosas e clematite. Nesse local, ficava um confortável banco de madeira, exposto ao ar livre o ano todo. Quando o verão começava, Eva levava as cadeiras de ferro trabalhado e a grande mesa redonda, cujo tampo decorara pessoalmente com um mosaico detalhado. Grandes vasos repletos de flores perfumadas e gerânios rosa ocupavam o resto do espaço do pátio, e, quando o tempo estava bom, jantavam ao ar livre, com uma fileira de velas na mesa de mosaico e luzes natalinas presas ao teto do caramanchão.

Não amava somente a jardinagem — mover-se entre as plantas, regando, desbastando, tirando galhos e ervas daninhas —, ela amava o jardim. Era uma sala viva que criara. Um parque particular para Robbie, um local de leitura para Anna, um oásis para ela, um espaço isolado para sentar-se, conversar e comer com os amigos. Era uma extensão mágica de sua vida, e fizera tudo sozinha, com suas mãos.

Esta noite, caçava caramujos com uma lanterna e os afogava, meio enojada, em um balde com água. Um fim melhor do que os infelizes que morriam esmagados sob suas botas enquanto andava no escuro. Eva amava ficar no jardim à noite, sentindo-se só, mas não solitária, ocupada, mas em paz.

Capítulo Três

Patrícia abriu os olhos e, por alguns instantes, não conseguiu lembrar onde diabos estava. Ah, claro, estava no apartamento minúsculo que seu namorado, Denny, dividia com o irmão, Tom. Denny ainda dormia pesadamente ao seu lado. É um bom rapaz, pensou, observando o rosto adormecido. E tirava boas fotos, principalmente quando a sessão fotográfica acabava na cama.

Provavelmente, iria se dar bem no futuro, e era uma pena que ela não o amasse. Chegara a essa conclusão há um mês. Não o amava e achava que jamais o amaria. Não era culpa dele, era uma dessas coisas inexplicáveis.

Olhou o relógio ao lado da cama: 7h18. Droga. Precisava estar do outro lado da cidade às dez horas e tinha um monte de coisas para fazer — tomar banho, depilar-se, tirar as sobrancelhas, fazer as unhas e os cabelos e maquiar-se. Seria um grande trabalho, se ela conseguisse ficar com ele. Todas as modelos que conhecia estavam correndo atrás de um contrato para uma marca de xampu. O dinheiro que se ganhava era fenomenal!

Bateram à porta enquanto ela se arrumava no minúsculo espelho do banheiro.

— Preciso usar o banheiro — disse a voz engasgada do outro lado.

— Só um minuto — Patrícia respondeu, examinando as sobrancelhas com atenção. Estavam uniformes? Ou a esquerda estava um pouco mais curvada?

— Por favor, é urgente.

— Pelo amor de Deus. — Reconhecera a voz. Deepa, a namorada de Tom. A estudante de medicina, a Srta. Absolutamente Perfeita, que mal conseguia disfarçar o fato de que achava Patrícia um completo desperdício de espaço no planeta.

Destrancou a porta, e Deepa entrou correndo, ergueu a tampa do vaso sanitário, inclinou-se e vomitou fazendo barulho.

— Ai, que nojo! — Patrícia juntou a maquiagem e os acessórios e saiu do banheiro, fechando a porta. Lembrou-se do começo da carreira, quando vomitava para emagrecer. Mas já se acostumara há um bom tempo ao método das bailarinas: passar dois dias por semana a sopa e suco de frutas.

Deepa estava vomitando novamente. Sentia-se péssima. Gotas de suor cobriam sua testa, seu lábio superior e sua nuca.

Agarrou um punhado de papel higiênico e limpou o rosto, foi até a pia e lavou-se.

Finalmente, sentiu-se capaz de sair do banheiro e voltar ao quarto de Tom. Teria de contar a ele, ah, não... só em pensar teve de voltar correndo ao banheiro.

— Você está bem? — A cabeça despenteada de Tom apareceu no meio da confusão de fronhas, lençóis e cobertores desencontrados.

— Não. — Ela sentou-se na beirada da cama a seu lado e apoiou a cabeça nas mãos.

— Qual é o problema? — Ele sentou-se, espreguiçou e passou um braço ao redor dela, acariciando os ombros morenos e maciços e o sedoso cabelo negro.

— Tom... — Não olhava para ele. Fixou os olhos no velho pôster do Oasis preso com fita adesiva na parede. — Minha menstruação está dez dias atrasada, estou enjoada como nunca. Acho que estou grávida.

— Imagine — ele respondeu e continuou acariciando seus ombros.

— Não é piada, o assunto é sério. — Ela virou-se e o encarou. — Vou fazer um teste hoje.

— Tenho certeza de que tudo está bem. Sempre fomos muito cuidadosos.

— Hum!

Ele saiu da cama, nu, e ela observou as nádegas e coxas brancas e esguias passarem bem na frente de seu rosto. Mesmo estando terrivelmente enjoada, bolhas de desejo explodiram dentro de si, e o acariciou de leve quando passou na sua frente.

Ele foi até a pilha de roupas aos pés da cama e puxou um jeans preto, que colocou sem cueca. Depois, vestiu a camisa de mangas compridas com uma estampa que dizia: CÉREBRO 100% ENCOLHIDO.

— Vamos, vamos, hoje é dia de trabalho, Deepy-queridinha — disse, como se estivesse acostumado a ouvir um anúncio de gravidez todas as manhãs. — Você quer chá? Torrada? Cereal? Outro tipo de prova de que sei cuidar de uma casa? — Estava pulando em um pé só, calçando uma meia, que ela desconfiava não estar limpa e talvez até um pouco encardida.

— Amo você — ela disparou, o que era um bocado assustador, porque nunca dissera isso antes para ninguém. Devia mesmo estar grávida: é exatamente isso que as mulheres grávidas fazem, não é?

— Também amo você — Tom respondeu e continuou calçando a outra meia. Nem um pouquinho abalado, porque dizia "Amo você" o tempo todo: para todas as namoradas que teve, sua mãe, seus irmãos, sua irmã, seu padrasto, a mulher da lanchonete e a garçonete australiana no pub que frequentava habitualmente. Ele amava todo mundo. Acreditava que já existia merda suficiente no mundo para que as pessoas se preocupassem tanto sobre quem amavam de verdade e o quanto e quando deveriam expressar seus sentimentos. Ame a todos. Era seu lema. Era sincero, à sua moda.

Deepa tirou a camisola, levantou-se e tentou encontrar suas roupas. Tom posicionou-se rapidamente atrás dela, envolvendo seus seios com as mãos e beijando sua nuca.

— Parecemos um anúncio da Benetton — ela comentou, olhando as mãos brancas dele segurando seus seios escuros. Vamos ter um bebê lindo, ela pensou, ao mesmo tempo em que ele dizia isso em voz alta.

— O quê?! — Ela perguntou, virando-se para encará-lo.

— Nós vamos ter um bebê lindo — ele repetiu.

A Terra Tremeu?

— Tom, estou no meio do curso, é uma profissão que sempre quis ter. Não quero um bebê agora — disse, ríspida. — Não posso ter um bebê. — Então, pela primeira vez desde que desconfiou que algo estava errado com ela, começou a chorar. Soluços embaraçosamente altos e descontrolados.

— Shhhh... — Tom a envolveu em seus braços e tentou acalmá-la. — Tudo vai ficar bem. Você não está grávida, sei disso... E se você estiver... vamos fazer o que você decidir, Deeps. Tudo vai ficar bem. Várias pessoas passam por isso o tempo todo.

Agora, ela chorava descontroladamente.

— E fique sabendo que adoro bebês — acrescentou, esperando que isso ajudasse.

Ela deu um soco nas costas dele.

E agora? Não podia dizer algo como: "Também adoro abortos."

— Temos opções — ele disse e subitamente foi invadido por uma onda de pânico. E se ela estiver mesmo grávida? Isso podia mesmo acontecer com eles? Meu Deus! O que a mãe dele iria dizer?

— Precisamos de um chá — disse e sentou-a na beirada da cama com delicadeza.

Abriu a porta da minúscula cozinha do apartamento e tentou encontrar a chaleira.

Capítulo Quatro

Anna acordou assim que a luz atravessou as cortinas transparentes de seu segundo quarto, aquele que era somente seu, o que não dividia com seu irmão caçula.

Olhou o grande relógio de mergulho que não saía de seu pulso nem para dormir e viu que eram 6h45. Ótimo. Seu pai e Michelle iriam passar mais umas duas horas na cama, e o apartamento seria todo dela. Enquanto dormiam, poderia fazer a única coisa que só podia fazer aqui, um segredo cheio de culpa.

Vestiu o roupão azul, saiu do quarto e foi para a sala, onde ligou a TV no volume mínimo e revirou o armário dos vídeos, pois sabia que o que queria estava escondido no fundo da prateleira inferior, bem onde ela o colocara da última vez.

Enfiou o vídeo no aparelho e, antes de apertar play, foi até a cozinha preparar uma tigela de cereais — uma daquelas marcas cheias de açúcar e grudentas que seu pai permitia que comesse, tipo Coco Pops, Crunchy Nut Cornflakes — e um copo de leite. Voltou para a sala e ligou o vídeo.

Pretendia assistir aos noventa minutos completos. Lá estava sua mãe, amamentando-a, enquanto seu pai filmava tudo, dizendo como ela era bonita e como o bebê, Anna, era perfeito. Agora, ele esticava a mão e acariciava as duas como se mal pudesse acreditar que a cena na frente de seus olhos fosse verdadeira.

Mas a parte que sempre fazia Anna chorar era mais adiante. Sua mãe estava sentada em uma espreguiçadeira no jardim. Anna, já engatinhando, estava a seus pés, revirando um amontoado de bloquinhos na grama.

A câmera balançava, era óbvio que Joseph estava andando depressa enquanto filmava.

— Olá! — Eva foi pega desprevenida, erguendo a mão para proteger os olhos do sol.

— Olá! — A câmera balançou quando Joseph inclinou-se para beijar seu rosto.

— O que é isso? — Eva perguntou rindo. — Você está com cara de quem anda aprontando alguma coisa.

— OK, é hora do show.

— Ah... genial. — Tentava parecer sincera. A câmera fora posicionada no tampo da mesa e ajustada para focalizar Eva na espreguiçadeira.

— Quero filmar sua reação — Joseph explicou.

— Entendi. O terror no rosto da plateia?

— Talvez.

Então, ele tirou o violão do ombro, pousou o pé na espreguiçadeira e tocou um acorde.

— Este é um número amador.

— Ah, que legal... — Ela o incentivou, mas não resistiu. — Devo tapar os ouvidos da bebê?

— Rá, rá... um, dois, três, quatro... — Então, a melodia mais desafinada do mundo começou a ser tocada, acompanhada pela voz igualmente desafinada de Joseph.

> "*Eeeeva... Nem acredito,*
> *Como você é um avião.*
> *Muito melhor do que o jeito que*
> *toco este violão... ão... ão.*"

Então, Eva caiu em gargalhadas histéricas na espreguiçadeira, mas a canção continuou.

— Eu posso não ter voz de mel... — Joseph enfiou a mão no bolso, tirou uma caixinha e deu a ela.

— *Mas quero que você use este anel.*

Este era o momento em que Anna sentia um nó na garganta, porque seu pai parecia, repentinamente, muito sério e sincero. Sua mãe parecia surpresa, abrindo a caixinha sem dizer uma palavra. Olhando para ele, muito confusa, esperando explicações.

— *Eeeeva, nem acredito...*

— Ó meu Deus, não cante assim. O que você quer? — Eva perguntou.

— Mas esta é a melhor parte... — Ele parou de tocar e acrescentou, em voz baixa, cantarolando de leve: — *Eva, você quer casar? Ou devemos simplesmente continuar a tran...*

Ela caiu novamente na gargalhada e tapou os ouvidos de Anna.

— *Joe!*

— *Eu ia dizer nos amar.* Mas também faço aquilo.

Inclinou-se para beijá-la, e, nesse ponto, Anna via o sorriso — o sorriso secreto, conspiratório e sexy que nunca vira no rosto de sua mãe, a não ser neste filme.

— Tudo é absolutamente perfeito — ela respondeu, olhando para o anel, tirando-o da caixa para ver melhor. — Podemos pagar isto?

— Posso ter que pedir esmola por algum tempo. — Os dois caíram na gargalhada. Ele pegou o anel e colocou no anular dela.

— Quando você vai concordar em casar comigo? — Perguntou.

— Amo você — ela respondeu, e começaram a beijar-se, com Joseph gemendo melodramaticamente.

— Então case comigo — ele acrescentou.

— Não sei, Joseph... Não sei se quero passar por tudo aquilo novamente.

— Sou eu, Eva... Não "tudo aquilo", só eu. Você não me quer?

— Você quer desligar aquela coisa? — Ela pediu, olhando diretamente para a câmera, lembrando-se repentinamente de sua presença.

Um estalo, escuridão. O vídeo acabara.

Então, Anna chorava, soluçando alto, usando todo o papel higiênico que enfiara nos bolsos do roupão, pois sabia que isso iria acontecer. Como duas pessoas podiam se amar tanto, ser tão felizes juntas e deixar tudo acabar desse modo? Como seu pai podia estar em

Manchester, com a besta quadrada da Michelle, deixando sua mãe sozinha?

Por que seus pais deixaram que isso acontecesse?

Ela já tinha feito essa pergunta centenas de vezes e achava as respostas dos pais sempre uma porcaria.

— Bom, Anna, seu pai ama muito você, mas ele e eu não nos amamos mais.

— Por que não? Quando se deixa de amar alguém? — Isso queria dizer que um dia eles deixariam de amá-la?

— Nós não nos entendemos mais... É complicado, Anna.

— Mas vocês fizeram Robbie juntos, não foi? — Anna retrucava zangada. — Como isso aconteceu, então? — *Como foi mesmo?*, Eva se perguntava.

— Anna, desculpe. Sinto muito, muito mesmo, que seu pai e eu não estejamos mais juntos. Lamento muito por você, querida. — Era a resposta de sua mãe.

— Mas e o Robbie? — Anna retrucava soluçando. — Ele não tem um pai de verdade. Como é que ele vai crescer direito?

— Provavelmente como Denny e Tom: muito bem. — Eva tentava acalmá-la acariciando seus cabelos. — E, afinal de contas, quando Robbie estiver mais velho, vai poder visitar seu pai junto com você. Ele ainda é pequenininho para passar os finais de semana longe de casa. Ele tem um pai, do mesmo jeito que você.

Mas, às vezes, Anna ficava inconsolável. Não era uma coisa que iria melhorar. Ela sentia falta de seu pai. Queria que voltasse a viver com eles. Não queria se acostumar a viver sem ele, visitando-o a cada 15 dias. Bem lá no fundo, apesar de amar muito seus pais, ela os achava egoístas por terem feito tudo aquilo com ela e com Robbie. Egoísmo, egoísmo, egoísmo. Por isso estava decidida a ser uma psiquiatra. Queria fazer todo mundo se sentir melhor. Queria impedir que essas coisas acontecessem. Decidiu que faria uma boa tentativa para reunir os pais novamente.

* * *

Ouviu uma porta abrir e apertou depressa o botão stop no controle remoto.

Michelle estava parada na porta, saíra do banho usando um longo roupão branco e uma toalha enrolada nos cabelos. O perfume era floral demais para o gosto de Anna.

— Oi — Michelle disse.

— Olá. — Anna não estava exatamente entusiasmada com a ideia de bater papo com Michelle.

— Está vendo TV?

— Estava. Mas cansei.

— O que gostaria de fazer hoje, Anna? — Sorriso cintilante.

— Não sei. O que você vai fazer? — Olhar carrancudo.

— Vou ao centro. Quem sabe você e Joseph não querem vir junto? — Michelle estava mesmo se esforçando. — Quem sabe você não quer comprar algo? Um vestido, sapatos ou outra coisa?

— Humm. Não, obrigada. Por que você não vai fazer compras, e eu e meu pai vamos fazer algo mais interessante? — Depois dessa, Anna pegou o controle remoto, ligou a televisão de novo e fingiu estar tremendamente interessada no desenho animado japonês.

Michelle saiu da sala sem dizer mais uma palavra e foi discutir com Joseph em voz baixa.

— Não importa o que eu faça, ela não gosta de mim — Michelle reclamou. — Ela não quer gostar de mim.

— Acalme-se — ele tentou reconfortá-la. — É muito complicado para uma criança ver o pai com outra pessoa. Dê uma chance a ela.

— Mas ela é tão arrogante quando fala comigo. Você deveria conversar com ela e dizer para não ser tão rude.

— Michelle, acalme-se. — Joseph colocou as mãos nos ombros dela e a beijou de leve nos lábios. — Ela tem 9 anos, e você tem... — Infelizmente, não se lembrava.

— Vinte e sete — ela sibilou.

— Desculpe. — Deu uma palmadinha reconfortante no ombro dela e foi ver a filha.

* * *

A Terra Tremeu? 37

— Bom-dia, pão de mel — disse quando entrou na sala.

— Bom-dia. — Ele recebeu um raro sorriso cintilante de Anna.

Sentou-se no sofá a seu lado, abraçando-a apertadinho. Foi então que viu a luz do videocassete ligada. Pegou o controle remoto da mão dela e apertou o play. As imagens de Eva rindo e segurando uma Anna ainda bebê encheram a tela.

— Estou matando as saudades. — Anna tentou parecer casual.

Joseph riu da estranha menina de 9 anos, assistindo a um filme de quando era bebê e usando uma frase como essa.

— Você era um bebê adorável — disse. — Você é uma garota adorável.

— Papai?

— Sim.

— Por que você e mamãe não podem ser mais gentis um com o outro?

— Por que você não pode ser mais gentil com a Michelle? — Ele contra-atacou. Mas era verdade, ele e Eva estavam atravessando uma fase absolutamente complicada no momento.

Anna ignorou o comentário sobre Michelle e continuou:

— É tão... infantil — disse. — Você e mamãe são tão gentis comigo. Por que precisam ser tão estúpidos quando estão juntos? Eu fico muito triste.

— Desculpe. — Joseph respondeu e a abraçou mais forte. — Vou ser mais bonzinho com sua mãe.

— Promete?

— Prometo.

Ah, bom. Era o primeiro passo no programa de reconciliação e tinha sido fácil conseguir isso! Agora, o segundo passo.

— Não gosto mesmo da Michelle — confidenciou —, acho que ela é chata.

Havia um leve traço de irritação na voz dele quando respondeu:

— Bom, tente se esforçar um pouco, meu bem, porque gosto muito dela.

— Hummm. — Ela teria de trabalhar depressa, antes que seu pai decidisse que *amava* Michelle ou algo igualmente horrível.

— Como você e mamãe se conheceram? — Anna perguntou, pois, aparentemente, concentrar-se em épocas mais felizes era uma parte importante na terapia conjugal. Ela tinha um livro que falava a respeito: *Faça de seu casamento um lugar mais feliz*, que comprara no sebo por 50 centavos.

— Você não é muito jovem para ler isso? — o vendedor perguntou.

— É para uma amiga — ela respondeu calmamente, pagando a ele e escondendo o livro na mochila antes que sua mãe, na quitanda ao lado com Robbie, visse. Sem falar que discutira exaustivamente o assunto, sem tê-lo esgotado, com o amigo, confidente e cabeleireiro de sua mãe, Harry.

— Como é que posso juntar meus pais novamente? — perguntou, enquanto ele penteava os longos cabelos molhados dela.

— Rá-rá! — Ele deu uma gargalhada, encolheu os ombros e disse: — *Amore?!* Está perguntando sobre *amore*? — Porque, apesar de ser nascido e criado ali mesmo, gostava de fazer sair "o italiano que havia dentro de si", de se fazer passar pelo avô, morto há muito tempo.

— Acho que ela ainda o ama — Anna observava enquanto ele penteava e cortava, penteava e cortava, só as pontinhas do cabelo.

— A porta ainda está aberta do lado dela. Não está com outra pessoa. Talvez não queira encontrar outra pessoa. — Uma grande encolhida de ombros. — Mas por eeeeele? Não sei nãããão.

— Ele tem uma namorada — Anna contou a Harry —, mas ela é horrorosa. Jovem e burra — acrescentou e ficou tão parecida com as velhotas aposentadas que frequentavam o salão às quartas-feiras que foi difícil conter as gargalhadas.

— Mas o que posso fazer? Para juntar os dois? — Anna perguntou novamente.

— Nada — foi o conselho de Harry. — Se foi mesmo amor, daqueles que só acontecem uma vez na vida e pelo qual as pessoas suspiram, eles vão acordar um dia e se dar conta de tudo.

— Mas e se só um deles se der conta? — Ela perguntou.

A Terra Tremeu?

— Bom, então é porque não era para ser. — Cortou mais um pouco do cabelo. — Duas pessoas precisam se amar ao mesmo tempo, caso contrário, tudo desaba, não é?
— Mas não posso simplesmente lembrar a eles que ainda se amam?
— Como pode ter tanta certeza?
— Sou a filha deles. Sei do que estou falando. — Cruzou os braços e chutou a parede com os pés.

Era por isso que estava tentando fazer o pai se lembrar da noite em que conheceu Eva.
— Como nos conhecemos?! — Ele repetiu a pergunta. — Ah, você conhece essa história, não conhece? Já faz muito tempo. — Por um instante, Anna pensou que ele iria levantar e que a chance dela iria embora com ele.
Então acrescentou depressa:
— Sei qual foi a primeira coisa que você disse para ela. — Lançou a isca.
— Sabe?
— Sim, mamãe me contou há muito tempo. Foi: "Você acredita em amor à primeira vista, ou preciso passar de novo na sua frente?"
Anna gargalhou, e Joseph ficou vermelho.
Primeiro porque era uma cantada vergonhosa, segundo porque, ao ouvir aquelas palavras, viu-se no clube de jazz abafado e apertado... há dez anos... pondo os olhos em Eva pela primeira vez e revivendo o momento em que foi falar com ela, com a garganta seca e os joelhos trêmulos.
Ela estava encostada no bar, com a bundinha empinada, mexendo no longo cabelo louro, e ele só conseguia ver um lado de seu rosto, mas a expressão era uma mistura sexy de sonho e travessura.
À medida que se aproximava, percebeu que ela era cerca de dez anos mais velha do que parecia ser de longe, e isso o deixou mais receoso e também mais excitado. Nunca sentira algo parecido. Mesmo quando se preparou para a frase feita — de modo irônico, claro —, estava certo de que era um *coup de foudre* (bom, ele estudava literatura francesa e filosofia na época). Era, pelo menos da parte dele, *amor à primeira vista*.

Capítulo Cinco

—Você acredita em amor à primeira vista? Ou preciso passar na sua frente mais uma vez?

Ela deu uma gargalhada e olhou bem para o lindo rosto emoldurado por longos cabelos escuros. Ele era ridiculamente jovem. Mas todo mundo naquela boate escura e abafada era jovem. Quem a levara ali fora sua melhor amiga, Jen, acompanhada do marido, Ryan, e de outros dois colegas de trabalho.

Jen e Eva esperaram semanas por esta rara noite livre, compraram tops colados ao corpo, novos batons e sombras cintilantes no shopping e reviraram as revistas em busca de uma boate que parecesse boa.

Os meninos de Eva ficaram na casa de Jen junto com os filhos desta e a babá. Cinco adultos dividiram um táxi e foram até a boate da moda, em Islington, ouvir soul e salsa.

Que delícia era poder beber, dançar e ver todo este mundo diferente! Eva sentia-se cheia de energia. Jen estava certa, precisavam fazer isso mais vezes. Sair de casa. Lembrar como era a vida além do trabalho, do café da manhã antes da escola, da lição de casa, dos narizes escorrendo, dos jantares nutritivos e de todo o resto que preenchia suas vidas diariamente.

Então, quando Jen estava dançando novamente, e Eva estava no bar, pedindo mais drinques e observando o ambiente, Joseph foi falar com ela.

Era estranhamente complicado lembrar o que falaram. Fizeram piadas sobre os drinques e a dança... Ah, sabe-se lá o que mais.

Ela ficara olhando para aquele rosto lindo, lindo, enquanto ele mexia distraidamente no cabelo e sorria muito, um sorriso grande que desarmava, e ela não conseguia parar de sorrir de volta.

À medida que a conversa continuava, ela notou Jen se afastando deliberadamente para não os interromper, mas demorou um pouco para perceber do que se tratava.

— E você veio com quem? — Ela perguntou.

— Amigos — Joseph respondeu. — Se olhar por cima de seu ombro direito, como quem não quer nada, vai ver um grupo de idiotas acenando e fazendo sinais de positivo. É com eles que estou.

Ela olhou, e uma mesa cheia de rapazes a cerca de cinco metros de distância começou a gritar e acenar para ela.

— E por que está aqui falando comigo? — Ela não estava flertando, estava mesmo curiosa.

— Porque queria muito, e eles me desafiaram a fazer isso.

— Ah.

Ah... Ah! Estavam falando de flertar, conversar, talvez transar e namorar. Coisas que não haviam passado pela cabeça dela — sem falar que eram coisas que ela não fazia há muito, muito tempo. Ele estava interessado... *nela*!!! Foi então que ela deu uma boa olhada no jovem. Ombros largos, jeans de cintura baixa com a barra dobrada acima dos tênis azuis. Pele morena, mãos e dedos longos, unhas arredondadas. Visualizou mamilos pequenos e marrons em um peito sem pelos e sentiu-se... viva, alerta e repentinamente nervosa. Ele era absolutamente adorável. Seus olhos não paravam de se encontrar, encarando-se. Os dele, de um castanho-escuro líquido; os dela, de um cinzento inescrutável — ele pensou.

— É bem piegas — ele disse enquanto sorriam um para o outro, ambos tentando desesperadamente encontrar algo de interessante para dizer em seguida —, mas você gostaria de ir para outro lugar e conversar? Um lugar mais quieto, talvez com estrelas... ou pelo menos postes de iluminação.

Ela riu, mas só um pouco, porque o barulho de seu coração acelerado estava tão alto que mal podia escutar o que ele dizia.

Quando saíram da boate, para a calçada da rua de trás, tudo ficou estranho e muito frio. O ar estava gelado, e fumacinha saía da boca com as palavras. Agora, ele sorria um pouco envergonhado, e ficaram olhando um para o outro, prendendo a respiração, por um bom tempo.

— Pareço muito mais velha aqui fora do que lá dentro? — Ela disparou.

— Um pouco, isso me deixa sem graça, mas não desinteressado... ou coisa parecida... Quero dizer... não... eu não... — A sua voz morreu, constrangida.

— Quantos anos você tem? — Ela perguntou, abraçando com força a si própria, com os braços nus, para que seus dentes parassem de bater.

— Vinte e dois.

— Ah, bom! Sou dez anos mais velha do que você, o que talvez seja um pouco assustador — ela disse, imaginando se ele iria correr para dentro do clube.

— Sabe, pode ser divertido. Provavelmente, nem deveríamos estar pensando a respeito — ele disse de modo encorajador, inclinando-se muito levemente na direção dela, chegando mais perto sem sair do lugar.

Era um momento crucial: ela deveria dar uma risada e voltar para a boate, o que exatamente pensava em fazer, ou permitir-se um pouco de... o quê? Diversão? Atrevimento? Experiência? Pensou no que Jen dissera no começo da noite: "Você está virando uma velha rabugenta e chata, Eva. Desencana!"

Então, ela hesitou por um instante entre ir embora ou ficar, ir embora ou ficar, depois se moveu na direção da boca macia que esbarrou na sua. Tum, tum, tum — ela nunca se sentira tão elétrica na vida. Não conseguia respirar, mal conseguia ficar de pé, sabia que teria de subir à superfície para respirar depois de um longo beijo de tirar o fôlego.

— Você é maravilhosa — disse quando se afastaram, e ela se sentiu corar sem graça, o que não se supõe que aconteça aos 32 anos de idade.

Ele também era maravilhoso, tão delicado — boca macia, barba suave por fazer. Carinha de bebê. Deus do céu, esse pensamento a envergonhou ainda mais.

A Terra Tremeu?   43

— Você também — ela conseguiu responder em uma voz parecida com um murmúrio. — Meus amigos vão querer saber onde estou. Por que não vem comigo para cumprimentar eles?

— Só um minutinho. — Ele a puxou para um beijo, agora no pescoço, fazendo arrepiar toda a sua espinha.

Quando entraram na boate, Jen, Ryan e os outros amigos muito intrigados de Eva insistiram para que Joseph sentasse com eles e respondesse às perguntas muito mais atrevidas do que Eva ousaria fazer.

Descobriram que estava na universidade — cursando Francês e Filosofia. Que romântico, ela pensou, obrigando-se a olhar para outro lugar de tempos em tempos, porque estava com os olhos grudados nele, ávida por detalhes: o modo como gesticulava quando falava, as bochechas quando sorria, a pequena concavidade entre o lábio superior e o nariz.

Trabalhara na França durante três anos, juntando dinheiro para a universidade, e, pelo que estava contando, ainda faltavam alguns anos para se formar.

Ela achou que ele parecia meio francês e, sempre que os olhos dele encontravam os dela, sentia um arrepio de excitação que dificultava concentrar-se em outra coisa a não ser nele.

Ele insistiu em pagar uma rodada de bebidas a todos e, quando voltou do bar, espremeu-se ao lado dela no sofá e começou a fazer círculos em suas costas com os dedos. Ela deu um golinho na marguerita, que estava fazendo sua cabeça rodar, e só conseguia pensar onde mais desejava que aqueles dedos estivessem.

Quando conseguiu reunir forças suficientes para ir ao banheiro, foi seguida pelas três amigas, Jen, Liza e Jessie.

— Sua garota levada! — Liza exclamou.

— O quê?! Só nos beijamos uma vez.

— Você já deu uns amassos nele! — Liza fingiu estar chocada.

— Um beijo. Bom... talvez três. É só curtição. — Eva abriu a bolsa e tentou fazer de conta que não era nada demais estar passando batom e perfume, arrumando o cabelo novamente na frente do espelho.

— Hummm.... — Jen revirou os olhos. — Ele é magnífico! Tudo o que o médico receitou, Eva. Por favor, faça este favor a si mesma... por mim!

— Não seja boba.

— Um garoto para brincar! — Liza provocou.

— Ele já se ofereceu para levar você em casa? — Era Jessie, falando de dentro de um dos cubículos. — Aposto que mencionou que mora "do seu lado" e que não vai ser problema dividir um táxi?

— Pelo amor de Deus! — Eva protestou, mas não adiantava mais, as três estavam a mil por hora. Era verdade, ele não morava muito longe, e haviam combinado tudo, em sussurros excitados junto aos lóbulos deliciosos um do outro.

— Posso te dar uma carona? — ele perguntou.

— Ah, é fora do seu caminho — ela protestou, pensando o tempo todo: "Sim, por favor, sim, por favor."

— Posso te dar uma carona, *por favor*? Por favor, por favor — ele sussurrou —, serei bonzinho.

Ah! Ela pensou nos círculos nas costas. É claro que ele vai ser bonzinho. Muito bonzinho.

— OK, tudo bem — ela respondeu. — Vou falar com a Jen.

Joseph foi falar com os amigos, para ver se conseguiam voltar para casa sem ele.

— Seus meninos ficarão bem — Jen disse. — Vá se divertir. E não se apresse amanhã. Venha buscá-los quando puder.

— O que está sugerindo?! — Eva tentou se fazer de ofendida, mas não conseguiu tirar o sorriso do rosto.

— O que espero que aconteça. Ele é o máximo!

As duas riram.

— Boa-noite. Falo com você amanhã. Não deixe os meninos comerem tudo o que há no armário no café da manhã — Eva aconselhou.

Jen fez sinal para que fosse embora.

— Boa-noite. Não durma cedo demais... *por favor*! Por mim!

Eva virou-se e caminhou na direção do estranho sorridente que a esperava do outro lado da pista.

A Terra Tremeu?

Ela pensou: O que queria fazer? Levá-lo para casa? Queria dormir com ele? Sentiu o sangue ferver só de pensar nisso. E um leve pânico.

Ó Deus, controle-se, garota, vamos ver o que acontece. Ele era divertido. Não podia simplesmente se concentrar em ficar com ele? Curtir o momento, em vez de acelerar o filme para o futuro, em que ela entra com uma ação de divórcio, porque ele a traiu com outras universitárias dizendo que "elas é que me entendem". EVA!!!

Ele a envolveu com um braço, os dois fingiram casualidade a respeito do gesto e caminharam até o carro dele — ainda menor, mais velho e mais acabado do que o dela —, *que fofo!* Lá estavam eles, sentados nos bancos dianteiros, olhando um para o outro por cima do freio de mão enquanto ele dava partida.

— Então... para onde vamos agora? — Ela perguntou, pensando se a situação iria ficar estranha. Mas ele não deixaria que isso acontecesse. Inclinou-se e a beijou novamente, fazendo o sangue ferver em suas veias e quase sair pelas orelhas.

— Você sabe que não tenho que levar você para casa — disse, acariciando seu rosto. — E não tenho que arrastar você para a minha. Isso é legal... podemos dar uma volta. Ver o sol nascer, tomar café da manhã.

Ver o sol nascer e tomar café?! A última vez que isso acontecera, a cena incluíra lençóis encharcados de vômito e dois meninos pequenos com muita febre. Mas Joseph não precisava saber disso. Ela não estava escondendo nada. Ele já sabia que ela era mãe solteira de dois meninos. Mas não o queria chatear com muita informação doméstica. Também não queria chatear a si própria. Ele tinha razão: isso era legal.

Ele deu partida no carro, e foram embora. Primeiro, pararam na padaria 24 horas em Brick Lane, depois, passaram pela zona leste de Londres, as Docas e Greenwich, estacionando em uma rua tranquila ao lado do rio. Ele deixou o som do carro ligado, e foram para o banco traseiro, onde conversaram, brincaram, beijaram-se e acariciaram-se debaixo de um cobertor, assistindo ao pálido sol cor-de-rosa do inverno aparecer por trás da neblina acima da água — ou era poluição?

Um pouco depois da alvorada, com as janelas embaçadas por causa do frio do lado de fora e da respiração quente do lado de dentro, os beijos de Joseph tornaram-se demasiadamente calorosos e persistentes para serem ignorados.

O hálito dele movia-se sobre seu rosto, enquanto ele passava a língua em seus cílios, lábios, lóbulos das orelhas. Ela viu-se desabotoando a camisa dele, enquanto as mãos dele se moviam dentro de sua roupa, tirando seus pequenos seios do sutiã de elastano, puxando o seu top para cima de modo a lamber os mamilos.

Ela queria manter tudo isso acima do nível da cintura: era a primeira noite — a primeira vez que via o cara. Mas era bom demais. Os olhos dela estavam fechados, e ansiava por mais, por tudo isso, por ele. Queria tocar nas pernas dele, nas nádegas, no pelo escuro e encaracolado da virilha... ela o queria.

Ele estava abrindo o zíper das calças dela e afastando a calcinha encharcada para o lado, do modo desajeitado que se espera que aconteça ao tentar passar para a intimidade no banco de trás de um carro pequeno. Abriu os olhos e viu os dele grudados nos seus, pupilas pretas dilatadas, os lábios macios rosados e corados.

— Você é tão maravilhoso — ela sussurrou, antes de sua boca ficar novamente sob a dele, e os dedos dele encontrarem o lugar entre suas pernas que a fez derreter, se dissolver.

Rindo atrapalhada, conseguiu abrir o zíper dele e colocar o pênis morno e moreno em seus lábios, antes de subir no colo dele e colocá-lo dentro de si. Sentada em cima dele, olhava aquele rosto adorável se alterar, suspirar, ficar tenso e finalmente gozar, enquanto ela se movia com ele, respirava em seu ouvido, beijava suas sobrancelhas e lhe dizia como ele era bom.

Depois, veio a parte desconfortável. Ela mal podia acreditar no que tinha acabado de acontecer, ele dava um nó em um preservativo molhado e cheio, pensando em onde o colocar.

O que iam fazer agora? Ela se preocupou, puxando os jeans para cima, subitamente sentindo o frio e a umidade do carro.

— Agora, precisamos tomar um bom café da manhã — ele disse sorrindo e pulou o banco para o assento do motorista, girando a chave e ligando o aquecedor em potência máxima.

A Terra Tremeu?

— Sabe, não sei bem o que quero — ela tentou dizer. — O que quero... — Ficou muito vermelha, por que este tipo de coisa é tão complicada? — de um homem... — Ah, vergonha, vergonha.

— Nem eu sei — ele brincou de volta.

— Tenho os meninos e não quero complicar nada nem confundi-los... ou passar muito tempo longe deles.

— Está tudo bem — ele disse —, só queria dar uma trepada rápida no banco traseiro do carro. Qual é seu nome mesmo?

Olhou para ele absolutamente chocada.

— BRINCADEIRA! — ele disse depressa. — Piada... de mau gosto e estúpida... para combater o momento desconfortável depois do sexo. Desculpe. Sinto muito. Acho você adorável, parece que você também gosta de mim, por que não nos encontramos mais algumas vezes e vemos como as coisas andam? Sem promessas, ninguém faz o que não quiser. Se quiser parar a qualquer momento, pode. — Ele esticou os braços para ajudá-la a passar para o banco da frente.

— Você ainda não ouviu as minhas boas cantadas — ele acrescentou, sorrindo. — Meu estilo estava totalmente travado hoje. Sei algumas coisas que as mulheres acham irresistíveis. — Quando ele dizia isso, no seu modo *não sou mesmo irônico?*, era divertido e bonitinho. Uma combinação fatal. Um Casanova. Poderia ser tão legal e estar mesmo tão interessado como dizia? Ou tudo isso era uma grande cena de sedução?

Ele inclinou-se sobre o freio de mão para beijá-la.

— Podemos nos divertir muito, e aposto que vou adorar seus filhos.— Como ela se afastou de seus lábios quando ele disse isso, acrescentou rapidamente: — Quando tiver permissão para conhecê-los... quando você quiser que eu os conheça.

— O que me preocupa mesmo — ela disse — é que você parece legal demais. Essas são coisas que os homens dizem quando estão tentando impressionar. Não consigo acreditar que você seja assim tão legal.

— Bom demais para ser verdade. — Ele dobrou as mãos debaixo do queixo, inclinou-se contra o volante e sorriu. — Ora, devo admitir que essa é uma queixa nova. Tenho certeza de que minha ex-namorada não concorda com você. Sou meio asmático e guincho quando durmo... isso me faz menos perfeito?

Ela riu.

— Mas você não acha que nos comportamos de modo diferente com pessoas diferentes? Algumas pessoas trazem à tona o que há de pior em você, enquanto outras trazem o que há de melhor.

Ele não disse mais nada. Não era preciso dizer, nem mesmo com todas as palavras que talvez conseguissem lembrar, porque tudo estava ali, tão óbvio quanto o sorriso que fazia covinhas em sua bochecha esquerda.

Então, foram tomar o café da manhã em um cafezinho kitsch, onde nem mesmo o garçom resmungão e irritado tinha conseguido estragar a sua alegria. Depois, ele a deixou na porta de casa — ela não o convidou para entrar —, trocaram números de telefone e combinaram um novo encontro.

Na verdade, ele ligava constantemente, suplicou para que pudesse aparecer com mais frequência do que ela permitia e conhecera os meninos logo depois do primeiro encontro. Eva descobriu depressa que Joseph era uma força incontrolável. Se não o deixasse entrar, ele iria acampar do lado de fora.

Estava apaixonado, e devagar, devagarzinho, ela permitiu-se envolver também. Acabou sendo o momento certo para que Eva se apaixonasse novamente. Seu primeiro casamento terminara há seis anos, e os meninos, Denny com 12 e Tom com 10, não precisavam muito mais dela. Tinham os treinos de futebol, amigos para visitar, lugares para ir... E Joseph estava pronto para ocupar o tempo dela e fazer com que redescobrisse a diversão, o romance e a vida além dos meninos.

Ele a fazia rir muito. Havia uma leveza nela raramente vista antes.

O primeiro fim de semana de Eva e Joseph sozinhos fora inesquecível. Durante semanas, tinham escapulido para fazer sexo às escondidas no banheiro, com a torneira da banheira aberta, ou no sofá-cama da sala de estar no meio da madrugada, com a porta do quarto dos meninos barricada — e, mesmo assim, precisavam ficar em silêncio, na mais completa escuridão e totalmente debaixo das cobertas. Tudo isso os excitava ao ponto da histeria.

Finalmente, ela aceitou as ofertas insistentes de Jen para ficar com os meninos durante o fim de semana. Joseph chegou na noite de sexta-feira e só sairia no fim da tarde de domingo. Como um casal a sério.

Ele bateu à porta com os braços cheios de sacolas de compras. Eva deixou-o entrar no apartamento, onde o longo e excitado beijo de boas-vindas contra a parede foi o primeiro de uma série de perder o fôlego naquela noite.

Depois, permitiu que ele tirasse as compras das sacolas, e fizeram o jantar juntos, antes de irem para a cama muito cedo, com as luzes acesas e sem as cobertas, para apreciarem todos os detalhes físicos um do outro. Ela acariciou cada um dos sinais na pele dele. Ele alisou os pelos púbicos dela enquanto dava pequenas lambidas lá embaixo, dizendo — e recebendo em resposta gritos de horror simulado — que aquela área estava precisando seriamente de cuidados.

— Você tem uma xoxota cabeluda, e isso não pode continuar assim. Nem consigo ver o que estou fazendo aqui.

— Joseph!!! Você é um menino muito mal-educado!

— Ah, sim. Muito mal-educado. — E moveu a boca novamente para baixo e brincou ali durante muito mais tempo do que ela imaginara desejar. Até que ela gozou novamente e sentiu que ele saciara até a sua última centelha de desejo.

Na manhã seguinte — ou melhor na tarde, depois de tomarem o café da manhã na cama, fazerem mais sexo, um banho, mais sexo, almoço — saíram para comprar mantimentos. Comida, vinho... Joseph enchera uma cestinha na farmácia, só deixando que ela visse o que comprara bem mais tarde, durante a noite, quando ela ria embriagada depois de fumar o seu primeiro cigarro de maconha, esparramada ao lado dele na cama desarrumada.

Foi então que ele apareceu com tesouras de cabelo e começou a aparar os pelos no meio das pernas dela, fazendo comentários bobos de cabeleireiro o tempo todo:

— Ooooh querida, acho que podemos dar um jeito nisto aqui com um nadinha de gel... agora me diga a verdade... você costuma passar xampu muitas vezes? É demais, querida, assim você vai acabar com a oleosidade natural, a flora vaginal. — Ela estava praticamente histérica de tanto riso e luxúria. Ele continuou cortando, depois tocando, apalpando. Com cuidado e atenção, colocou creme depilatório, e, quando finalmente terminou, ela tinha uma xoxota aparada em forma de coração, que ambos quiseram inaugurar imediatamente na cama.

No domingo de manhã, ele a convenceu a descolorir uma boa parte da franja para quase branco e a tingir o resto do cabelo em um tom cobre. Depois mostrou uma roupinha de enfermeira em PVC e um chapéu de caubói, esperando que ela achasse engraçado... e usasse as roupas.

— Sério, se for demais... Tudo bem... esta é uma roupa de PVC dos anos 90, irônica, pós-feminista, tipo somos-todos-adultos-legais-e-vacinados, mesmo.

— Mesmo? — ela disse, lutando com o zíper barato e emperrado. — Não tenho certeza se quero saber o quão destemido você é na cama.

— Ah, sim, senhorita enfermeira, quer sim.

— Agora pode realmente dizer que teve um fim de semana de sexo pervertido — ele lhe disse enquanto faziam sexo *novamente*, o último da tarde de domingo enquanto o sol se punha, faltando uma hora para os meninos voltarem.

Ela estava esfolada do queixo até os tornozelos, e ele também. Em cima dele no sofá, Eva mexia-se devagar, nenhum dos dois tinha certeza de que conseguiria gozar mais uma vez.

— Quero morar com você — ele disse de repente. — Por favor, diga sim. Acho que deveria comprar um apartamento maior com dois quartos. Um para os meninos e um com isolamento acústico para nós... aaah.

— Ligeira mudança de posição. — Pago aluguel para que você possa quitar o financiamento, e vamos arrumar um local com um jardim para os meninos jogarem futebol comigo. E ponho a minha escrivaninha no quarto para poder estudar durante todo o tempo em que não estiver fazendo amor com você ou fazendo-a alucinadamente feliz... Por favor, diga sim, Eva. Acho que podemos ser muito bons um para o outro.

Ele esperou um bom tempo pela resposta. Abrandou o ritmo até ela sentir apenas o pênis dele pulsando dentro do seu corpo.

— Não conheço seus pais — ela finalmente disse com um sorrisinho amarelo.

— Você está sendo muito antiquada!

— Gostaria de conhecer seus pais.

— OK... mas está evitando responder à minha pergunta. Vamos morar juntos?

— Bom...

— Por favor?

— Preciso pensar a respeito e sondar os meninos. Comprar um apartamento? — Eram passos importantes, mas Joseph fazia tudo parecer fácil, queria que as coisas fossem fáceis para eles.

— Pense a respeito, Eva. Porra, quero gozar, mas já não tenho nenhum esperma para isso.

Ah, os meninos de hoje em dia, ela pensou, acarinhando a cabeça dele entre os seios. Eram tão liberados que chegava a ser assustador.

— Você vai adorar minha mãe — ele acrescentou.

— Pare... agora você está mesmo me assustando!

Capítulo Seis

Ela finalmente encontrou um apartamento térreo, com dois quartos, muito maltratado, com uma faixa de jardim descuidado, mas sabia que poderia transformar o local em um lar. Quando se mudou para lá com os meninos, Joseph fez parte da mudança.

Compraram uma cama juntos, mas foi a única coisa que ela permitiu que comprasse. Vivia sozinha com os meninos há tempo demais para ser capaz de permitir que alguém entrasse em sua vida assim tão de repente. Ele pagaria um aluguel, e ela assumiria as despesas de toda a mobília, cortinas, pintura nas paredes, plantas, panelas e travessas — as coisas que acumularia gradualmente para fazer do local um lar de verdade. O lar que sempre quis que seus filhos tivessem.

Mas Joseph não permitiu que ela o mantivesse a distância. Ele a amava completa e dedicadamente. Queria ser o amor e o amante de sua vida. Aos poucos, ela permitiu que ele se aproximasse. Assim que começou a dizer "também te amo", ele acelerou o passo em busca de compromisso, casamento... bebês!

— Tire o pé do acelerador — ela parecia adverti-lo o tempo todo.

— Por quê?! — Era a resposta dele.

Talvez não devesse ter se surpreendido tanto ao descobrir que estava grávida, poucos meses depois de ele ter mudado para sua casa. Era irreal esperar que um diafragma controlasse a força da determinação dele.

Os primeiros meses de gravidez foram intensos para Eva: não só temia não estarem prontos para isso, como também sofrera um aborto espontâneo no final de seu primeiro casamento e era aterrorizante estar grávida novamente. Vivia chorando, cansada, enjoada e ansiosa. Ficava acordada à noite, deitada na cama, certa de que a mais leve pontada na barriga era o primeiro sinal de outro aborto. Mas finalmente, finalmente, seu bebê gorducho e barulhento chegou, e, embora Joseph e Anna tenham se apaixonado um pelo outro no primeiro encontro, a primeira reação de Eva ao bebê fora uma mistura emotiva de amor, alívio e mais ansiedade. Durante muito tempo após o nascimento, ela chorou diariamente porque este bebê tão desejado estava finalmente ali e era perfeito. Eva levou meses para se livrar dos medos e foi difícil deixar que o bebê ficasse longe de seus olhos ou no berço até que completasse robustos três meses.

Durante os primeiros anos de Anna, Joseph estudava em casa a maior parte do tempo. Acomodou-se naturalmente ao papel de principal educador e adorava cada minuto. Estava completamente absorvido por sua pequerrucha, andava pelo apartamento com ela no colo quando ficava irrequieta, encorajava-a a tomar as mamadeiras de leite materno e compunha cantigas de ninar desafinadas para fazê-la dormir. Para Eva, era uma revelação ter um homem tão interessado nela e igualmente interessado em Anna e nos meninos. Dennis, seu primeiro marido, não tinha a menor ideia de como cuidar dos filhos e nunca se importara em aprender.

— Olhe, olhe — Joseph apontava, enamorado —, meus olhos, seu cabelo, seu nariz. Acho que ela tem seu lábio superior e o meu lábio inferior. Não é maravilhoso?! É a menina mais perfeita do mundo.

— Melhor ainda que *eu*? — Eva brincava.

— Melhor ainda, porque ela é você *e eu*.

Agora, passados três anos sem ele, ela ainda estava se adaptando ao fato. Sentia-se contente a maior parte do tempo, quase feliz, mas estaria mentindo se dissesse que não sentia sua falta. Jogou fora a cama que dividiam e comprou uma menor, porque o vazio do espaço que ele ocupava a invadia e gelava seu sangue. Pequenos detalhes ainda mostravam o quanto sentia sua falta, melhor ainda, o quanto sentia saudades de como as coisas eram antigamente. Como quando sentia um leve traço do perfume dele no suéter de Anna quando voltava do fim de semana com o pai. Quando via algo que o faria rir ou, pior ainda, quando lembrava do sexo entre eles. De como tudo fora simplesmente perfeito entre eles.

Rolavam juntos na cama à noite, entre beijos tão cheios de desejos e bem coordenados que deslizar para os braços um do outro era fácil e não havia necessidade de palavras. O sexo tinha um ritmo tranquilo, o mover-se entre posições diferentes era mútuo, e gozar juntos era quase sempre possível ou com um intervalo de segundos. Desgrudavam e adormeciam quase imediatamente, porque nunca havia a necessidade de dizer qualquer coisa. Era completamente bom, completamente satisfatório. Quando Eva e Joseph se tornaram amantes vivendo juntos, ela finalmente compreendeu o que era "conhecer" alguém, "mover-se como um só".

Tinha dificuldades para resumir o que dera errado entre eles com o passar dos anos. Talvez tivesse sido pressionada a assumir um compromisso que não queria. Talvez não gostasse do homem em que ele estava se transformando. Ela se apaixonara por um estudante sonhador, idealista e caseiro. Mas Joseph se formou, arrumou um emprego, descobriu que adorava o que fazia, tornou-se ambicioso e quis ganhar dinheiro. Eva, que já fora esposa de um homem rico e obcecado pelo trabalho, entrou em pânico ao imaginar que sua nova vida, cuidadosamente reconstruída, se encaminhava para a direção que queria evitar.

— Cometi o maior erro de todos. Vivi com um completo imbecil — disse a Jen, quando finalmente colocou Joseph para fora do apartamento, perto da meia-noite, após uma discussão aos gritos. Jen apareceu quase imediatamente, com uma garrafa grande de gim polonês barato e uma caixa de suco de maçã, tudo o que conseguira encontrar às pressas.

A Terra Tremeu?

Beberam copos e mais copos dessa combinação estranha de gim e suco de maçã.

— Os holandeses gostam muito disto... ou são os belgas? — Jen disse, reunindo alguns gelinhos mirrados que encontrou no fundo do freezer de Eva.

Depois de dois copos, pegaram os baseados escondidos na lata de biscoitos, fumaram e beberam até chegar a um estado de torpor que nem mesmo o trauma de Eva conseguia derrubar.

— Ele era tão maravilhoso — disse a Jen, quando se enroscaram no sofá e compartilharam o último baseado. — Um cara tão legal. Um pai tão fantástico para Anna.

— Uma trepada tão boa — Jen disse e acrescentou depressa: — Não estou dizendo isso por experiência própria, sua idiota. Estava na cara como você estava satisfeita e como nunca tiravam as mãos um de cima do outro.

— Como foi que ele virou o Richard Branson? Ou uma versão bonita do Dennis? — Essa era a pergunta a que Eva não podia responder. O que ela fizera? O que dera errado?

Quando saiu da universidade, Joseph a surpreendeu aceitando o primeiro emprego que apareceu, em telemarketing. O mais surpreendente ainda é que ele era mesmo bom naquilo e começou logo a ganhar um bom salário.

E, quanto mais ganhava, mais ainda gastava. Comprou um equipamento de som Bang and Olufsen, uma câmera de vídeo de primeira linha, pilhas e pilhas de CDs e vídeos. O guarda-roupa de Joseph aumentou rapidamente com peças Hugo Boss, Gieves and Hawkes... Kenzo... Emporio Armani. Ela e as crianças foram inundadas com presentes, roupas DKNY, Calvin Klein, tênis caros da Nike.

Claro que ela conhecia todas as etiquetas — da vida anterior, a que abandonara e à qual jurara nunca voltar — e sentia-se desconfortável.

Não era difícil adivinhar que Joseph não estava economizando nada, estava gastando a torto e a direito e vivendo no limite dos cartões de crédito. Mas, quando tocava no assunto, ouvia uma conversa sobre promoção, um bônus no mês seguinte e ganhar mais comissões.

— Quero mudar para um apartamento maior em um bairro melhor da cidade — disse ele, esquecendo que Denny e Tom precisariam usar o transporte público para ir à escola. — Não sei se quero que Anna vá para aquela escola. Não acha que deveríamos procurar uma escola particular? — Esse comentário informal durante o jantar causou uma briga enorme.

Não era simplesmente o desejo de Joseph por "algo melhor" para a filha. Eva sabia que isso detonara seu medo mais profundo. O medo de que tudo estaria perdido novamente, que estaria sozinha e começando do zero. Que tudo iria desaparecer da noite para o dia... as roupas, os brinquedos, os presentes legais nos quais havia um investimento emocional, a escola particular, a vida social criada ao redor disso. Isso já acontecera, e ela só confiava em coisas sólidas que não podiam ser levadas embora. Escolas públicas, caderneta de poupança, hipoteca baixa, roupas baratas... relacionamentos baseados em fatos sólidos, bem sólidos.

Joseph estava mudando as regras do jogo o tempo todo.

Era verdade que o apartamento se tornara minúsculo, os meninos adolescentes e grandes estavam enfiados no quartinho dos fundos, e Anna dormia em um berço aos pés da cama deles. Mas esta era a casa dela. O preço fora baixo, e ela tinha dado duro para guardar o dinheiro.

— Eu quero o que tenho — ela disse, irritada. — Gosto deste apartamento, Denny e Tom vão mudar em breve, Anna fica no segundo quarto, e teremos muito mais espaço. Gosto do bairro, meus amigos vivem aqui. A escola é boa. Quero que Anna estude lá.

As brigas paravam por um tempo, até que os desejos incontroláveis de Joseph recomeçassem.

— Pare de comprar toda essa tralha! — Ela gritava. — Não há espaço. Não surpreende que o lugar seja pequeno. Está cheio das merdas que você enfiou em todos os cantos. — Esta havia sido uma briga memorável, com uma cena dela arrancando os CDs dos suportes e os jogando no chão.

* * *

Denny e Tom tinham saído de casa naquele ano. Ela dera a eles dinheiro suficiente para a entrada em um pequeno apartamento virando a esquina. Sabia que eram um pouco jovens para isso, 17 e 19 anos, respectivamente, mas o apartamento dela era muito pequeno para eles e seus amigos. E os problemas entre ela e Joseph eram grandes demais para que tudo coubesse no mesmo lugar.

— Por que não posso querer algo melhor do que temos? Por que não posso querer ter sucesso, ganhar mais e subir na vida? — Joseph reclamava. — Por que acha isso tão errado? Não estou dizendo que não te amo, que não amo seu estilo de vida. Só que quero algo... *algo mais*. Você já teve isso antes, Eva, os carros, a casa, o dinheiro. Por que não posso nem mesmo querer um pouquinho disso? Só porque dói perder não significa que vá acontecer novamente.

— Deste jeito é melhor, Joseph. Você não faz a menor ideia de como assim é melhor — ela disparou.

Foi então que veio a bofetada no meio da cara.

— Meu Deus, você é tão rígida em seu modo de ver as coisas, Eva. Talvez seja simplesmente velha demais para mim.

Lágrimas, pedidos de desculpas e sexo para fazer as pazes, mas poucos dias depois nova rodada de brigas. Até que a vida a dois tornou-se insuportavelmente tempestuosa. Talvez não devesse ter se surpreendido quando ele apareceu uma noite dizendo que a empresa estava abrindo uma filial em Manchester e ele iria assumir a direção.

— Manchester!!! — Ela gritou. — Nós *não* vamos mudar para Manchester.

Ele tirou os sapatos, foi até a geladeira e encheu um copo com suco de laranja, antes de dizer calmamente:

— Não, nem cheguei a pensar nisso. Eles vão pagar o aluguel de um apartamento para mim, então passo a semana lá e volto nos finais de semana.

Estava tudo decidido, ele não queria discutir o assunto com ela, estava simplesmente dizendo como as coisas seriam.

— Entendi. — Ela sentou-se pesadamente na cadeira da mesa da cozinha, porque sabia que este era o começo do fim. Sentia-se desconsolada e estranhamente aliviada ao mesmo tempo. Ele a deixara exausta. Não aguentava mais brigar e discutir. Os meninos saíram de casa por causa disso, e ela sentia muito a falta deles. Sabia que agora estavam crescidos e nunca mais voltariam a viver com ela.

— Ah, Joseph — gemeu com o rosto entre as mãos. — Você também vai sair de casa.

— Não vou, não vou mesmo — ele insistiu. — Amo você, Anna e todos nós. Achei que um pouco de espaço seria bom. Vamos lembrar por que gostamos tanto um do outro. Não do que não gostamos.

— Ah, não. Você não vai mais ser parte da família. Não percebe? Só vai ver Anna nos finais de semana, não vai mais participar do seu dia a dia. Não vai estar aqui para colocá-la na cama e ler uma história antes de ela dormir. Ela vai sentir demais sua falta. E pelo quê? Por mais dinheiro?

Quando ergueu a cabeça e olhou para ele, viu que ele também tinha lágrimas nos olhos.

— Eva, é claro que vou sentir falta dela o tempo todo... e de você. Mas, se continuarmos nesse ritmo, não ficaremos mais um mês juntos. Preciso me afastar por um tempo. Porque quero que fiquemos juntos.

— Dar um tempo nunca resolveu nada. Eu garanto.

— E que diabos você espera que eu faça? Eles querem que eu assuma esse cargo. Não posso recusar.

— Claro que pode. Pode arrumar outro emprego em outra empresa aqui mesmo, sem fazer força.

— Não completei nem dois anos nesta empresa. Como é que fica o meu currículo se largar tudo agora, quando uma promoção está sendo oferecida de bandeja?

Ela riu com desdém. *Como é que fica o currículo?* Quem era essa pessoa? O que aconteceu ao homem que lia poesia francesa na cama em voz alta?

Como podia ter cometido um erro tão grande? Havia julgado erroneamente seu caráter? Ela o transformara? Ele acordou um dia e sentiu-se sobrepujado por suas responsabilidades paternas?

$$* \quad * \quad *$$

A Terra Tremeu?

— Eu sabia — disse a Jen, sentindo-se estranhamente calma. Provavelmente por causa do gim polonês e da maconha. — Não está tendo um caso ou coisa parecida, mas não somos mais importantes, nem mesmo Anna. Senti isso. Ele andava distraído, pensando em outra coisa, em outro lugar, mesmo quando estava conosco. Não parecia se importar mais com nossos problemas. Não queria mais discutir, nem mudar minha opinião sobre as compras. Era como se já tivesse decidido seguir em frente, apenas esperando o momento certo para me contar. Tudo seguia de forma tão equilibrada entre nós — acrescentou. — Agora não é mais.

— Você quer dizer seguia com você no controle — Jen comentou.

— Não, não era assim — Eva respondeu, um pouco irritada. — Ele ajudava, fazia a parte dele, investia tempo. Mas agora é o trabalho isso... o trabalho aquilo... Não gosto dessa história. Lembranças de Dennis voltam o tempo todo.

Ficaram sentadas em silêncio por um tempo, confortavelmente lado a lado no sofá.

— Talvez ele esteja irritado porque você não quer se casar com ele — Jen sugeriu.

— Não posso fazer isso novamente. É muito assustador, não quero ser uma "esposa" outra vez. Já fiz tudo como manda o figurino antes.

— Será que você não está confundindo "casamento" com casamento com Dennis? — Jen perguntou.

Eva desconfiava de que todos os casamentos eram fundamentalmente iguais ao casamento com Dennis, com diferenças em intensidade.

— Afinal de contas, sou casada e estou muito bem — Jen lembrou.

— Pareço ser um capacho pisoteado?

— Por que você se casou?

— Você esteve lá. É assim tão difícil entender? — Jen perguntou. — Para podermos fazer uma festança daquelas e dizer a todos que nos amamos. E acho que a papelada ajuda. Ficamos mais unidos.

— E nada, nada mesmo mudou entre vocês dois depois do casamento?

— Quase nada.

— Algo mudou, então?

— Minha família começou a ser mais gentil com ele. Finalmente aceitaram Ryan como parte permanente da minha vida. Isso é ruim? E discutimos mais sobre as tarefas domésticas. Tirando isso, está tudo absolutamente igual.

— Hummm.

— Estou faminta.

As duas começaram a rir.

— Bateu a larica. Isso é ridículo. Se Anna acorda e nos encontra deste jeito, vou morrer.

— É orgânico, não é? — Jen ergueu o cigarro. — Não há problema. Deixe-a dar uma tragada. Pode ser que ela amoleça um pouco. É muito metida para uma criança de 5 anos.

— Cale a boca! — Eva lhe deu uma palmadinha amigável.

Foi assim que Eva e Joseph se separaram, com lágrimas amargas e uma perua de mudanças. Ela estava angustiada. Ele estava angustiado, assim como as três crianças.

Denny saiu aos berros pela casa dizendo que havia algo de errado com a mãe. Tom chegou a chorar quando soube, e Anna levou semanas para entender que seu pai não morava mais lá. Chorava copiosamente quando ia passar o final de semana em Manchester, deixando Eva sozinha no apartamento pelo que parecia ser a primeira vez na vida em que ficava só. Insuportavelmente sozinha. Saiu e arrumou dois gatinhos naquele primeiro domingo.

Reconciliações breves e tumultuadas ocorreram, incluindo a que seria a última, quando concordaram que Joseph passaria os dias do feriado de Natal com eles, por causa de Anna. De algum modo, o vinho, a luz de velas e a alegria da menina em ter os dois ali juntos levaram a uma noite de amor na banheira com lágrimas e nostalgia, água derramando por

A Terra Tremeu?

todo o chão, e patinhos de borracha, barcos e marinheiros de brinquedo de Anna no meio deles. Por algumas poucas horas, ambos sentiram-se felizes e reconfortados.

Mas ele já estava namorando outra pessoa, tinha deixado Londres para trás... e ela sentia-se muito na defensiva, buscando proteger seus filhos magoados, para querer correr o risco de "tentar" novamente algum tipo de relacionamento.

— Tudo é muito complicado. Não sei o que quero, e você também não — ele disse, acariciando o cabelo dela quando lhe deu um beijo de boa-noite no rosto e foi dormir no sofá.

Mas a diversão não programada no Natal resultou em outra gravidez que pareceu ser uma horrível piada cósmica. Ela estava com 39 anos, uma idade em que não se espera que o corpo pregue peças sobre fertilidade, e esperou até a 15ª semana de gravidez antes de contar a novidade a Joseph. Ele propôs retomar o relacionamento, e passaram um longo e cansativo fim de semana discutindo os termos. Ela pensou que talvez outro bebê os fizesse retornar ao ponto no qual um dia estiveram — à vida perfeita de quando Anna nascera. Mas ele não estava preparado para desistir do emprego ou de viver em Manchester.

— As coisas não podem ficar como estavam, Eva. O fato de estarmos mudando não significa que estamos mudando para pior — ele argumentou.

A oferta final dele foi feita durante uma conversa telefônica tarde da noite, em lágrimas. Ela recusou, dizendo não, tudo acabado, apesar do bebê que pretendia ter.

— Nunca mais vou pedir isso — ele gritou do outro lado da linha. — Está me ouvindo, Eva? Nunca, nunca mais vou ser quem faz o primeiro movimento. Tudo o que você faz é me afastar de você. Nunca quis se casar, talvez nunca me quisesse por perto. Talvez prefira viver sozinha com as crianças. Já pensou nisso?

Ela estava muito perturbada para conseguir dizer alguma coisa.

— Esta é sua última chance — ele avisou, soluçando. — Se me quiser de volta, vai ter que pedir. Não aguento mais isso.

Capítulo Sete

Segunda de manhã. Eva abriu a porta de seu escritório com o coração pesado. Não. A pilha de arquivos ainda estava lá, no mesmo lugar em que a deixara na sexta-feira. As fadas não haviam passado por lá no fim de semana para resolver as pendências.

Pelo menos havia um quadradinho de sol em sua mesa e o aroma dos jacintos que precisavam ser regados no peitoril da janela. Era o começo de abril. Ainda tinha terra sob as unhas depois de ter passado o fim de semana cavando, plantando e removendo ervas daninhas. Os narcisos floresceram, as tulipas ficariam coloridas, e as primeiras alfaces sobreviveriam se ela conseguisse manter os caracóis longe delas.

OK, não importa. Agora estava no escritório, com uma pilha de meio metro de casos à sua frente. Mas primeiro precisava regar as plantas, encher a chaleira de água e escolher onde almoçar com Liza e Jessie.

Finalmente, incapaz de inventar outras distrações, sentou-se para ler os arquivos. Há 15 anos, Eva supervisionava os casos de delinquentes juvenis, e a essa altura havia pouca coisa que esses jovens desencaminhados conseguiam inventar que a pudesse surpreender.

Portanto, os arquivos eram material conhecido — adolescentes sem educação, com má orientação paterna, causando problemas. O mesmo tipo de problema, o mesmo tipo de adolescente, e tudo parecia repetir-se interminavelmente. Via os mesmos nomes, os mesmos rostos e às vezes imaginava se estava no comando de uma gigantesca porta giratória. Mas depois, arrumadas na última gaveta da mesa, estavam as notas de recordação e às vezes até fotos e cartas dos que haviam saído dessa vida. Os que aprenderam alguma coisa de útil no trabalho comunitário ou na terapia ocupacional, ou que conheceram alguém..., ou talvez, só talvez, tivessem aproveitado alguma coisa que ela tenha dito ou feito por eles e saíram, mudaram, pararam de voltar.

Após quase uma hora de leitura, fez a primeira entrevista do dia, Darren Gilbert, 19 anos. Apanhado pela polícia em um carro roubado e ainda por cima portando cocaína — que bom, não?

Ele entrou no escritório arrastando os pés, com um boné de beisebol na cabeça raspada. As mãos enfiadas até o fundo dos bolsos.

— Oi, Darren — ela disse, mas tentou soar o menos possível como uma diretora de colégio interno. Até ela achou que ele tinha um ar durão para seus 19 anos. Vestia uma jaqueta esportiva vermelha e jeans largos que ela reconheceu ser de uma marca da moda. Adolescentes e seu patético fetiche por marcas! Como se uma etiqueta de roupa o fizesse uma pessoa melhor ou o aproximasse da Posh e do Beckham. Uma pulseira de identidade metálica e um relógio tilintavam em seu pulso.

Ele desabou na cadeira, atirou um pé calçado com um tênis enorme para cima do outro joelho e o encostou na lateral da mesa, o que ela tentou ignorar.

Então fizeram a entrevista, Eva tornando bem claro que não ia engolir a conversa de que estava "só ajudando alguém... não sabia que o carro era roubado".

— Já passou pela sua cabeça, Darren, que o dono da empresa de "táxis" era, na realidade, um perigoso traficante de droga?

— Não — foi a resposta, mas de um modo tão pouco convincente que ela tinha certeza de que ele sabia exatamente o que estava fazendo.

— Você só tem 19 anos e está trabalhando para um tipo de cara que provavelmente vai mandar alguém dar um tiro nos seus joelhos se fizer uma cagada. Que bom! E também acho que a sua mãe não vai ficar muito orgulhosa de você, certo? — Ela tinha lido as anotações do caso, sabia que a mãe era uma enfermeira paramédica.

Darren não respondeu a isso, mas Eva não tinha dúvidas de que agora prendera sua atenção.

Depois veio a parte em que ela detalhou as regras e explicou a Darren o que ele deveria fazer se não quisesse acabar na prisão. Gostava de usar o máximo possível de expressões de "policial linha-dura", porque os adolescentes que tinham crescido assistindo a filmes sobre bandidos pareciam reagir a isso: "Tenha respeito", "Você se acha durão?". Esse tipo de coisa.

— Talvez a gente possa treinar você para uma profissão um pouco mais útil — ela lhe disse no fim do sermão.

Darren olhava pela janela, e ela não conseguia ler a expressão de seu rosto. Mas o tornozelo saiu de cima do joelho, o tênis da borda da mesa. *Ah, sou mesmo boa nisso*, ela não conseguiu deixar de pensar.

— OK. — Ela começou a escrever no arquivo dele. — Temos outra entrevista na próxima semana. Enquanto isso, fique na sua. Se for contatado novamente pela empresa de táxis, diga-lhes que não vai meter ninguém em problemas, mas também não pode continuar a trabalhar para eles.

Mal Darren saiu se arrastando do escritório, Eva ouviu uma batidinha à porta, e Lester, seu chefe, enfiou a cabeça pelo vão da porta.

— Oi, Eva, tem alguns minutos para um bate-papo? — perguntou.

— Sim, claro — respondeu.

— Grandes novidades — ele disse, fechando a porta depois de entrar e sentar-se à mesa dela.

— Boas ou más? — ela perguntou.

— Ah, boas, muito boas. — Sorriu para ela, cruzou as mãos com os indicadores apontando para o queixo e a desafiou a adivinhar.

— Vamos todos passar seis semanas em um curso de treinamento na Toscana?

— Não.

— Não? Achei que não era mesmo isso.

— Tenho um novo emprego e sairei daqui a seis meses.

A Terra Tremeu? 65

— Meu Deus! — Foi tudo o que conseguiu dizer por um momento, porque era uma grande surpresa, mas recuperou-se e acrescentou: — Lester, isso é ótimo, mas como vamos continuar sem você?

— Bom...

— Para onde vai? — Ela o interrompeu.

— Fora de Londres. Finalmente encontrei um cargo nesta mesma atividade numa repartição pública maior em Ipswich. A família de Irish é da região, como você sabe, assim, vamos vender a casa, comprar algo no campo, arrumar uns cães. Com sorte, as crianças virão nos visitar de vez em quando, mas você sabe como são os adolescentes...

— Sim, sei mesmo. Pessoal e profissionalmente.

— Eles nem são mais adolescentes — ele lembrou-se. — Qual o termo usado para jovens temperamentais de vinte e poucos anos?

— Pós-adolescentes ou "limítrofes", que é a palavra da moda.

— Ah, tá bom...

— Que ótimo! Não fazia ideia de seus planos.

— Não conto tudo para você, Eva. — Disse isso com um sorrisinho antes de acrescentar: — Mas estou lhe contando tudo antes das outras pessoas, porque vou recomendar você para ocupar meu cargo. O que você acha?

— O que acho do quê? — Ela repetiu. — Agora estou mesmo surpresa.

Lester era um bom homem para se ter como chefe: gentil, justo, mais velho, mais sábio. Todas as qualidades que se pode esperar de um chefe neste tipo de trabalho. Foi por causa dele que ela nunca pediu para mudar de área, permanecendo por um tempo recorde na repartição. Bom, isso e o fato de que nunca quis ser promovida. Estava feliz com o que fazia e com o fato de ser subordinada de Lester.

— Você seria muito boa — ele disse, inclinando-se entusiasmado sobre a mesa. — Todos aqui confiam e gostam de você. Você é uma escolha muito segura para a vaga, e sei que um aumento viria a calhar. Não precisa trabalhar cinco dias na semana, pode optar por quatro dias com redução na hora do almoço e meio expediente na sexta-feira ou algo nesse esquema. Podemos definir várias possibilidades. Você é a pessoa certa para o cargo. A equipe vai trabalhar bem com você. Não quero que tenham que procurar alguém fora daqui para ocupar a vaga.

Conversaram um pouco mais a respeito, e Eva prometeu que iria pensar no assunto. Quando ele se levantou para ir embora, ela também o fez.

— Vou mesmo sentir sua falta, Lester — disse.

— Idem — ele respondeu, e seus olhos fixaram-se por um momento sobre a mesa dela.

— Não quero que sua vida fique mais complicada do que já é — ele acrescentou —, mas talvez esta seja uma boa opção. Você tem me parecido um pouco... não sei... nenhum desafio à sua frente. Não sei se é a palavra certa. Mas talvez precise de algo que a faça seguir adiante na vida.

— Talvez. — Ela estendeu a mão para cumprimentá-lo e ele a envolveu num abraço.

— Vou deixar você em paz — disse, apontando para a pilha de papéis na mesa.

— Ah, sim. — Droga, agora não iria poder relaxar com as meninas no almoço. Esse era um segredo que não poderia compartilhar com elas.

Esperava poder sair mais cedo porque Jen iria jantar em sua casa, mas precisava diminuir a pilha de documentos. Sentou-se e pegou uma nova pasta.

Por volta das 22 horas, quase dormindo em pé, Eva analisava o conteúdo da garrafa de vinho entre ela e Jen na mesa do jardim, ainda faltava mais ou menos uma hora para a noite terminar.

— Então — Eva encheu os copos —, algum avanço nos... — e abaixou a voz em um sussurro debochado —... problemas sexuais?

As duas caíram na gargalhada.

— Não, não. Ryan ainda acha que assistir a um episódio de *Sex in the City* vale como substituto de preliminares — Jen confidenciou. — Não, mentira, ele arrumou uma nova frase: "Jen, estou dando adeus a todo esforço inútil!"

Mais risadas.

A Terra Tremeu? 67

— Pelo menos ele tenta — Eva respondeu. — Mas agora acho que não tenho paciência para fazer sexo. — Por que diabos tinha dito isso? Sempre disse isso para Jen, mas no momento não era verdade e, seja como for, só dava pano pra manga.

— Nada a relatar na frente veterinária? — Jen perguntou. Viram só? É isso o que acontece.

— Não, não... — Eva tentou se esconder atrás da taça de vinho.

— Nadinha de nada?! Tem certeza de que não quer contar algo para a titia Jen-Jen?

— Gosto um bocado do veterinário... ele pode gostar de mim ou não... isso é tudo. E não o vejo há séculos — mentiu. Haviam se encontrado há duas semanas, mas ela recusara dois pedidos recentes para "uma consulta".

— Quer mesmo passar o resto de sua vida sozinha? — Jen estava encostada na cadeira, preparando-se para o seu tema favorito.

— Não estou sozinha! — Eva respondeu. — Não fico sozinha nem um minuto sequer na merda do dia! Ficar sozinha seria uma boa mudança.

— Mas sua cama está fria e vazia — Jen comentou. — Seus filhos vão crescer e sair de casa, e você vai morrer como uma velha solteirona solitária, toda ressecada por dentro.

Eva riu com desdém.

— Tenho aparelhos elétricos — respondeu.

Era a vez de Jen desdenhar.

— Ah, faça-me o favor. Não é a mesma coisa.

— Claro que não! Ah, não importa... Não tenho onde enfiar um homem. — E ambas caíram na risada. — Na minha vida! — Eva explicou. — Tenho as crianças, o trabalho, a cozinha, as lições de casa, a faxina, as brincadeiras, o passeio no parque, a papelada, os meninos mais velhos e os problemas deles. Não há espaço em minha vida para um homem que precisa de sexo, jantares arrumados, paparicação e atenção, fins de semana viajando e... todo o resto. Além disso — Eva acrescentou —, o que Anna e Robbie iriam achar? Não, não, não. Vou continuar celibatária por alguns anos.

— Bom, você é uma velha chata — disse Jen. — Mas, mesmo assim, não acredito em você. Por que é que se arruma tanto, então, faz luzes nos cabelos, musculação e usa roupinhas de jovem? Se não estivesse mesmo interessada, ficaria toda desleixada.

— Sou uma mamãe gostosa e gosto de me exibir.

— Rá-rá.

Ambas sabiam que era uma piada, porque Jen era a mulher de meia-idade mais glamourosa do lado de lá dos 40. Decidira há tempos que, se não podia ser magra, meu Deus, ela seria sexy. Era uma garota que enchia um par de calças colantes e um sutiã Wonderbra com muita sobra e era totalmente desinibida quanto a suas dobrinhas. "Merda de fascistas da boa forma", ela gostava de gritar quando via anúncios dos Vigilantes do Peso e outros semelhantes. Costumava usar os cabelos em tom de um castanho-mogno, presos em um coque alto, e gostava de tops com decote em arco, blusas com um botão desabotoado a mais da conta e de se ver vazando para fora de saias e jeans apertados. Nesses dez anos, Eva achava que nunca a tinha visto sem maquiagem. Jen sempre usava um batom de cor forte e escura e uma sombra esfumaçada. A única coisa que Jen não podia ter eram as unhas compridas e pintadas que adoraria. Não poderia mesmo ter unhas grandes na profissão dela. "Não posso espetar as partes pudendas das pessoas", dizia. As duas não podiam mesmo ser mais diferentes — Jen era baixa, cabelo escuro, voluptuosa e purpurinada; Eva era alta, esguia, loira e *au naturel*. Ela era o tipo de mulher de "um pouco de hidratante todos os dias", "brilho labial e blush para uma ocasião especial". O cabelo longo e com luzes era sua única extravagância de beleza, e até mesmo isso era feito por um preço camarada por Harry, seu amigo e cabeleireiro.

— Fui indicada para uma promoção no trabalho — ela contou para Jen, observando as chamas das velas que acendera na mesa ao ar livre tremularem com a brisa. — Uma *grande* promoção. Meu chefe vai sair e quer me indicar para a vaga dele.

— Fantástico.

— Sim, mas...

A Terra Tremeu?

— Sim, mas... sim, mas... Já sei o que vai dizer, sua mãe-coruja infeliz com ataques de ansiedade — Jen provocou. — E meus filhos? Quem vai pegar eles no ponto de ônibus e cozinhar lentilhas orgânicas para eles?

— Tá, não como só lentilhas. Vamos deixar isso claro?

— OK. — Jen ficou meio assustada com essa explosão.

— E, seja como for, ainda são muito pequenos, os mais novos — Eva protestou. — Robbie tem 2 anos. E me preocupo como vou ser capaz de fazer o que é preciso como mãe, juntamente com um trabalho exigente e assustador. Já estou suficientemente cansada do jeito que as coisas estão. Sabe como é, acordar muito cedo, passar tempo demais da minha vida fazendo os trabalhos domésticos em vez de ir até a loja de jardinagem para escolher novas trepadeiras.

— Você é tão triste — Jen repetiu.

A temperatura aumentara um pouco. Pela primeira vez no ano, decidiram jantar no jardim. Apesar de cada uma estar com dois suéteres para se proteger do frio, era maravilhoso sentar-se do lado de fora e sentir o cheiro de folhas e terra úmida, porque Eva regara o jardim.

— Talvez o novo trabalho lhe faça bem — Jen comentou.

— Foi isso que Lester disse — Eva respondeu, ficando agora um pouco desconfiada. — Por que parece que preciso que me façam bem?

— Bom, não há muito mais coisas boas para você, não é?

— Não se preocupe em ferir meus sentimentos, Jen, por favor. — Ficara um pouco magoada.

— Desculpe. Só quis dizer que, desde que você e Joseph se separaram e Robbie nasceu, não mudou nadinha. E isso foi há mais de dois anos, certo?

— O quê? Você quer dizer além de ter um novo bebê para me preocupar? — Eva voltou a responder com um pouco de agressividade, e Jen achou que provavelmente deveria deixar a coisa por aí mesmo.

Eva estava irada. Jen não sabia sobre o veterinário. Ninguém sabia. Ó diabos — e o que é que havia para se contar? Algumas tardes de sexo amigável não eram exatamente material para o noticiário. Sua amiga tinha razão: nada mudara.

Talvez porque estivesse escuro lá fora, talvez porque estivesse magoada, muito provavelmente porque bebera boa parte das três garrafas de vinho, repentinamente, Eva ouviu a si mesma contando para Jen algo que mal se permitia imaginar.

— Acho que quero tentar voltar com Joseph — disse.

— O quê!!! — Foi a reação de Jen. — O quê? Com a porcaria da segunda versão do Richard Branson! Eva... acorda, né? Vou tirar a taça de vinho da sua frente já.

— Jen, não. — Eva estava tremendamente irritada por ter confessado.

— Quando isso aconteceu? — Jen perguntou.

— Não aconteceu. Nada aconteceu. Vou só contar para ele e ver o que ele acha.

— Ah, Eva! — Jen deu um suspiro frustrado. — Ele tem outra namorada, caso você não tenha notado. Vive em Manchester... mudou de rumo na vida. Tudo o que vai ouvir é um enorme e humilhante não.

— Bom, talvez isso ajude — Eva respondeu. — Não importa o que faço, não consigo parar de pensar "e se?".

— Ah, meu bem. — Jen puxou a cadeira para mais perto dela e colocou um braço a seu redor. — De onde saiu tudo isso? Pensei que estivesse muito melhor.

— Não estou — Eva respondeu, reconhecendo o tremor na voz, que dizia que teria de se controlar muito para não chorar. — Tenho dormido com o veterinário e simplesmente não é a mesma coisa.

— É claro que não é a mesma coisa — Jen a acalmou, reprimindo a vontade de perguntar: *Como? Onde? Quando?*, muitas e muitas vezes.

— Mas não *significa* nada. — Eva lutava contra as lágrimas. — Sempre significou algo com Joseph, mesmo na primeira noite.

Jen dava palmadinhas reconfortantes no braço de Eva.

— Não consigo ir em frente sem ter certeza de que não posso voltar atrás — Eva disse.

— Tudo bem. — Jen esfregou de leve o braço dela. — Mas você não pode simplesmente disparar na direção dele, sem nenhum *sinal* de que ele está interessado.

A Terra Tremeu? 71

— Anna disse que encontrou uma foto minha no porta-luvas do carro dele. — Agora que dizia isso em voz alta, parecia patético.

— Anna é parte interessada no assunto — Jen comentou. — Acha mesmo que deveria acreditar em tudo o que ela diz?

— Tem razão... mas nos nossos últimos encontros... Não sei, mas algo parece ter mudado. Temos sido mais gentis um com o outro, e ele quer passar mais tempo com Robbie. Também pretende levar Anna com ele em uma viagem até a Alemanha, porque está investigando ideias para um negócio *ecológico*.

Ela queria dizer: "Não soa um pouco como o velho Joseph... meu Joseph?" Mas o olhar de Jen a estava desanimando.

— Ó meu Deus, Jen — suspirou —, você está certa. Isso tudo é ridículo. Você não deveria ter me deixado beber tanto vinho.

Eva encontrou um pedaço de lenço de papel no bolso dos jeans e secou os olhos. Assoou o nariz e sorriu, pedindo desculpas.

— Melhor pegar os pratos — disse.

Jen conseguiu manter um ar de simpatia e ficar quieta por cinco minutos antes de disparar:

— Não *acredito* que você não me contou sobre o veterinário!

Capítulo Oito

— Você vai sair? — Anna estava no quarto de Eva, observando a mãe passar um batom meio seco que encontrara no fundo da gaveta de lingerie.

— Não. — Ela tentou soar descontraída.

— Mas está toda arrumada, está mesmo bonita. — E era verdade. Para começar, estava usando um vestido, o que era algo muito, muito incomum. Um vestido de tecido acetinado brilhante, cinza-escuro, com ar de senhoras-elegantes-que-se-encontram-para-almoçar, que comprara há anos para uma ocasião especial da qual nem se lembrava mais. Estava usando brincos pequenos e brilhantes, meia-calça, sapatos altos e perfume. Como pudera pensar que Anna não ia perceber e fazer perguntas inconvenientes? Ah, tudo era óbvio demais.

Tirou os sapatos e as meias e calçou sandálias baixas com enfeites de miçangas. Colocou um leve cardigã preto por cima do vestido.

— Aonde você vai? — Anna estava sentada na cama, com a mala arrumada, vestida e pronta para passar o fim de semana com Joseph.

Era a visita de Joseph que estava fazendo Eva se embonecar toda. Pretendia parecer casualmente maravilhosa, ser muito, muito gentil com ele e ver se isso causava algum tipo de reação... um sinal que permitisse que ela perguntasse... sugerisse... propusesse que dessem os primeiros passos para voltarem a ficar juntos.

Não ia dizer nada — ou mesmo fazer algo. Só queria ver se havia algum tipo de, bom... *sinal*. Não sabia o que poderia ser, mas tinha certeza de que o reconheceria.

— Não vou a lugar algum, querida. — Estava escovando o cabelo agora e chacoalhou a cabeça esperando minimizar o efeito "cabelo escovado".

— É para o papai? — Um leve olhar esperançoso surgiu no rosto de Anna.

— Não seja boba. Mas vou ser boazinha com seu pai, como você quer que eu seja. OK?

— OK. — Um sorriso enorme surgiu no rosto de Anna. — Ele também vai ser bonzinho com você. Fiz com que ele prometesse.

— Está ótimo então. Vamos todos ser amigos.

— Sim. — Anna tinha planejado mais do que "amigos" e achava que tudo estava indo muito bem. Sua mãe estava usando um *vestido*, passando *batom* e prometendo ser boazinha com ele. Pelos seus cálculos, estariam vivendo juntos e felizes novamente em algumas semanas. Rá-rá, Michelle.

Eram quase 19 horas quando a campainha tocou, mas Eva levou um susto. Droga! Era ele. Levantou-se correndo do sofá, arrumou o cabelo, tirou o cardigã e esperou que Anna abrisse a porta para deixar Joseph entrar.

Robbie estava pulando no outro sofá, cantando:
— Jofus! Jofus!
— Oi, papai. — Eva ouviu a filha dizer.
— Olá, Anna. Como vai você? Dê um beijão no papai.
— Ah! Oi, Michelle.
Michelle??
Michelle! O que ela estava fazendo aqui? Sorria, Eva, estão entrando na sala.
— Olá — ela disse, esticando um sorriso de orelha a orelha.
— Oi, Eva. — Joseph parou na entrada e não lhe deu o costumeiro beijo no rosto.
— Esta é Michelle — disse e passou o braço ao redor do ombro de uma loira baixinha e bonita que parecia... bom, exatamente como Anna

a descrevera: toda emperiquitada, maquiada, cabelos brilhantes presos em um rabo de cavalo, pele clara, lábios grossos, usando um casaco longo de lã fina cor de creme. Muito bonita.

— Olá, prazer em conhecê-la. — Michelle estendeu a mão que, quando Eva apertou, deu uma sensação de suavidade e pequenez que fez a sua própria mão se parecer com uma luva de jardinagem desajeitada e seca.

— Ouvi muito a seu respeito — Eva disse sorrindo. Mas não acrescentou, *nenhuma coisa boa*.

— Este é Robbie — disse, apresentando o menino.

— Ah, olá, Robbie. — Michelle deu um tchauzinho. Joseph foi abraçar e fazer cócegas no filho.

Todos ficaram assistindo a uma luta divertida, cheia de risadinhas.

— Posso oferecer uma xícara de chá, uma taça de vinho ou outra coisa? — Eva repentinamente lembrou-se de perguntar.

— Não, não. Já estamos de saída — Joseph respondeu. Estava sentado no sofá com Robbie nos joelhos, todo desarrumado por causa da agitação, e nunca pareceu tão perfeito na vida. Ela deveria tê-lo de volta... deveria mesmo.

— Queria que você conhecesse Michelle — ele disse. — E, hã... queríamos contar que... hã... estamos noivos.

— *Noivos?!* — Foi Anna quem disse, mas os sentimentos de Eva eram perfeitamente iguais.

— Sim, Anna — Joseph respondeu calmamente, embora estivesse óbvio que a menina estava furiosa.

— Vão se *casar!* — Ela gritou, pasma. Seu rosto estava muito pálido, com uma mancha rosa em cada bochecha. Olhava de Michelle para Joseph alternadamente, desafiando-os a darem uma explicação.

— Sim — Joseph repetiu. — Você vai ser a *dama de honra* — ele acrescentou, com a vaga esperança de que isso melhorasse a situação. Mas Anna explodiu em lágrimas e saiu correndo da sala, empurrando Michelle.

Eva ficou ali com um sorriso levemente congelado no rosto. Explodir em lágrimas e sair correndo da sala era tentador, mas ela não podia fazer

A Terra Tremeu?   75

isso agora. Bom, estava esperando por um sinal, não estava? Isso era definitivamente um sinal. Um sinal de que ela era completamente *louca*.

— Parabéns — ela conseguiu dizer. Joseph parecia chocado, e ela acrescentou: — Acho que Anna vai precisar de um pouco de tempo para aceitar a situação, mas tenho certeza de que vai ficar tudo bem. Então, quando isso... aconteceu?

— No fim de semana — foi a resposta de Michelle. — Gostaria de dizer que ele se ajoelhou com um lindo anel em uma caixinha.

Como foi comigo, Eva pensou.

— Mas na verdade foi mais... espontâneo do que isso — Michelle acrescentou.

Ele fez o pedido na cama, Eva concluiu.

— Ah, isso é muito bom. Parabéns — Eva repetiu e acrescentou: — Joseph sempre quis se casar. — Neste momento, desejou poder se enfiar em um buraco, porque era óbvio que isso queria dizer que ele sempre quis se casar com ela.

Michelle disparava olhares fulminantes para ele e cruzara os braços de modo visivelmente irritado.

— Deixem-me ir ver Anna — Eva disse. — Têm certeza de que não querem um chá ou outra coisa?

Joseph decidiu que queria uma taça de vinho, e Michelle, água.

— Eu pego — ele disse a Eva. — Você vai ver Anna ou quer que eu vá?

— Nos dê alguns minutos — ela disse.

Abriu a porta do quarto que Anna e Robbie dividiam e viu Anna deitada na cama de cima do beliche, soluçando.

Eva acariciou suas costas, e finalmente Anna se sentou e se deixou abraçar. Envolveu o pescoço de Eva com os braços, enterrou os olhos lacrimejantes e o nariz no seu vestido de cetim, o que era uma lição para ela, por ter decidido vesti-lo em primeiro lugar.

— Quero que papai case com você. — Os soluços vieram ferozes.

— Eu sei, querida — ela sussurrou.

— Por que você e papai tinham que ser tão horríveis? Se tivessem sido mais gentis um com o outro, poderiam estar casados agora. E agora ele vai casar com a besta da Michelle.

— Anna, mamãe e papai não estão mais juntos. Amamos você, amamos Robbie, mas você vai ter que se acostumar com a ideia.

— Então por que continuaram mantendo minhas esperanças? Os dois? Com seus joguinhos bobos. Fotos em gavetas, pijamas no armário e passando batom? — Ela chorava quase histericamente. Eva não tinha certeza do que tudo aquilo se tratava. Mas percebeu que Anna havia notado mais das emoções não resolvidas entre ela e Joseph do que jamais imaginara. Tantas vezes se reconciliaram que Anna não tinha realmente acreditado que haviam mesmo se separado. Até esta noite, será que a própria Eva também não tinha acreditado?

Agora estava tudo morto e enterrado.

— Como vão as coisas? — Perguntou Joseph, em um sussurro, da porta, e Eva limpou as lágrimas de seus próprios olhos.

— Não vou com você — Anna gritou do beliche. — Não quero ir para Manchester com você e a Michelle — disse e explodiu em soluços novamente.

— Sinto muito, Anna. — Joseph assumiu o controle de acalmar a filha enquanto Eva continuava a segurá-la. — Não sabia que pensava assim.

— Não vou com vocês — Anna repetiu. — Não há espaço suficiente no seu carro para três pessoas. — Isso soava horrivelmente como: "Não há espaço em sua vida para três pessoas."

Ninguém conseguiu convencer Anna. Ela nem saiu do quarto. Não queria ver Michelle, que, naquele momento, tinha sido atraída para um complicado jogo de esconde-esconde com Robbie e não estava achando nada divertido.

— É melhor você ir embora — Eva disse a Joseph. — Ela vai ficar bem. Ligue para ela amanhã.

— Espero que não tenhamos estragado seus planos — Joseph disse da porta.

— Planos? — Ela perguntou. Ele apontou casualmente para o vestido dela.

— Você ia sair?

A Terra Tremeu?

— Ah, não. Não, não. Ia receber uma visita mais tarde, mas vou cancelar. Nenhum problema.

Visita? A frase estava na cabeça dele enquanto dirigia pelas ruas da zona norte de Londres para pegar a rodovia M1. Quem seria? Quem ela estaria esperando, usando um vestido que ele reconhecera de tempos atrás. Um vestido que ela comprara para uma ocasião especial quando estavam todos juntos. O que tinha sido mesmo?

— E então? Posso saber o que você acha? — Michelle parecia irritada. Ele não a estava escutando *novamente*, e, com razão, ela não iria gostar nada disso.

— Desculpe. Não ouvi o final.

Suspiro enorme.

— Joe. Quero falar sobre nosso casamento. Não quero mesmo nenhuma dama de honra. Quero dizer, só se for mesmo muito importante para Anna... — Ela parou de falar.

— Desculpe. Não tinha pensado nisso. O que mais você quer?

— Que tal um casamento maduro e romântico? Que tal fugirmos para um lugar realmente glamouroso e casarmos lá? O sul da França, a Itália... um lugar assim?

— Seria ótimo, mas meus filhos precisam estar presentes no meu casamento. Anna já está tendo problemas suficientes em aceitar a ideia sem que eu me case escondido dela.

— Anna tem problemas, ponto final, vamos assumir os fatos — ela disparou.

— Não diga isso.

Ele olhou para ela, mas ela ficou olhando para a estrada em frente, carrancuda.

— Olhe, estou cansado. — Colocou a mão sobre a dela. — Não estou mesmo com vontade de conversar sobre nada agora, mas temos todo o fim de semana pela frente. Que tal irmos comprar um anel de noivado amanhã?

Ela virou e sorriu para ele.

— Tem certeza?

— Sim, tenho certeza... de tudo — ele respondeu e foi nesse momento que se lembrou... o vestido de Eva. Ela o comprara para a festa de trinta anos de casamento dos pais dele, ocasião em que outra cena de proposta de casamento rejeitada aconteceu. Bom, se ele queria um sinal de que estava fazendo a coisa certa ao se casar com Michelle, este era um bom sinal, não era?

Tinha feito seis pedidos sérios de casamento a Eva e mais uma centena na brincadeira. A melhor resposta que recebera foi: "Me peça novamente daqui a um tempo."

Isto era melhor. Michelle aceitara o pedido antes mesmo de ele terminar a frase. Depois das experiências com Eva, a reação dela o pegou meio de surpresa. Desde então, Michelle queria falar sobre anéis, vestidos, locais e convites sem parar. Mas, estranhamente, tinha dificuldades em compartilhar do entusiasmo dela e agora estava preocupado com Anna.

Muito mais tarde naquela noite, Eva colocou a filha na cama e acariciou sua testa até que os olhos dela finalmente fechassem. Ficaram acordadas até tarde no sofá, enroladas debaixo de um cobertor, comendo todos os biscoitos doces da casa e bebendo chocolate quente. A caneca de Eva continha um acréscimo de conhaque.

Era bastante tarde, e Eva ficou surpresa quando o telefone tocou, mas a surpresa passou quando ouviu a voz de Jen do outro lado da linha.

— Ah, não enche! — disse, cansada só de pensar em ter de contar a epopeia toda para Jen.

— Só queria saber como você estava. Sabia que ele iria passar aí hoje à noite e queria ter certeza de que você não fez papel de tola.

Houve uma pausa.

— Mas, se você tiver feito papel de idiota, continuo sendo sua amiga.

— Jen — Eva disse com um suspiro fundo —, ele veio com a Michelle...

— Oh!

A Terra Tremeu? 79

— Para contar que estão noivos. Vão se casar.

— Oh. — Parecia que Jen não esperava por essa. — Bom, você queria um sinal — ela disse.

— Eu sei! — Eva começou a rir. — E não é que apareceu uma porra de uma placa bem grande na minha cara?

— Você está bem? — Jen perguntou.

— Sim, estou bem. Mas confesso que me sinto um pouco idiota. E a coitadinha da Anna está muito chateada.

— Ah, que judiação!

— E você? Está no trabalho? — Eva perguntou.

— Sim, estou bem. Preciso ir. Só queria saber como você estava.

— Você é fantástica.

— Eu sei. Eva?

— Sim?

— Liga para o veterinário.

— Ah, pelo amor de Deus... você está obcecada.

— Não estou. É que os homens possuem uma qualidade útil: são capazes de ajudar você a esquecer outros homens. Eles são bons nisso. E em levar o lixo para a rua.

— Boa-noite, sua doida.

— Boa-noite.

Capítulo Nove

Eva lutava contra uma raiz particularmente teimosa, usando uma pequena pá de jardim quando a cabeça de Tom apareceu inesperadamente na porta dos fundos.

— Oi — ele disse com um sorriso e entrou à vontade no jardim, um rapaz esguio de 1,90m, cabelos louros, usando jeans largos e uma camiseta que dizia "Astro pornô".

— Olá! — ela respondeu e o observou caminhar em sua direção, apreciando o quão bonito ele era... magro, ombros largos, rosto quadrado e longos cabelos de surfista. Ela o achou fabuloso.

Eva, claro, continuava sendo um ser extraordinário, pensou ele, sorrindo enquanto caminhava até ela: sua cabeleira loira enfiada em um horrendo e velho chapéu cáqui. O resto de suas roupas não era melhor — um top de batik rosa-choque e branco, muito colado ao corpo, montanhas de braceletes de contas, calças largas camufladas e um par de botas velhas de caminhada imundas. Mas ele adorava a mãe.

— Venha cá. — Ela sorriu e abriu os braços. Ele inclinou-se para beijá-la no rosto e lhe dar um abraço rápido.

— Onde estão as crianças? — Ele perguntou.

— Foram visitar os novos gatinhos de Jen — ela disse. — Mas você é exatamente do que eu precisava. — E olhou para a vala funda que cavara ao redor da planta criminosa: — Força bruta. Quer arrancar este maldito arbusto para mim?

— Ah, carma ruim, puxa! Por que está arrancando as rosas?

— Só esta. Está toda desgrenhada e irregular, apesar de todos os meus esforços. Olhe, não discuta comigo... puxe! Espere, vai precisar de luvas, é muito espinhosa.

Tom forçou as mãos dentro das pequenas luvas, duras de terra, e agarrou a base do arbusto. Lutou contra ele até que, com um estalo, a raiz quebrou, e o arbusto soltou-se.

— Pronto! — Jogou-o no chão, e sorriram um para o outro.

— O que está fazendo aqui, afinal de contas? — Ela perguntou, pois era a tarde de uma sexta-feira, antes das 17 horas. — Não devia estar no trabalho, mexendo nos computadores?

Ele riu e depois ficou sério. Um pouco nervoso, ela observou.

— Saí mais cedo por bom comportamento, mas tenho uma coisa que preciso conversar com você. E queria estar a sós.

— OK. — Ela tirou o chapéu para olhar melhor para ele. — Sou toda ouvidos — disse e sorriu para deixá-lo mais à vontade.

— Está bem. — Ele passou as mãos pelos cabelos e tentou retribuir o sorriso. — Lá vou eu... Deepa está grávida. — Antes de a notícia ser bem assimilada, acrescentou: — E pretendemos ter o bebê... e casar.

— Deepa está *grávida*? — Ela perguntou, com uma minúscula esperança de que tivesse ouvido errado e Tom estivesse falando de outra pessoa que não fosse a namorada que arranjara há dois minutos. Eva gostava sinceramente de Deepa, mas... *bebês? Casamento?* Ainda estava tentando assimilar a novidade do choque do último comunicado matrimonial que recebera. Não faz sentido... não faz sentido... — Não!

— Sim. — Tom enfiou as mãos nos bolsos e puxou o jeans para cima.

— Como isso aconteceu? — Que tipo de pergunta imbecil era essa? Ela pensou assim que as palavras saíram de sua boca.

— Hummm... do modo habitual, acho. — Um leve sorrisinho envergonhado.

— Tom, você sabe tudo sobre contraceptivos desde os 6 anos de idade. Não há desculpas para isso — ela disparou.

Tom deu uma resposta que ficou a meio caminho entre um resmungo e uma risadinha, puxando os jeans novamente, o que era absolutamente inútil, porque eram largos demais e despencavam assim que ele os soltava.

Ela sentiu o calor da irritação subir para a face. Seu filho Tom, que acabara de completar 20 anos, recém-contratado em seu primeiro emprego sério, estava planejando se casar — *e ser pai* — com uma universitária um pouco mais jovem e um pouco menos cabeça oca do que ele. Ele não fazia a mínima ideia! Os dois não faziam a mínima ideia! O pior de tudo — a parte que estava fazendo lágrimas quentes subirem a seus olhos — é que isso tinha sido o que lhe acontecera. Grávida aos 20, casando... e veja como as coisas acabaram mal.

Queria que tudo fosse diferente para seus filhos.

Ó meu Deus!

Tom colocou o braço ao redor dela.

— Sinto muito — ele disse, pousando a cabeça dela contra seu ombro.

Ela colocou a mão nas costas dele.

— Oh, Tom. Isso vai ser tão complicado. Um bebê? Já pensaram bem nisso?

— Sim, pensamos. Pensamos um bocado. Não era o que planejávamos, mas o que sai como se imagina?

Eva ficou impressionada com a seriedade na voz dele.

— Você a ama? — Perguntou.

— Sim, eu a amo, e ela me ama, e vamos dar um jeito de criar esse bebê.

Ele fazia tudo parecer simples. Mas é assim que as coisas são quando se tem 20 anos. Tudo direto, sem enxergar as coisas complicadas que os adultos mais velhos e sensatos sabem que estão por vir.

Ela sentiu-se um pouco melhor.

— Vai ser legal, mamãe — Tom disse e puxou os jeans novamente.

— Você precisa de um cinto — ela disse, e ele sorriu. — Robbie vai ser tio — ela acrescentou. — E só tem 2 anos. — Não sabia se ria ou se chorava, nem que direção essa história iria tomar.

A Terra Tremeu? 83

— Tudo vai ficar bem. — Encolhida de ombros, puxada nos jeans. Ela mal podia acreditar que ele tinha mesmo 20 anos. A mesma idade dela quando teve Denny. Tom ainda parecia um *adolescente*, e ela achava que era muito adulta naquela época. Então, riu ao lembrar-se de si mesma aos 20 anos, com terninhos e cabelos escovados. Achava que era tão adulta e olhe para mim agora... Pela primeira vez, imaginou se não tinha feito tudo um pouco ao contrário. Na época, tinha sido uma típica dona de casa do subúrbio, mãe de duas crianças, casada com um marido empresário, uma casa toda arrumada, mobília antiga e quase todas as roupas precisavam ser lavadas a seco na lavanderia. Agora, estava solteira, saindo com caras, lidando com jovens recém-saídos da adolescência e crianças pequenas, vivendo em um apartamento térreo, ouvindo música pop e comprando roupas em lojas baratas. Sua vida havia tomado um rumo estranho e imprevisível.

— Para quando é o bebê? — Ela perguntou, puxando o cabelo para trás e limpando as mãos nas calças.

— Começo de setembro. Ela está na 18.ª semana... Sei que demoramos para contar para as pessoas. Mas era uma decisão importante.

Ela notou o "18.ª semana", seu filho já estava usando terminologia ginecológica.

— Enjoada? — Eva perguntou.

— Nem me fale. Seria um bocado engraçado se eu não sentisse tanta pena dela.

— Coitadinha. Já tentaram biscoitos de gengibre?

— Mãe, ela tentou tudo com gengibre... biscoitos, chá, suco. Gengibre cru ralado. Vomitou tudo.

— Coitadinha, coitadinha... Os pais dela já sabem?

— Hummm... Acho que ela vai contar neste fim de semana. Não sei se a acompanho ou não. Não quero apanhar. — Sorriso, encolhida de ombros, puxada nos jeans.

— Ó meu Deus. — Eles... hummm? Deepa é...? — Qual a maneira politicamente correta de perguntar sobre a humm... herança cultural da namorada asiática de seu filho?

— Quer saber sobre religião e o resto? — *Religião e o resto?!* Bom, essa era uma maneira de colocar as coisas.

— Sim.

— São anglicanos, não praticantes. Seus antepassados foram catequizados por missionários ou coisa parecida.

— Posso fazer uma sugestão?

Ele acenou com a cabeça.

— Por favor, não use esta camiseta quando for visitar os pais dela.

— Ah, sim... claro.

— Astro pornô! — Ele também tinha uma camiseta que usara no almoço de domingo, sem ligar a mínima, que dizia: "Masturbação não é crime."

— Precisam mesmo se casar? — Ela perguntou. Casamento parecia uma coisa muito complicada para que os dois fizessem correndo. — Não seria melhor viverem primeiro juntos com o bebê? — Perguntou.

— Queremos casar, mamãe. Fazer tudo direitinho.

Ela tinha de admirar o entusiasmo deles... otimismo cego.

— Quando? — Perguntou.

— Antes de o bebê nascer. Deepa quer que seja em junho. Na igreja local, hotel com um grande jardim. Quer vestido branco, véu, carro com motorista, o pacote completo. Barrigão e tudo!

— E como você se sente a respeito disso tudo? — Eva perguntou.

— Bom, não é realmente meu estilo. Mas se é o que ela quer... E ela acha que os pais vão ficar mais felizes... portanto... tudo bem.

— Hummm. Quer chá? — Ela perguntou.

— Tem bolo? — Mesmo no meio de uma crise, Tom era capaz de comer bolo.

— Sim. Tenho bolo. Joseph também vai se casar — disse, tentando parecer ultrarrelaxada a respeito.

— Ah, vai? Com quem?

— A namorada, Michelle.

— Então vai ser um vendaval de casamentos. — E não disse mais nada a respeito, o que a surpreendeu.

A Terra Tremeu?

Quando pararam na porta dos fundos, para que ela tirasse as galochas enlameadas, ele acrescentou:

— Mais outra coisa...

Ela virou-se para ele, com um pé para cima, e quando Tom viu o buraco no dedão, sentiu uma pontada de afeto por sua mãe, pensando se tinha o direito de fazê-la passar por isso.

— Sim?

— Quero convidar meu pai... você sabe, Dennis, para o casamento. E a família dele também, se concordarem em vir.

Eva continuou a remover as galochas.

— Entendo — finalmente respondeu. — Bom, você não pode esperar que eu fique entusiasmada com a ideia.

— Não.

Ela começou a pensar em qual seria a próxima provação. Anna sendo denunciada como traficante do parquinho? Robbie sendo convidado a assumir a presidência da Lego?

Dennis. Tom queria convidar Dennis para o casamento... simples assim. Dennis, o pai que abandonara Denny e Tom há 16 anos. Os dois, claro, o haviam encontrado desde então. Ele teve de entrar em contato para pedir o divórcio. Depois disso, mandava cheques esporadicamente, fazia visitas mais esporádicas ainda, enquanto passeava pelo país, telefonava das suítes de hotéis cinco estrelas, cujas diárias eram pagas pela empresa, e levava os filhos deslumbrados para passarem dias milionários, cheios de presentes e muito açúcar. Eles ganhavam tudo o que queriam, comiam sorvetes como jantar, iam ao zoológico, percorriam o parque montados em patins ou skates novos — ou qualquer outro dos presentes do pai. Então, quando a brincadeira tinha fim, eram devolvidos para ela, para uma desintoxicação e o golpe da volta à realidade.

Dennis, o Detestável... Dennis, o... que palavra realmente ruim começava por D... Denso? Não. Debiloide? Não. Diabólico, mau-caráter. Agora sim.

— Ele vai ser avô — Tom dizia. — Pode gostar de saber.

— Hummm. — Brincar de família feliz nunca foi uma coisa que o interessou. Bom... pelo menos não com eles.

— Cuidado, não pise nos carrinhos de Robbie — Eva avisou enquanto colocava a chaleira no fogo e abria espaço na mesa da cozinha caótica. — Uma hora dessas vou cair e quebrar o pescoço.

— Carrinhos de Robbie? — Tom inclinou-se e pegou um trator todo acabado. — Conheço este aqui.

— Quem sabe o tio Robbie não o deixe de herança para seu sobrinho ou sobrinha — ela disse e sentiu a confusão "Rio ou choro? Rio ou choro?" tomar conta dela de novo.

— Eu sei, mamãe — Tom disse. — É um bocado estranho... mas tudo vai ficar bem. Pense em como vai ser divertido para Robbie.

— O que quer beber? — Perguntou quando a água ferveu. Ele sabia qual era a ampla seleção à escolha: três tipos de chá... todos descafeinados, chá de ervas, de frutas, café descafeinado...

Mas sua mãe puxou uma cadeira para poder alcançar o alto do armário e pegou uma velha lata de biscoitos, então ele percebeu como ela estava abalada. Isto era a coisa pesada, a ser usada somente em emergências — pó de café de grãos Arábica. Ainda em cima da cadeira, ela abriu a embalagem de alumínio e cheirou profundamente, com os olhos fechados.

— Hummm — disse —, já me sinto melhor.

Ele ficou pensando se ela ainda mantinha reservas da outra droga de emergência quando desceu da cadeira e levou a lata até ele.

— Quer um? Porque eu acho que quero. Para contrabalançar os efeitos nocivos da cafeína, sabe como é.

Ele olhou para dentro da lata e viu seis baseados finos, com três centímetros de comprimento.

— Erva cem por cento orgânica — a mãe estava dizendo. — Completamente livre de nicotina e cultivada em uma estufa em Brighton, ou seja, consciência limpa. — Enquanto ele pegava um, ela acrescentou: — Pelo discurso, até parece que sou uma traficante. Você sabe que só fumo em circunstâncias excepcionais.

— Sua hippie velha — ele disse.

— Ah, obrigada!

A Terra Tremeu?

Sentaram-se à mesa da cozinha do desgraçadamente bagunçado apartamento de Londres que ele ainda considerava sua casa. Com um bule fumegante de café à frente, acenderam os baseados, soltando a fumaça com o inconfundível cheiro adocicado e conversaram um pouco.

— A família de Deepa vai aceitar a situação? — Eva perguntou ao filho.

— Vamos esperar para ver.

— O que ela estava estudando mesmo? — Eva ficou envergonhada por não conseguir lembrar.

— Medicina. Está no segundo ano.

— Ah, então acho que "parabéns" não vai ser a primeira coisa que os pais vão dizer.

— Não. Mas vamos nos casar. Vão gostar disso.

— Talvez não, Tom. Quem sabe? Vinte anos é muito cedo.

— Temos a mesma idade que você tinha — Tom recordou, desnecessariamente.

— Sim. — Ela inalou profundamente e prendeu a tosse. — E por esse motivo estou preocupada com vocês. — Os olhos dela estavam cravados nos dele. — Vinte anos é muito cedo — repetiu —, principalmente hoje em dia. Mas vamos tentar ajudar vocês.

As mãos dela envolveram a caneca de café. Mãos tão bonitas — ele pensou —, mãos de mãe. Pequenas, quentes e competentes. Unhas curtas e sempre com um pouco de terra. Ela sempre usava dois anéis de prata grossos e uma esmeraldinha em uma aliança de platina fininha no anular. Apesar da jardinagem, seu toque era geralmente suave por causa de um ritual semanal com azeite de oliva e sal, que incluía ir para a cama usando meias e luvas. Completamente maluca.

— Onde está Dennis neste momento? — Ela perguntou. Deixara os filhos administrarem os contatos e as cartas que quisessem trocar com o pai. Estava decidida a não se interessar pelo assunto.

— Estou certo de que ainda vive em Chicago. Ele nos teria avisado se mudasse de lá.

Ela apagou vigorosamente o restante do baseado no cinzeiro de bronze na mesa, chacoalhando as pulseiras no braço.

— Deepa parece ser uma pessoa boa, Tom — ela disse. — Tudo pode correr muito bem. Mas prometa que vai fazer tudo o que puder para ser um excelente pai para seu bebê. Porque toda criança merece dois pais bons, mesmo que não estejam mais juntos.

— Prometo — ele respondeu e a surpreendeu com um aperto de mão. — Obrigado, mamãe.

Assim que ele foi embora, ela abriu todas as janelas e a porta dos fundos para a brisa entrar, sentou-se novamente à mesa e reabriu a lata de emergência.

Ia mesmo fumar outro baseado. Quatro emergências reunidas em uma só: Joseph casando-se, Tom casando-se e sendo pai. Ela seria avó, exatamente dois anos e meio após o nascimento de seu quarto filho... e Dennis. Jesus Cristo, encontrar Dennis e talvez toda a sua nova família.

Capítulo Dez

Toda a "família" londrina de Eva fora convidada para almoçar em sua casa, conhecer Deepa, falar de bebês e celebrar, pelo amor de Deus. Eva decidiu que isso seria com certeza melhor do que ficar de lado, com os braços cruzados, mostrando sua desaprovação.

Assim, todos os seus filhos viriam, junto com as namoradas dos meninos mais velhos, e ainda Jen e Ryan, é claro. Os filhos deles, Terry e John, também haviam sido convidados, mas como Jen dissera:

— Ah, domingo... Acho que é o dia de eles roubarem cidra no supermercado, porem fogo em carros e usarem drogas.

— Rá-rá.

Dois outros convidados já tinham confirmado presença. Harry, o cabeleireiro e amigo da família — gay, com o cabelo descolorido ao máximo, um pouco afetado demais da conta e sempre fazendo o papel de *italiano*. Mas um homem que fora muito gentil para Eva e seus meninos quando se mudaram para Hackney e que, de amigo, passara a ser um tio emprestado. E Nils.

Para todos, menos Jen e Anna, extremamente desconfiada, Nils era o veterinário e um novo "amigo". Mas Eva viu uma centelha maliciosa nos olhos de todos quando o trouxe para a cozinha barulhenta e cheia de gente e o apresentou.

Os outros conheciam a cozinha de Eva e já não prestavam atenção. Mas Nils, lá pela primeira vez, não conseguiu sentar logo de início; queria andar um pouco de um lado para outro porque havia muitas coisas para observar.

O local estava lotado. Entupido. Havia armários, prateleiras e guarda-louças em todas as paredes, e cada um estava repleto com uma parafernália de *tralhas* de cozinha. Tachos, panelas, pratos, copos — todas as coisas de costume, mas também as coisas incomuns: manteigueiras antigas, seis delas, coadores esmaltados de diferentes cores, uma coleção de raladores, bules japoneses, filas e filas de livros de receitas velhos e gastos, montões de utensílios. Plantas enfiadas em cada cantinho, uma fileira de vasos dispostos no peitoril das janelas, no chão, nas prateleiras de cima, prontos a tombar quando as plantas ficarem demasiado secas.

Ela era obviamente uma mulher que se sentia à vontade em sua cozinha.

— Sirva o vinho, por favor — pediu, passando-lhe uma garrafa e vários copos. — E sente-se.

Ela parecia estar um tanto exausta, o cabelo em um coque desarrumado, avental movendo-se rapidamente entre o vacilante fogão a gás e a mesa da cozinha, a que os convidados estavam sentados em uma confusão barulhenta de cadeiras desemparelhadas.

A cozinha estava assustadoramente suja para uma anfitriã, ela não pôde deixar de reparar nisso enquanto chutava brinquedos das crianças e crostas de torradas velhas para um canto, esperando que não dessem muito na vista.

Estava servindo sua refeição de raízes grelhadas: pedaços de batata-doce, abóbora, nabo, cenoura, cebolinha, dentes de alho, tudo dourado e refogado em azeite e ervas do jardim, com muita salada plantada e colhida em casa. Merengue cremoso com morango como sobremesa.

Eva andava de um lado para outro entre a mesa e o fogão, apanhando trechos da conversa e divertindo-se a roçar ou tropeçar em Nils, que pretendia ajudar, mas parecia estar ocupando todo o espaço de trabalho disponível.

Jen conversava sobre a gravidez com Tom e Deepa, que agora tinha um volume redondo e do tamanho de uma bola de futebol debaixo da camiseta.

A Terra Tremeu?

Anna estava envolvida na conversa que Harry e a namorada modelo de Denny, Patrícia, estavam tendo sobre produtos de tratamento para cabelos, e Ryan, Denny e Robbie conversavam sobre locomotivas de brinquedo.

— Este é Duck, ele vai voltar à estação para ver o Sir Tophan Hatt. — Robbie passava uma pequena locomotiva verde pela toalha da mesa.

— Ah, eu pensei que era o Percy — disse Denny.

— Não! — Vozinha indignada, dedo gorducho pegando o brinquedo e o enfiando bem debaixo do nariz de Denny. — Duck. Ele é uma locomotiva Great Western. — Certo, as iniciais GWR estavam em relevo na lateral.

— Como vai você? — Nils lhe perguntou na pouca privacidade da pia da cozinha.

— Estou bem. — Eva sorriu para ele. — Lamento ter estado tão ocupada, não tive tempo para vê-lo até hoje. — Isso não era exatamente a verdade, e ambos sabiam disso.

— Tudo bem — ele disse, resistindo à vontade de tocar no rosto dela, porque qualquer que fosse o tipo de "relação" entre ele e Eva era ainda um segredo. — É bom conhecer todo mundo.

— OK, está tudo pronto, venha sentar-se — ela disse, carregando os últimos pratos de comida para a mesa.

Por fim, quando todos estavam servidos, e os respectivos copos, cheios, ela ergueu o dela e disse:

— Um brinde a Deepa e Tom. Parabéns aos dois, todos os melhores dias e todas as piores noites das suas vidas estão para chegar!

Todos os outros ecoaram o brinde e beberam.

Os olhos dela pousaram em seu filho mais velho, Denny, que tinha um ar cansado, pensou; olheiras profundas e cabelo castanho mais escuro do que de costume, porque não estava lavado. Pensou se ele estava preocupado com o trabalho ou com Tom ou se simplesmente tinha ficado até tarde na balada com Patrícia.

Estava tentando gostar de Patrícia, mas isso era lutar contra seus instintos naturais. Patrícia era absolutamente maravilhosa, pele perfeita e alvíssima, cabelo liso cor de avelã até a cintura, apanhado em um rabo de cavalo perfeito, sem um único fio fora do lugar, e uma silhueta cem por cento modelete — a mulher ideal, encolhida na máquina em quarenta por cento em tudo, exceto na altura.

Ela agia como se estivesse atuando, abanava o pequeno queixo para cima e para baixo, rindo suavemente, de algum modo sempre consciente de estar sendo observada. É claro que comeu com garfadas minúsculas, e Eva irritou-se ao ver Anna olhar e copiar este anjo magricela de perfeição. Anna ia devolver o prato quase sem tocar em nada e amanhã ia para a escola com um rabo de cavalo todo repuxado, em homenagem a Patrícia.

— Então, mamãe — Tom se debruçou sobre a mesa para falar com ela —, está tudo bem?

Ela sorriu para ele e disse:

— Tudo muito bem... não podia estar melhor, querido. Por falar nisso, já entrou em contato com seu pai?

— Sim, falei com ele e... hã... ele disse que gostaria de vir. Se todos estiverem de acordo.

— Nosso pai? O quê? Dennis? — Denny perguntou suficientemente alto para que todos virassem as cabeças e escutassem a conversa. — Convidou-o para o casamento?

— Sim, desculpe. — Tom parecia ter ficado sem graça com a atenção. — Ia contar um pouco mais tarde. Estava criando coragem.

— Ah, pelo amor de Deus — foi a resposta de Denny.

Tom despenteou o cabelo e continuou:

— Já percebeu que se passaram seis anos desde que o vimos pela última vez?

— Sim, isso mesmo.

Eva sabia que Dennis tinha achado que os adolescentes emburrados que o receberam na última visita — e que haviam ficado muito pouco impressionados com a sua luxuosa suíte de hotel e os presentes extravagantes — iam dar trabalho além da conta. Desde então, limitara-se a enviar cartões de Natal. Nunca fizera nada nos aniversários.

A Terra Tremeu?

— Seja como for — Tom estava dizendo —, falei com ele pelo telefone e contei-lhe tudo sobre o casamento e o bebê. — E acenou com a cabeça para Deepa, que respondeu com um sorriso tenso. — E então... ele disse que gostaria de vir ao casamento e ver todos. Vai trazer a esposa e também as filhas.

— Você é o cara das notícias chocantes, não? — Denny disse, mas Eva calou-o com uma olhada. Jen e Harry ficaram boquiabertos com a surpresa. Eva percebeu o olhar interrogativo no rosto de Anna e suspeitou que ela lançaria o seu inevitável palpite psicanalítico.

— Agora vamos deixar a denegação — sua filha disse, e Eva não conseguiu evitar o riso.

— Então, o que ele disse? — De repente cheia de curiosidade, Eva queria se inteirar tintim por tintim. Ela pegou no garfo de Robbie para levar comida à boca dele, mas ainda estava concentrada em Tom. — Desde o princípio, tudo o que você conseguir se lembrar. — Ela sorriu.

— Bom... — Rosto fazendo caretas, coçando o nariz. — Bom... ele não ficou muito feliz com a parte de se tornar avô. Posso dizer isso desde já.

Eva deu uma risada.

— "Você está casando e vai ser pai!" — Tom imitou a trovejante voz americana para eles. — "Aos 20 anos! Está louco?" Foi essa a resposta dele.

Tom continuou, agora muito animado, intensificando o falso sotaque americano:

— Ele grita tanto. Atendeu o telefone e berrou bem alto: "Dennis Leigh", como se fosse surdo ou coisa do gênero. E eu disse "Oi, aqui fala Tom Leigh, da Inglaterra". Pensei que ele saberia quem eu era, por isso não acrescentei "seu filho". Mas houve um silêncio enorme até que ele disse: "Tom Leigh? Meu filho, Tom? Ah! Oi, como vai você, Tom?" Ele não perde muito tempo pensando na gente, não é?

— Hã... é, acho que não — disse Eva. Parara a garfada na metade do caminho até Robbie, que, sentado com a boca bem aberta, olhos fixos no garfo, como um bebê passarinho, esperava que a comida aterrissasse finalmente na pista de pouso.

— Então — Tom continuou —, conversamos, acho. O que eu estava fazendo? A reação dele! Perguntou sobre Denny e você, mamãe. Ainda chama você de Evelyn. Soa tão estranho. Falamos um tempão sobre o trabalho dele. Bom, ele falou. — Eva revirou os olhos. — Vou ter que fazer horas extras no trabalho para pagar a conta de telefone. Ah, outra coisa que ele disse: "Você está trabalhando para uma empresa de informática. Cruzes, Tom, esqueça isso. Isso está mais do que acabado." Eu estava tentando lhe dizer: "Bom, estamos desenvolvendo um software bastante avançado, papai... Dennis" — Tom corrigiu-se. Era muito esquisito chamar esse estranho de papai. — Mas ele não estava realmente ouvindo.

Eva podia ter-lhes contado muitos outros exemplos de como Dennis nunca ouvia, nunca se interessara pelos filhos, sempre pensara que suas opiniões eram as mais importantes. Mas ela sempre *tentara* ser o tipo de mãe divorciada que não fala mal do ex o tempo todo; bom, pelo menos na frente dos filhos.

— Então, ele gostaria de vir? — Ela perguntou.

— É o que ele diz. — Todos sabiam que não podiam contar com Dennis para nada.

— Envie um convite para ele, veja o que acontece — disse Eva. — Pode ser interessante. — Isso era para dizer o mínimo.

— Meu Deus, isso quer dizer que todos nós vamos conhecê-lo? E a nova esposa e os filhos? — Jen estava quase histérica de excitação. Dennis, a peça sumida do passado de Eva. Ela ia mesmo conhecer o cara.

— Ela não é propriamente uma nova esposa. Já está com ele há anos... — Eva tentou parecer indiferente.

— Mas vamos enfrentar os fatos — Tom falou —, vai ser interessante.

Eva olhou para Denny, que estava comendo, olhos fixos no vazio, sem dizer nada.

— O que você acha? — Ela perguntou.

— Ah, não interessa — foi a resposta. — Não estou ligando a mínima para Dennis. Não tinha ideia de que você estava tão desesperado para ele vir — disparou para Tom.

A Terra Tremeu?

— É da família — disse Tom. — À maneira dele.

Denny deu uma bufada de desdém, e Tom e Eva decidiram deixar a coisa por aí. Zangado, Denny era uma visão assustadora.

Mais tarde, depois de quase todos os outros terem saído — Nils tendo roubado vários beijos escondidos no tour obrigatório ao jardim, naquele dia muito úmido, e fazendo-a prometer telefonar —, Tom e Deepa ficaram na cozinha e ofereceram-se para ajudar Eva a arrumar o local. O que era *exatamente* casar-se e ter o seu primeiro bebê aos 20 anos de idade? Eles queriam saber e começaram a interrogar Eva durante o arear de panelas e lavar de pratos.

— Ah, Deus — ela lhes disse, afastando o cabelo do rosto com as mãos em luvas de borracha. — Posso dizer como foi para mim, mas isso não quer dizer que vai ser assim com vocês. Na verdade, espero que seja bem diferente para vocês dois. Quero dizer... Eu estava com Dennis, que era um cara de 30 e poucos anos, viciado em trabalho. Ele queria todas as coisas de adulto: casa no campo, duas crianças, esposa dona de casa. E eu pensava que também queria isso. Mas não funcionou. — Fez uma barulheira com a louça e as panelas enquanto tentava se distrair das memórias. — Bom, a coisa funcionou assim por um tempo... de certo modo. Larguei a universidade — acrescentou. — Me mudei para Surrey, perdi todos os meus amigos e a carreira que poderia ter construído... Mas tive os meus meninos. — Ela levantou os olhos da pia e sorriu para o casal.

— Então, como é que não sei quase nada sobre isso tudo? — Deepa dirigiu a pergunta a Tom, mas esperava que Eva preenchesse as lacunas. — Casa no campo? Pai todo importante?

Agora, o rosto de Eva voltou-se fixamente para a pia.

— Ainda é muito difícil falar sobre Dennis. Ele nos decepcionou muito.

Capítulo Onze

Naquela época, ela era a Sra. Evelyn Leigh. Uma pessoa bem diferente. A esposa jovem e cintilantemente bem arrumada de Dennis Leigh, o gerente financeiro de sucesso (pelo menos era o que pensava). Mãe de dois filhos, morando em uma casa enorme em Surrey, nenhuma preocupação diária mais urgente do que: qual cor usar para a pintura nova da sala de jantar? Como encaixar na agenda manicure e a depilação das pernas antes de jogar tênis? A sopa de nabo com curry seria um prato sem graça demais para servir no jantar de sábado à noite?

Dennis a tinha arrebatado aos 19 anos com... com o que, exatamente? Amor? Desejo? Necessidade? A promessa de crianças e segurança financeira?

Quando o conhecera, era uma estudante de Antropologia em Londres. Seu pai queria que ela estudasse Direito, e era também o que ela queria. Adorava salas de tribunal, desde criança costumava sentar no fundo desses lugares formais e reverentes para assistir aos julgamentos. Mas suas notas eram "decepcionantes" — frustrando as expectativas do pai — e mal conseguira resultado suficiente para entrar em História da Arte e Antropologia, os únicos cursos disponíveis para ela na capital. Porque Londres era, sem dúvida, onde queria viver. Tendo crescido no aconchego restrito de uma cidade pequena, ela queria a metrópole. Queria ruas intermináveis, multidões, aventura e anonimato.

"Evelyn" andara à deriva no primeiro ano do curso, ocupada principalmente em fazer novos amigos e passar o tempo em cafés e bares.

Uma noite fora apresentada a Dennis, conhecido de alguém no grupo. Era o ex-namorado da irmã mais velha de alguém ou alguma coisa do gênero. Tinha vindo cumprimentá-los e acabou sentando a seu lado.

Desde o momento em que começaram a conversar, ela ficara fascinada. Ele parecia ser muito sofisticado, muito adulto, vestindo um terno impecável de homem de negócios, com relógio de bolso, lenço dobrado no bolso da camisa, água-de-colônia cara e unhas feitas. Recebendo constantemente mensagens do trabalho no pager, nunca podendo se afastar muito de um telefone, porque o celular, a peça de tecnologia que revolucionaria a vida dele, ainda não existia nesse tempo.

De repente, comparados com Dennis, seus amigos de faculdade em camisas de colarinho aberto e casacos de couro pareciam desleixados e sem rumo. Dennis era parte de um mundo adulto e glamouroso ao qual ela ansiava pertencer. Estavam nos anos 80, pelo amor de Deus! Todo mundo queria ser maduro, rico, usar roupas com ombreiras e botões dourados. Os corretores da bolsa como ele eram os gostosões do pedaço.

Dennis acabara de comprar três apartamentos nas Docklands e estava "desenvolvendo" a propriedade enquanto ela ainda vivia em um quartinho na residência universitária.

Eva não conseguia se lembrar da conversa que tiveram, mas alguma coisa deve tê-lo interessado muito, porque ele a convidara para jantar na noite seguinte, e ela aceitara timidamente, sentindo-se simplesmente apavorada com a ideia.

Suas três melhores amigas contribuíram com roupas para o encontro. Usando uma minissaia, blazer, meia arrastão e top colante e decotado, ela parecia glamourosa e muito mais velha do que seus reais 19 anos.

Ele a buscara de táxi e foram a um restaurante apavorantemente caro no bairro chique de West End.

Eva só tomou um aperitivo e comeu uma salada, pois queria oferecer-se para pagar a sua parte e não tinha dinheiro para nada além disso. Mas Dennis pagara toda a conta, entregando o cartão de crédito com um movimento floreado. Depois, continuaram a noitada em um bar. Evelyn ainda estava com muita fome e ficara tonta depois de duas piña coladas.

Ele fez um convite encantador para que fossem até o apartamento dele, mas ela recusara, com timidez e umas risadinhas. Ele era um cara de 30 e poucos anos que decididamente iria querer sexo, e ela tinha quase certeza de que não queria começar um relacionamento com ele por esse ângulo. Dennis fez pouco-caso da recusa, pagara um táxi para levá-la em casa e depois, por motivos que ela não conseguia imaginar, começara uma campanha de sedução. Jantares, flores duas vezes por semana, telefonemas — embora estes geralmente se reduzissem a mensagens rabiscadas no quadro de avisos do alojamento: "Dennis, o velhote, ligou."

Depois de duas semanas, ela ouvira tudo sobre sua infância solitária e sem amor, e haviam partilhado longos beijos apaixonados no banco traseiro do táxi em cada corrida que faziam juntos. Ao fim de quatro semanas, ele contara o quanto desejava criar raízes e começar uma família, e ela deixara que ele apalpasse seus seios. Depois de um jantar chique durante o qual a convencera a partilhar uma segunda garrafa de champanhe, ele a surpreendeu com uma caixa de joias contendo uma gargantilha pesada de ouro e lhe pediu novamente para ir até seu apartamento.

Ela colocou a gargantilha, sentindo-a surpreendentemente justa ao pescoço, e quando olhou para ele sentiu-se embriagada, excitada e apaixonada.

Ele não a beijou no táxi. Dessa vez, sentou-se muito perto dela e movera a mão sobre seu joelho, sua coxa e subiu em direção às dobras da pele. Apalpou o caminho para dentro da calcinha de algodão de menina que ela vestia, observando sua boca enquanto ele se movia suavemente para cima e para baixo em sua umidade.

Ele a desejava mais do que se lembrava de ter desejado outra pessoa qualquer. Aos 32 anos, tinha os dedos ao longo de um clitóris de 19. Estava indo com ela para sua casa e pensando seriamente em fazer dela uma namorada, não apenas um casinho. Ela era encantadora.

A Terra Tremeu?

Um cabelo longo louro-escuro, que ele mais tarde a convencera a clarear. Uma silhueta atraente e esguia: tinha certeza de que ela podia se vestir um pouco melhor. Viu os seios pequenos e firmes se movendo sob as roupas escuras que ela usava e mal podia esperar para ver se os mamilos eram tão rosados e perfeitos botões de rosa como pareciam ao tato.

Enquanto caminhava deslumbrada em direção ao apartamento, Evelyn começara a se dar conta do que significava estar tonta de desejo. Nunca sentira algo semelhante. Móveis em couro preto e aço cromado, um chão de taco muito bem encerado, alguns armários de aço escovado brilhante na cozinha e uma escada em caracol ali no meio da sala, que ela sabia que levava ao quarto no andar de cima.

Sentou-se no sofá de couro, que rangia embaixo dela, enquanto esperava que ele voltasse do banheiro. Suspeitava que ele estivesse escovando os dentes, penteando o cabelo louro, colocando mais colônia e preparando-se para seduzi-la. O pensamento fez seu pulso acelerar com uma mistura de medo e excitação.

Pensou sobre o que o havia deixado fazer no banco de trás do táxi e sentiu outro nó em seu estômago. Era excitação pura, essa estranha nova mistura de terror e desejo. Iria mesmo fazer isto? Fazer amor com ele? Ali? Naquela noite? Colocou a mão na gargantilha e sentiu o ouro cálido sob as pontas dos dedos.

Quando ele voltou, como ela adivinhara, estava cheiroso e refrescado. Tirara o casaco e a gravata e aproximava-se agora com a camisa aberta, revelando um resto de creme no pescoço.

Trazia duas taças de champanhe, um balde de gelo com uma garrafa dentro e colocara Sade para tocar no som.

Se ela não estivesse gostando tanto dele, quase teria um ataque de riso com o excesso de melação. Jantar, joias, champanhe e música baixinha... o que era isso, estava seguindo as regras do manual de sedução passo a passo? Será que havia lençóis de cetim negro na cama?

Começaram a beijar-se, cada vez mais grudados no sofá, e ela teve de ignorar os ruídos do couro e se concentrar nele. Eram os melhores beijos que ela recebera até o momento. Agora, ele ia empurrando o vestido para baixo de seus ombros, enquanto a outra mão se dirigia para aquele lugar quente, vibrante, derretido, que encontrara tão facilmente no banco de trás do táxi.

Ah, sim.

Ele cheirava a sabonete de limão. Sua boca contra a dele, ainda borbulhante do champanhe. Estava espremida contra um terno engomado de homem de negócios e uma camisa cor-de-rosa. Ia fazer sexo yuppie, deixando para trás os meninos do colegial e os calouros da universidade — os únicos tipos de homem que tivera até o momento.

— Você é tão linda — ele sussurrou. — Venha comigo lá para cima.

E lá foram, pela escada de caracol, para o quarto no mezanino.

Lençóis de cetim preto! Ela mal podia acreditar.

Por entre beijos, ele começou a despi-la: o vestido barato, as meiascalças horríveis, e quando o sutiã preto caiu no chão, seus seios, de que ela tanto se orgulhava porque eram pequenos e muito alvos, com pequeninos mamilos rosados, pareciam ter tido um efeito devastador em Dennis.

Por um momento, ela pensou que ele ia chorar.

— Hei, está tudo bem... — Ela beijou o seu rosto. — São só seios.

— São perfeitos — ele disse. — Você é absolutamente perfeita.

É difícil resistir a um adulto que lhe compra joias de ouro e pensa que você é perfeita. Os lençóis brilhantes de cetim negro eram extremamente frios; deitar neles lhe deu arrepios. Mas o atraente corpo caloroso de Dennis estava lá para ela se aconchegar.

Ele passou um tempão em seus seios. Molhando-os, alisando-os até ficarem pontiagudos, beijando e chupando-os. Ela achou tudo muito interessante, mas não tremendamente excitante. Quando ele gozou, foi depressa demais, e ela ficou com a impressão de que sexo era uma maneira agradável de passar mais ou menos meia hora, mas realmente não conseguia entender por que tanta comoção com o assunto.

Dennis adormecera em uma poça de gratidão por alguns minutos, depois se levantou, fez café e ligou o computador ao lado da cama. Ela adormecera ouvindo-o praguejar baixinho sobre quedas das ações em Tóquio ou qualquer coisa do gênero.

A Terra Tremeu?

* * *

O sexo ficou melhor, e Dennis passou os meses seguintes transformando-a em seu modelo ideal de namorada. Ela passou a usar meias 7/8 com renda, calcinha fio-dental e sutiãs que custavam mais do que os casacos que usava antes.

Em pouco tempo, juntou-se ao pequeno punhado de estudantes que iam assistir a palestras em malhas de gola olímpica de cashmere, jeans de marca e botas de salto alto. Isso revirou sua cabeça. Nunca ninguém a tinha tratado assim antes. Sua irmã mais nova, mais esperta e mais bonita, a inteligente Janie, fora sempre a favorita do pai, e não havia uma mãe em casa para equilibrar as coisas e fazer com que se sentisse um pouco melhor sobre si mesma. Portanto, sempre se sentia como a segunda escolha. Quando Janie entrou para a Universidade de Cambridge para estudar nada mais nada menos do que Direito, Evelyn sentiu-se ainda pior que de costume.

Portanto, os cuidados de Dennis eram especialmente bem-vindos. Ele a colocara em um pedestal, enchendo-a de mimos, prestara atenção nela, tratara-a talvez não exatamente como uma igual, mas pelo menos como alguém preciosa, doce e especial.

Ela estava tão absolutamente grata que queria agradá-lo e estava pronta a se transformar no tipo de mulher que ele obviamente desejava.

Depois, em meados do seu primeiro ano na universidade, aconteceram várias coisas, todas ao mesmo tempo, que obrigaram Dennis e Evelyn a ficar juntos muito mais rápido do que ambos desejavam.

A mãe de Dennis morreu. Sofreu por algumas semanas com uma doença grave e, durante esse tempo, conseguiu dizer, de modo muito dramático, deitada na cama, que seu maior desgosto era não vê-lo casar, assentar e ter filhos. Depois morreu, deixando-lhe dinheiro suficiente para que ele saísse do trabalho e abrisse sua empresa de "desenvolvimento". No meio da organização do funeral, das disposições testamentárias, com Dennis esvaziando a casa da família e pondo-a à venda, Evelyn descobriu que estava grávida.

Sua primeira reação fora de terror. O que Dennis iria pensar? O que seu pai e sua inteligente irmã Janie iriam dizer? Uma coisa era ser adulta, sofisticada e sexy. Outra era ser apanhada em uma gravidez não planejada. Não contou nada a Dennis durante algumas semanas e, nesse meio-tempo, amadureceu um pouco a ideia.

Queria ser a esposa de Dennis, queria ter os filhos dele. Seria uma boa mãe, tinha certeza disso. Ele não a convenceria a fazer outra coisa. Assim, ainda abalado com a perda da mãe, Dennis soube que ia ser pai, e Evelyn deixou bem claro que queria casar imediatamente.

Ele estava abalado demais para fazer qualquer tipo de objeção e simplesmente foi na onda. Antes do fim do ano, Evelyn estava instalada na sua primeira casa em Surrey, com o bebê número um a caminho.

Dennis estava tendo sucesso em seu pequeno escritório de Londres, e, apesar de Janie e seu pai terem desaprovado tremendamente a situação, a gravidez de Evelyn e sua falta de qualificações não os deixavam ver solução melhor para ela do que se casar com o namorado rico.

A própria Evelyn parecia absolutamente feliz com tudo, entrando despreocupadamente no casamento e na maternidade aos 20 anos. Um ano depois do nascimento de Denny, ficou grávida novamente, e sua vida tomou uma nova forma, frequentando grupos de crianças de colo e jardim de infância, almoços, tênis, jantares sociais, ocasionais noites na cidade, mudança de casa, decoração e o pouco trabalho de administração que Dennis lhe dava para fazer quando ela se queixava de tédio.

Mas agora, olhando para trás, analisando seus sete anos de casamento, pensou se não passara o tempo todo como uma sonâmbula. Bom, amava furiosamente os filhos desde o início. Mas, entre ela e Dennis, só havia a mais tênue das ligações. Ele a tratava como uma mistura de governanta e boneca. Era esperado que ela tomasse conta da casa, cozinhasse, cuidasse das crianças, usasse roupas bonitas e fosse agradável na cama. A parte dele no acordo era trazer dinheiro, e todos os anos parecia que ficavam ainda mais ricos. Novo carro, mais mobília, mais roupas caras. As horas de trabalho dele aumentaram, e ela sabia cada vez menos sobre o que ele fazia. Mas isso nunca a incomodou muito. Estava completamente submersa em sua vida aconchegante, mimada e protegida.

A Terra Tremeu?

Capítulo Doze

Ela ainda se lembrava da data exata em que tudo começou a desandar. O dia 3 de abril começou de maneira absolutamente típica, com Dennis saindo cedo para o escritório enquanto ela aprontava os meninos para a escola. Denny estava com 6 anos, e Tom, com 4, vestindo bermudas de veludo, paletós, bonés e carregando as mochilas de flanela cinza do caríssimo jardim de infância que frequentavam.

Lembrava-se de estar dirigindo um elegante Range Rover preto, rodando pelas estradas lindas e verdejantes, com os filhos tagarelando no banco de trás, e sentindo-se feliz, realmente feliz, pela primeira vez em muito tempo.

Completara 26 anos recentemente e estava grávida há 11 semanas do bebê que desejava há dois anos. Ainda parecia um milagre surpreendente estar grávida de novo. No ano anterior, obrigara Dennis a ir consultar um especialista com ela, uma vez que se convencera de que o nascimento difícil de Tom a deixara de algum modo infértil.

Na verdade, acabaram descobrindo que a contagem de espermatozoides de Dennis estava baixa. O médico disse-lhe para diminuir o estresse, os cigarros e a bebida. Mas Dennis ignorou as recomendações, dizendo que os negócios estavam em um ponto crítico, que não podia diminuir o ritmo e que precisava de uma bebida para relaxar. De fato, começara a passar ainda mais tempo no escritório de Londres, aceitara novos clientes e se estressava e preocupava com todos eles, apesar de parecer que cada vez tinham mais dinheiro.

Mas, de algum modo, quase três meses antes, um evento mágico acontecera. Dennis estava feliz por ela, é claro, e ela não conseguia conter a felicidade que sentia. Mal podia esperar para ter novamente um bebê em casa. Por favor, por favor, uma menina. Dessa vez seria diferente: nada de mamadeiras, de deixar o bebê chorar durante a noite, nenhuma das pequenas infelicidades que Dennis infligira a ela e aos meninos "para o próprio bem deles".

Um novo bebê iria finalmente aliviar o tédio absoluto de seus dias, quando os meninos estavam na escola. Dennis não queria que ela trabalhasse, deixara isso bem claro quando se casaram — em um suave vestido de rendas, levemente envergonhada de estar visivelmente grávida de Denny.

Assim, Evelyn ficava em casa, cuidava das crianças, cozinhava, fazia compras, recebia convidados e decorava com gosto a sucessão de casas cada vez maiores em Surrey. Organizava jantares sociais, juntava-se às senhoras para almoçar e fazia todas as pequenas tarefas que compunham o trabalho de cuidar da casa (com a ajuda de uma empregada, é claro). Sem sequer saber se era o que desejava, transformara-se em uma esposa modelo, elegante e perfeitamente organizada, dos bairros chiques. Mas, desde que Tom começara a ir para a escola em setembro, sentia um profundo tédio com tudo isso. Sabia exatamente o que ia fazer naquela semana, na semana seguinte e para sempre... e desejava e ansiava que o bebê lhe desse um novo propósito na vida. Em algum ponto do percurso, rodando por pequenas estradas, sentiu a leve sensação de um corrimento entre as pernas. Mas não dera atenção a isso.

Dirigira até a cidade para fazer as compras da manhã no açougue, na mercearia e na quitanda. Pegara as roupas na lavanderia e parara no cabeleireiro para marcar uma hora. Todas as tarefas de costume.

Quando chegou em casa, já era quase hora do almoço. Tirou as compras do carro, arrumou-as na geladeira e nos armários e finalmente subiu as escadas para o banheiro. Foi então que viu a grande mancha de sangue vermelho-escuro.

Sentiu-se estranhamente calma. Não, não estava mais sangrando, disse ao médico pelo telefone. É melhor descansar, ele a aconselhara,

A Terra Tremeu?

evitar se estressar, muitas mulheres sangravam no início da gravidez, provavelmente não era nada. Mas queria que ela ligasse se o sangramento aumentasse ou se começasse a sentir dor.

Conseguira almoçar quase animada e fazer os telefonemas que planejara. Depois, convenceu a si mesma a ir deitar, tentar dormir um pouco antes de pegar os filhos na escola, às 16 horas.

Mais ou menos uma hora depois, acordara sentindo-se meio tonta, com fortes cólicas na barriga. Afastou o edredom e ficou horrorizada ao descobrir que estava deitada em uma poça de sangue. Empapara as calças, o lençol e o edredom. Em choque e pânico, pegou o telefone no criado-mudo, ligou para o médico, e ele a mandou ir imediatamente ao hospital.

Mas antes precisava fazer os telefonemas necessários. Seus dedos tremiam enquanto discava o número da babá dos meninos, a Sra. Wilson, e lhe pedira para ir buscá-los na escola e cuidar deles até que ela chegasse em casa.

— Está tudo bem, querida? — a Sra. Wilson perguntara.

— Ainda não sei. Tenho que ir ao médico. Não sei quanto tempo vou demorar, mas vou pedir para Dennis chegar cedo em casa — disse, sem saber como ia convencer Dennis a sair do escritório antes da hora, mesmo em uma emergência. Discou o número dele e ouviu a secretária do outro lado.

— O Sr. Leigh está em um almoço com clientes fora do escritório, Sra. Leigh.

— Sabe onde? — Como de costume, não esperava que ele respondesse à mensagem no bipe.

— Bom... segundo a agenda, é um encontro com o Sr. Maxwell no Savoy.

— Obrigada. — Desligou e discou primeiro o número do bipe, deixando uma mensagem em tom o mais urgente possível. Depois, ligou para o restaurante: nenhuma reserva sob os nomes de Leigh ou Maxwell. O garçom, percebendo seu nervosismo, ofereceu-se para perguntar se havia um Sr. Dennis Leigh em cada uma das mesas.

Ela esperou longos minutos, olhando a toalha dobrada em que estava sentada ficar vermelha, pensando em como iria conseguir chegar ao hospital sem derramar sangue por todo lado.

— Não, senhora. — O garçom estava de volta. — Não há ninguém com esse nome aqui, lamento.

Desligou e imediatamente se esqueceu de Dennis, a cabeça se enchendo de preocupação sobre o sangramento e a viagem até o hospital. Agora sentia que quantidades enormes de sangue estavam saindo de dentro de seu corpo. O tempo fechou e ela começou a ficar assustada. No banheiro, enfiara um pedaço de papel higiênico na calcinha, depois colocou jeans escuro, meias e mocassins, antes de chamar um táxi.

Esperando pelo carro, encheu a bolsa do que talvez precisasse: uma revista para ler, mais papel higiênico, carteira, chaves. Nem lhe passou pela cabeça que precisaria passar a noite lá.

No momento em que o táxi estava a caminho do hospital, arrastando-se lentamente pelas ruas movimentadas, o sangue escorrera através do jeans e começara a formar uma poça nas dobras da capa de chuva. O taxista levou-a direto para a entrada de emergência e não aceitou a nota que ela lhe estendera com mãos trêmulas.

Caminhou em direção à emergência, dobrando-se em duas com a dor das cólicas, agora pálida e em choque. Quando a enfermeira da recepção viu o estado miserável em que Evelyn se encontrava, levou-a rapidamente para uma sala ao lado para se sentar em uma maca enquanto preenchia os formulários.

— Um médico vai chegar já, já — disseram a Evelyn, mas ela esperou uma eternidade. Deitada na maca, viu o sangue escorrer por suas roupas, molhar as meias e correr por entre os dedos dos pés.

Finalmente foi transportada para a enfermaria, através de corredores verde-claros sem-fim. Na pequena sala de exames, um médico e uma enfermeira vestidos com aquelas toucas idiotas de papel, uniformes verdes e aventais de plástico atenderam-na com um nível de pressa silenciosa que a assustou ainda mais.

— O que está acontecendo? — Ela ouviu-se perguntar várias vezes. — Vou perder o bebê? Preciso telefonar para o meu marido.

As respostas eram somente monossílabos tranquilizadores, que não diziam nada. Enquanto mediam a pressão, a temperatura e outros sinais vitais, ajudaram-na a tirar as roupas empapadas de sangue e lhe vestiram

A Terra Tremeu?   107

uma camisola do hospital. O fluxo quente não parou: sentia a poça pegajosa aumentando por baixo, ensopando a parte de trás da camisola.

A pedido do médico, colocou as pernas sujas de sangue em estribos, mas, relutante, não queria ser examinada nessas circunstâncias.

Depois, vieram as palavras objetivas que esperara não ter de ouvir.

— O seu colo do útero está dilatado. Lamento, parece que está tendo um aborto. Preciso examinar melhor.

Aí veio o espéculo que a abriu no meio. Deitada na cama de exames, totalmente exposta às fluorescentes lâmpadas do teto, sentiu gotas de suor formarem-se no lábio superior e nas axilas.

O médico começou o exame.

— Hummm... o saco amniótico está preso no colo do útero — disse por fim. — Não vai parar de sangrar até o removermos. Vou tentar tirá-lo, mas pode ser que tenhamos de ir à sala de operações.

O saco... o saco... Ela mal teve tempo de registrar que ele quis dizer que o bebê estava em seu pequeno saco de fluido, antes de a terrível punção começar. Não era doloroso, mas era uma violação tremenda da parte mais delicada e secreta de seu corpo. Parecia ser uma mistura de sexo e estupro, aborto e parto, tudo ao mesmo tempo.

Enquanto ele pinçava e remexia, ela não conseguia parar de pensar sobre o parto que imaginara para este bebê, em uma piscina de água quente com velas, óleo de lavanda e amor. Mas aqui estava, em um cubículo pequeno e quente, com o bebê sendo arrancado por ferros, em um rio de sangue, na presença de dois completos estranhos, cujos nomes sequer sabia.

Então começou a chorar, pescoço contraído, braços agarrando a barra de ferro da cama, lágrimas correndo até as orelhas, enquanto a enfermeira lhe afagava o cabelo com uma mão enluvada em um plástico crepitante.

— Sinto muito — o médico disse. — Não quero machucá-la, talvez seja melhor levar você para a sala de operações e fazer isto com anestesia.

— Não, não — ela insistia, agarrando-se a alguma esperança de que, se ficasse consciente, talvez conseguisse manter o bebê.

Ele voltou a usar a pinça.

— Pare, pare, por favor — ela pediu quando outra contração a percorreu, espirrando um novo jato de sangue em cima da cama.

Ele pediu que tentasse se levantar. Não sabe bem como, com a enfermeira ajudando, pôs-se de pé e ficou ali, com os joelhos bambos, agarrada à cama, sentindo o sangue escorrer pelas pernas. Depois, desejou conseguir desmaiar e fugir disso tudo, mas permaneceu teimosamente consciente.

Foi levada às pressas para o banheiro adjacente, onde o médico pôs um prato de papelão sobre o assento sanitário e lhe disse que fazer xixi poderia amolecer o saco. Soluçando descontroladamente, tentou fazer xixi, enquanto apertava cada músculo dentro de si para tentar manter este bebê. Mas o fluxo começou, e ela sentiu uma contração involuntária e completamente indesejada, até que — plop —, como um parto fácil e sem dor, sabia que o seu corpo expulsara o bebê.

Levantou-se e não precisou olhar para saber que seu bebê estava ali, em um prato de papelão, mas virou-se e olhou de qualquer maneira, horrorizada. Tudo o que conseguiu ver foi uma bolha surpreendentemente grande flutuando em uma poça vermelha de sangue e urina. A enfermeira percebeu para onde ela estava olhando e rapidamente colocou uma toalha de papel sobre o vaso. Depois a levou para a cama, onde lhe colocaram soro no braço e a ajudaram a vestir o tipo de calcinha e toalhas sanitárias que se lembrava de ter usado na ala da maternidade. Tantos ecos de dar à luz, pensou, só que sem um bebê esperando por ela em um pequeno bercinho de plástico para fazer o sofrimento valer a pena.

A enfermeira lavou com esponja as piores manchas de sangue seco de suas pernas e tentou ajudá-la a pôr-se de pé. Mas suas pernas cederam ao contato com o chão.

— Espere na cama, vou buscar uma cadeira.

Então, Evelyn, em uma camisola aberta atrás, com a calcinha entulhada de absorventes desconfortáveis, foi levada em uma cadeira de rodas, juntamente com o soro, até uma cama de hospital, sentindo-se mais ferida, desesperada e despojada do que se sentira em toda a vida.

A Terra Tremeu?

— Tenho que fazer alguns telefonemas — conseguiu dizer à enfermeira. — Cuidar das coisas para os meus filhos.

Quando o telefone foi trazido em um carrinho até seu criado-mudo, ligou primeiro para casa. Denny atendeu.

Sentiu as lágrimas chegarem só de ouvi-lo dizer oi, mas ele estava alegre e nada preocupado com o fato de ela passar a noite fora.

— Você e Tom estão sendo bonzinhos? — Ela perguntou.

— Sim. Podemos ir visitar você?

— Não, bobinho. Volto amanhã. Tenho muitas, muitas saudades suas... Acha que consegue chamar a Sra. Wilson para mim?

Depois de a Sra. Wilson lhe ter garantido que não precisava se preocupar, que passaria a noite na casa, se necessário — não, nenhuma notícia de Dennis —, Evelyn quis falar com Tom.

— Oi, mamãe, onde você está? — Ele parecia nervoso.

— Oi, docinho.

Ele deu uma risadinha com isso.

— A mamãe precisa passar a noite fora, lamento muito, mas volto amanhã.

— Vai nos levar à escola de manhã? — Havia um tremor na voz dele.

— Não devo voltar assim tão cedo, mas vou buscar você na escola, e depois vamos até o café comer doces. O que acha, é uma boa ideia?

— Sim — a resposta saiu em um sussurro. — Papai está vindo para cá?

— Vou telefonar para ele agora, e ele vai para casa assim que puder. E eu volto amanhã... Prometo... OK?

— OK, mamãe. Ah, mamãe, plantamos hoje sementinhas nos vasos.

— Ah, isso é fantástico. Amo muito, muito você...

— Tchau! — Ele desligou abruptamente, como os meninos pequenos fazem. Nessa noite Evelyn precisou esconder o rosto no lençol para chorar.

Dennis ainda não dera notícias. Tentaria falar com ele novamente. Então, deixou uma mensagem no pager: — Dennis, estou no Hospital Municipal, enfermaria sete. Mandy está em casa com as crianças, quando você volta para casa? Onde diabos você se enfiou? — Fez uma pausa, sem saber como terminar a mensagem. — Vou ficar bem — acrescentou. — Mas perdi o bebê.

Com o fone de volta na base, começou novamente a chorar, sacudida por longos soluços que queria esconder das mulheres nas camas ao lado, mas não conseguia. Já eram quase 18 horas. Não foi capaz de encarar a comida trazida para a enfermaria e ficou deitada na cama, os olhos fixos na parede, chocada demais para dormir.

As palavras "perdi o bebê" rodavam sem parar em sua mente. "Perdi" não parecia a palavra certa... como se o tivesse posto no lugar errado, deixando-o cair... como se não o conseguisse encontrar. A verdade é que sabia exatamente onde estava, em uma bolha no prato de papelão, ou talvez já em um prato de laboratório, ou incinerado com o lixo. Pensamentos horrorosos, que não conseguia tirar da cabeça. Apoiada em um monte de travesseiros, olhava para a enfermaria e para os ponteiros do relógio se movendo lentamente e sentia lágrimas escorrerem vagarosas pelo rosto, agora sem soluçar.

Eram quase 21 horas quando Dennis finalmente apareceu.

Lembrou-se de como ele parecia ligeiramente estranho, enquanto se sentava na cama a seu lado: um pouco nervoso, agitado e desgrenhado, apesar de ainda estar usando o terno risca de giz, com uma camisa rosa vibrante e gravata de bolinhas azul-marinho.

Ele a beijou na testa, perguntou como estava e, enquanto ela lhe contava o que acontecera, pôs desajeitadamente o braço à sua volta, os movimentos limitados pelo corte do terno.

— Lamento muito. Lamento não ter estado aqui — ele disse.

— Não consegui falar com você. Tentei de tudo — ela respondeu.

— Estava no Savoy, não sei por que o bipe nunca toca quando eu estou lá.

Evelyn percebeu que ele estava mentindo.

— Você esteve lá a tarde toda? — Perguntou, pensando por que queria ouvi-lo mentir mais ainda.

A Terra Tremeu?   111

— Sim — ele respondeu, sem dar mais detalhes.

Mas ela o pressionou a dizer mais, não tendo ideia do que fazer com a certeza de que ele estava mentindo. O que isso significava?

Perguntou quem encontrara, o que comeram, onde sentaram — muitas perguntas.

— Há algo errado? — perguntou, confusa com toda a insinceridade e agitação, enquanto o via mexer distraidamente nas abotoaduras.

— Não posso lhe dizer agora — ele acabou por dizer. — Não acho que seja justo.

— O que pode ser pior do que isto? — Ela quase riu da cara dele.

— Bom, não se preocupe agora com isso.

— O que foi, Dennis? — Ele a estava assustando.

— Ah, Evelyn... — Ele apertou os punhos contra os olhos, e ela percebeu que isso era o mais perto que ia chegar de vê-lo chorar. — Estou perto da falência — ele disse. — Na verdade, fali mesmo. E vão nos tirar tudo, a casa, os carros, tudo.

Já chocada com o aborto, mal conseguiu registrar o que ele estava dizendo.

— O quê? — Ela sussurrou.

Ele acenara com a cabeça e começara a dar uma explicação hesitante de como um cliente ia derrubar todo o seu negócio e, como sempre administrara a empresa como uma sociedade ilimitada, iria perder tudo.

Sabia disso há semanas, é claro. Não queria que ela se preocupasse, disse. Assim, em vez de entender aos poucos que havia alguma coisa muito errada, foi mantida na ignorância e agora tinha de aguentar as notícias chocantes. Quando finalmente entendeu o que Dennis estava contando, seus pensamentos divagaram para o novo sofá de couro e a madeira de faia que encomendara para a sala de estar... será que isso também teria de ser penhorado?

— O que vamos fazer? — perguntou.

— Não tenho a mínima ideia — ele respondeu. — Não vou conseguir trabalhar aqui por alguns anos... não por conta própria. Teremos que ir para o estrangeiro. Filhos da mãe!

— E o que fazer com Denny e Tom? Com a escola deles? — Ao mesmo tempo em que dizia isso, sabia que eles teriam de sair da escola. Como iam conseguir pagar as mensalidades?

— Não sei, Evelyn... Meu Deus, ainda não consegui planejar nada.

A Terra Tremeu?

Capítulo Treze

O fim de seu mundo, ou assim pensara na época, chegou rapidamente. Mal recebera alta do hospital quando as coisas começaram a se desenrolar para Dennis, da forma mais espetacular.

O escritório foi fechado, o pessoal, demitido. Ele passou vários dias em casa, telefonando freneticamente, xingando o receptor, ligando para financiadores, antigos funcionários, clientes — qualquer um que o pudesse ajudar. Depois, no prazo de poucas semanas, estava tudo acabado. Foram emitidos mandados de penhora, declarou bancarrota, e os credores apareceram com força total.

Antes de sequer ter começado a entender o que estava acontecendo, apareceram avaliadores na propriedade, pondo preços em tudo: na mobília, nas poucas antiguidades, nos carros e, é claro, na própria casa.

Os meninos estavam em casa, devido ao recesso da Páscoa, tentando entender silenciosamente o que estava acontecendo, enquanto ela e Dennis pareciam desorientados.

Ela mergulhou em um tipo de choque anestesiado. Primeiro, o aborto; agora, isso. Não tivera tempo para o luto, derramar lágrimas, enfurnar-se em casa, ficar em posição fetal e sentir pena de si mesma. Quando voltou, encontrou a casa abafada, silenciosa, aguardando a catástrofe iminente.

Garota estúpida, estúpida, demorou dias para entender até que ponto seria terrível. Fora despreocupadamente fazer a compra semanal no supermercado, levando os meninos, e todos os seus cartões de crédito foram recusados no caixa.

Disse ao gerente para não se preocupar, que ia simplesmente fazer um telefonema rápido para o banco, voltou a colocar a montanha de compras no carrinho e disse para o reservarem para ela.

Dentro dele, estavam todos os itens de luxo a que se acostumara: garrafas de vinho tinto caro, porque achava que ela e Dennis precisavam se animar, bifes de filé-mignon para o jantar, o favorito dos meninos, os melhores cafés moídos, chocolates belgas, queijos franceses, croissants para o café da manhã, geleia importada... o carrinho estava transbordando. E o que lhe dissera o banco quando ela lhes telefonou do saguão do supermercado?

— Lamentamos muito, Sra. Leigh, mas todas as contas foram congeladas... parece que os cartões de crédito também estão registrados como suspensos... sim... sob a autoridade dos credores oficiais.

Fugiu do supermercado em lágrimas, com uma criança em cada mão correndo atrás dela, ambas confusas.

No Range Rover, despencou no assento do motorista e soluçou enquanto Tom começara a chorar; não entendia por que tinham saído sem seu suco preferido. Denny disse para ele se calar e acrescentou:

— Não temos nenhuma das compras. Mamãe e papai não têm dinheiro nenhum.

O fato de uma criança de 6 anos ter chegado à conclusão de uma coisa que só agora ela tinha começado a compreender a fez chorar ainda mais.

— O que diabos vamos fazer? O que vamos comer? — Ela gritou com Dennis quando voltaram.

Ele tirou vinte libras da carteira e deu a ela, acabrunhado.

— Compre só o essencial, para comermos por alguns dias — disse-lhe. — Espero conseguir um empréstimo até poder começar a trabalhar de novo.

Assim, levou as vinte libras para outro supermercado, dessa vez sozinha, e tentou, pela primeira vez em sua vida em Surrey, limitar-se a comprar "o essencial" — o que quer que isso quisesse dizer.

Colocou batatas, pão, leite, queijo cheddar, carne moída, cebolas, cenouras e cereais de milho na cestinha. O vinho estava fora de questão.

A Terra Tremeu?

Não importava, ela tinha certeza de que ainda havia alguma coisa no armário em casa. Acrescentou iogurte e bananas, e pronto, não podia arriscar a comprar mais nada. Se passasse de vinte libras, não teria como pagar. Ela empalideceu ao pensar em ter de pedir ao caixa para devolver alguma coisa às prateleiras.

Não tinha a mínima ideia de quantas humilhações, quantas pequenas mortes, sofreria antes de esta crise acabar.

No dia seguinte, o leiteiro bateu à porta exigindo o pagamento, e ela correu pela casa para encontrar trocados, algumas moedas, antes de finalmente esvaziar o porquinho de Tom e pagá-lo com duas mãos cheias de moedas de dez e cinco centavos, quase se sufocando com as lágrimas.

— Vai querer continuar recebendo o leite? — Ele perguntou, sem comentar as mãos cheias de moedas.

Ela ainda não tinha visto o grande cartaz de "À venda", colocado na entrada da garagem de manhã cedo.

— Há... não, acho que não... bom... Depois aviso se as coisas... mudarem. Obrigada, obrigada por toda a sua... ajuda. — Meu Deus, por que estava agradecendo a ajuda do leiteiro? — Quero dizer, pelas entregas.

— Sem problemas. Então, tchau. Tudo de bom para você.

— Sim, obrigada.

Então, rapidamente, como o puxar de um fio solto em um tricô, suas vidas foram se desfazendo. A casa foi vendida, os carros também, a maior parte da mobília foi confiscada pelos oficiais de justiça, junto com todas as joias e até alguns de seus casacos e bolsas mais caros.

Os computadores de Dennis, a tevê e todo o equipamento do gênero, o som, o vídeo, os quadros... Era inútil tentar esconder qualquer coisa, estava tudo minuciosamente relacionado nos inventários do seguro, como comentaram prestativos os oficiais de justiça.

Uma noite, quando as crianças estavam na cama, Evelyn percorreu o restante de seu guarda-roupa, pensando no que poderia vender para conseguir algum dinheiro para a sobrevivência básica. Nada renderia um valor minimamente aproximado ao que custara ao comprar. Jeans Ralph Lauren — ao preço original, seis semanas de mercearia ou talvez dois meses de compras básicas; um conjunto de suéter e casaquinho de cashmere quatro fios — o custo de cem garrafas de vinho barato; seu vestido de noite Donna Karan — a mensalidade da escola de Denny por um semestre. Mas agora, em segunda mão, tudo renderia talvez algumas centenas de libras. Ainda assim, era melhor que nada, decidiu. Então montou quatro grandes caixas de papelão e começou a desmontar seis anos de estilo e bom gosto cuidadosamente escolhidos.

Os sapatos caros de grife, guardados meticulosamente em suas caixas, tiveram o mesmo triste fim. Depois, percorreu seus vestidos de noite e terninhos, todos envolvidos pelo plástico da lavanderia. O vestido vermelho com as costas abertas e bordado com lantejoulas, que usara no baile de Natal, em Londres, há apenas quatro meses e que, por uma noite, a fizera sentir-se a criatura mais elegante e glamourosa do planeta.

Os elegantes conjuntos franceses, para brincar de esposa de empresário. Os jeans, os casacos e as blusas de camurça que adorava. Bem que poderia jogar tudo fora, já que não conseguiria pagar a conta semanal da lavagem a seco, certo?

As blusas de seda que estavam em perfeito estado, colocou-as na caixa para vender e ficou com as ligeiramente manchadas.

Escolheu muito cuidadosamente as outras coisas que queria manter — jeans, suéteres de lã básicos, coisas que não iam valer nada: camisetas, blusas comuns, toda a lingerie. Acrescentou um conjunto preto em perfeitas condições, uma blusa branca e sapatos de salto agulha pretos. Achou que precisaria disso no guarda-roupa, para o que se apresentasse. Um casaco de inverno, jaquetas quentes, duas camisolas de gola olímpica de cashmere, os sapatos confortáveis com muito uso. Roupas para a noite, é claro, e as joias baratas, as coisas que os oficiais de justiça deixaram para trás, depois de lhe pedirem para tirar o relógio Cartier do pulso.

Na manhã seguinte, Dennis ajudou a carregar as caixas de roupas na traseira de uma perua alugada, e ela mesma foi até o brechó da cidade.

A Terra Tremeu? 117

Já não podia mais evitar a situação. Tinha de sentir a humilhação, a pena das outras pessoas, e aguentar, encarar os fatos. Não se deixar destruir.

A mulher da loja fora simpática e amigável. Se soubesse quem era Evelyn ou por que estava vendendo quase todo o conteúdo de seu guarda-roupa, não deixaria passar qualquer coisa.

Era duro, muito mais do que Evelyn poderia supor, ver cada item de roupa ser desembrulhado e avaliado.

Quando o vestido vermelho saiu do plástico protetor, os olhos da mulher arregalaram-se. Sabia imediatamente que o vestido custara mais de três mil libras há apenas alguns meses, mas ofereceu quatrocentas.

Evelyn fez que sim com a cabeça, incapaz de dizer o que quer que fosse, porque a memória de Tom à sua frente antes de sair para aquela noite mágica, dizendo-lhe que parecia uma fada "toda coberta com pontinhos brilhantes", parecia trágica demais para suportar.

O total oferecido pareceu uma fortuna a Evelyn, mais de duas mil libras. Mas só lhe podia dar metade do dinheiro no momento, o resto viria quando pelo menos metade dos itens tivesse sido vendida.

Evelyn concordou com o negócio, mas explicou que tinha de ser em dinheiro.

— Ah... então tem de vir amanhã — a mulher respondeu. — Quer trazer as roupas de volta amanhã? Ou prefere que eu lhe dê um recibo?

O aluguel da perua era uma despesa desnecessária e Evelyn precisava do dinheiro imediatamente. A despensa estava quase vazia, a mudança seria em poucos dias, e ainda não tinham para onde ir.

— Você não tem dinheiro nenhum? — Ela perguntou, tentando não pensar em como isso parecia desesperado.

— Bom, só cerca de cinquenta libras... na minha bolsa — a mulher respondeu.

Evelyn decidiu ignorar a preocupação, pegar o dinheiro e o recibo e deixar lá as roupas. Depois voltaria para buscar o resto. Ao sair da loja, não conseguiu evitar encontrar a sua amiga Delia, quase imediatamente à sua frente na calçada.

— Evelyn! Como vai você, querida? — Ela perguntou enquanto se beijavam no rosto. — O que é isto tudo que tenho ouvido sobre... —

parou no meio da frase, sem dúvida pensando se "o seu marido ir à falência" seria um pouco deselegante.

— Bom, as coisas não andam bem. Estamos vendendo tudo. Já tinha ouvido falar disso? — Evelyn respondera, tentando descobrir de onde estava vindo o ligeiro ânimo em sua voz.

— Não! — Delia sobressaltou-se, com os olhos tão arregalados que Evelyn conseguiu se concentrar no rímel empelotado nos cílios. — A sua linda casa! O que aconteceu?

— Dennis está sendo processado. Realmente não sei os pormenores.

— Ah, meu Deus, não! — Depois de uma pequena pausa, Delia acrescentara: — Para onde estão se mudando?

— Ainda não tenho certeza. Depende de onde Dennis conseguir arranjar trabalho, acho.

— Isso é *terrível*. Escute, ia agora mesmo tomar um café, por que não vem comigo?

Estavam a quatro portas de distância do pequeno e pretensioso café onde Evelyn sabia que seria impiedosamente interrogada em cada pormenor por Delia, fingindo a mais intensa comiseração, para depois relatar tudo em tons excitados a um grupinho murmurante de outras senhoras do clube de tênis.

Evelyn sabia disso porque fora uma delas. Já havia atuado na cena de grande comiseração com outras mulheres — as que tinham acabado de se divorciar, as que descobriram que o marido tinha uma amante, aquelas em que a inseminação artificial não havia funcionado, qualquer que fosse a circunstância específica da infelicidade — para depois se divertir contando tudo para o círculo íntimo de "amigas" na reunião seguinte. Conhecia também a próxima etapa do ritual: o objeto da comiseração deixava de ser um membro íntimo do grupo.

— Bom, querida, você sabe que eu a convidei várias vezes para jantar desde então, mas ela está sempre sozinha... ninguém para equilibrar a mesa. E abriu o berreiro por causa de uma piada qualquer que Dan fez... tão constrangedor.

Sabia as desculpas que dariam a ela.

A Terra Tremeu?   119

— Bom, ela não vai ter o que vestir. Teve que vender tudo na loja de roupas de Carole na avenida central. Que horror! E agora nem tem sobre o que conversar... o trabalho não está indo bem para ele, não há dinheiro entrando, e os meninos já não estão na escola.

Faltavam apenas algumas semanas para deixar de ser uma delas, sair do grupo a que pertencera desde que se mudara.

Agora percebeu que precisariam mudar de cidade. Não podia suportar a ideia de encontrar as pessoas do grupo e ouvir suas desculpas dizendo por que não tinham telefonado, mantido contato ou feito uma visita. Por que Denny e Tom deveriam ir para a escola pública? Por que nunca mais veriam seus antigos amigos? Por que os pais deles eram tão esnobes para convidá-los?

Na calçada, recusando o convite para o café e depois se despedindo casualmente, beijando o rosto perfumado, macio por conta dos peelings e das plásticas... provavelmente pela última vez, Evelyn sentiu um pânico intenso tomar conta dela. Que vida fútil e inútil vivera! Agora tudo ia desmoronar, e não havia mais *nada* digno para pôr em seu lugar.

Capítulo Quatorze

Nos dias anteriores à data da mudança, Evelyn passara a maior parte do tempo ao telefone, fazendo ligações desagradáveis: dizendo ao tesoureiro da escola que os meninos não iam voltar, cancelando listas e listas de débitos automáticos mensais, a inscrição na academia, as mensalidades do clube de tênis, aulas de música, seguros — até o seguro de vida.

Os meninos jogaram futebol quase o dia todo no jardim, correndo com a bola de um lado para outro do gramado, inventando regras e jogos enquanto viam os homens da mudança chegar, encher um caminhão e ir embora.

— Vão levar tudo para a nossa nova casa? — Denny perguntou, quebrando seu coração.

— Bom... Não sei se vamos precisar de todas essas velharias. Quero dizer, vamos ficar com todos os brinquedos, é claro... mas... sabe... é hora de mudar um pouco — foi a resposta hesitante que lhes deu.

— Então para onde vamos? — Ele perguntou, e agora Tom veio para o lado do irmão. Os dois rostos rosados e atentos olhavam para ela, que não tinha ideia do que lhes dizer, não tinha sequer contado que não iam para a escola na próxima semana, como seria normal. Não queria que se sentissem tão perdidos quanto ela.

— Acha que podemos nos mudar para a casa do seu pai por um tempo? — Dennis perguntara durante mais uma refeição de feijão cozido e torradas e muitos copos de vinho vagabundo, feita com o rádio ligado para afogar o silêncio nervoso e horrível entre eles.

— Para a casa do meu pai?! — Ela imaginara que Dennis já tivesse arranjado uma solução para seus problemas. Um novo trabalho, uma nova casa, mesmo que alugada, algum dinheiro entrando. Achou que só poderia começar lidando com os problemas se essas coisas estivessem em ordem. Mas mudar para a casa do seu pai? Todos quatro? Não havia outra solução possível? Era um novo lembrete de como a situação era complicada.

O pai dela vivia em Gloucestershire, a quilômetros de Surrey.

— Por quanto tempo? — Ela perguntou.

— Porra, não sei — ele respondeu.

— Não posso perguntar se vai poder nos hospedar e não lhe dizer por quanto tempo. E os meninos? Eles terão que ir para a escola. — Ela resistiu ao impulso de atirar o garfo e sair correndo. Era impossível trocarem mais de quatro frases sem um deles ficar enfurecido e sair.

Deveriam tentar. Sairiam dessa casa no prazo de três dias, sem dinheiro e sem lugar para onde ir. Tinham de arranjar alguma coisa.

Então decidiram: em uma perua cheia com as coisas que os oficiais de justiça não quiseram levar — roupas, brinquedos, acessórios de cozinha, a mobília vulgar dos quartos de hóspedes —, mudaram-se para a casa de seu pai.

Evelyn nunca tivera uma relação muito estreita com o pai. Era uma amizade muito civilizada, apesar de ela sempre sentir o peso da desaprovação dele. Ele a desaprovava, e ela o "decepcionava". Tinha sido assim desde pequena. Agora lhe dera motivos de sobra para desaprovar e se decepcionar. Ele suspirou, fazendo "tsk, tsk" para eles pela casa, mas conseguiu segurar o sermão que obviamente estava doido para dar. Seu pai. O advogado formal, inglês, que ainda vivia na grande casa da família, para onde se mudara no dia de seu casamento. Sua mãe, Elsie, de quem agora só se falava ocasionalmente, morrera subitamente quando Evelyn e sua irmã Janie eram crianças. Ao longo dos anos, a presença da mãe na casa encolhera até o ponto de só restarem algumas fotos emolduradas e estranhamente amareladas em exibição e um armário de gavetas cheias de pertences que ninguém tivera coragem de organizar ou jogar fora.

Depois da mudança, Evelyn ficou surpresa com a rapidez com que se ajustaram a essa nova e estranha vida temporária.

Resmungando, seu pai garantira que podiam ficar por quanto tempo precisassem. Assim, as caixas foram desempacotadas, os pertences foram empilhados na garagem, ela e Dennis mudaram-se para seu quarto de infância, enquanto os meninos ocuparam o quarto que fora de sua irmã. Quando o recesso de Páscoa teve fim, foram para a escola primária que ela frequentou quando menina.

— É só por pouco tempo — ela lhes disse, tentando acalmá-los enquanto os levava pela rua, nervosos e inquietos, para o primeiro dia na escola. — Mas aposto que nesta escola também há outros meninos e meninas muito simpáticos.

Dennis, sempre elegantemente vestido em terno e camisa engomada, todos dias, ou ficava na sala de jantar, que servia como escritório improvisado, ou passava o dia em Londres para tentar arranjar um novo emprego ou comparecer perante o tribunal.

Ele recusava quando ela se oferecia para acompanhá-lo.

— A única coisa que isso vai fazer é nos obrigar a pagar dois bilhetes de trem, certo?

Seu pai também passava o dia todo no trabalho. Nunca lhes deu dinheiro, pensando que isso seria intrometer-se na situação, mas ela notou que ele mantinha a geladeira cheia, voltava do trabalho com "este peixe para todos nós" ou "ótimas costelas de cordeiro no açougue hoje, não consegui resistir".

Ela passava as horas entre deixar as crianças na escola às nove e buscá-las às 15 horas no papel de dona de casa dedicada, lavando, engomando, limpando obsessivamente, assando bolos para o chá, fazendo o jantar e tentando não pensar muito em como tudo tinha mudado.

À noite, ela e Dennis deitavam-se lado a lado na cama, sob o teto e as paredes que conhecera tão intimamente em criança, e mal se falavam. Até que uma noite, depois de estarem lá por cerca de cinco semanas, ele disse que teria de trabalhar no exterior.

A Terra Tremeu?

— Não consigo achar nada aqui — explicou. — Houve confusão demais. Ninguém quer se envolver.

Expôs seu plano de aceitar uma oferta de trabalho de um antigo colega que estava agora em Cingapura. Ela não se lembrava de ter sentido qualquer emoção especial diante dessa notícia. Tudo fora dito de um modo bastante desanimado. Dennis não estava apresentando a ideia como um novo desafio fantástico ou um novo começo para todos. Simplesmente explicou que era o que tinha de ser feito.

— Não vou poder ter a minha própria empresa por alguns anos na Grã-Bretanha — disse com uma expressão cheia de desgosto e decepção. Tinha ficado muito inchado e avermelhado durante a crise, ela sabia que ele devia estar bebendo muito mais do que admitia. O cabelo louro também estava rareando

Quando olhava para ele, não via sequer vestígios do homem charmoso, persuasivo e arrojado, com um toque de pretensão, que antes achara tão arrebatador. Via somente um empresário barrigudo e estressado de Londres. Apesar de não perguntar exatamente o que fizera para se meter em tamanha confusão, suspeitava que não cumprira as leis e se dera tremendamente mal.

Assim, 15 dias depois, ele foi para Cingapura. Sim, *ele* partira. Não havia dinheiro suficiente para todos irem, o trabalho que aceitara não oferecia benefícios, ele explicou, só podia bancar uma passagem de avião e alugar uma pequena quitinete. Mas garantira que a situação ia mudar em alguns meses, talvez semanas, assim que percebessem como ele era um bom funcionário.

Fora estranhamente misterioso sobre todo o processo, só deixando os meios de contato mais vagos, prometendo que telefonaria com todas as informações assim que encontrasse um hotel, depois um apartamento.

Ela lembrava-se de tê-lo visto enchendo três malas enormes com a maioria dos pertences que restaram — incluindo os sobretudos pesados de inverno, reparou —, os livros preferidos, CDs e todos os sapatos, junto com algumas bugigangas de prata que haviam pertencido ao pai dele — um relógio, uma escova de cabelo trabalhada e uma moldura com a foto de Denny e Tom quando pequenos.

— Não quero encher a casa do seu pai com estas coisas — ele disse, como que dando uma explicação para as malas grandes e pesadas.

Depois saíra. Ao se despedir, acenando com os olhos cheios de lágrimas enquanto ele entrava no táxi, ela não fazia a menor ideia de qual seria o motivo por que ele se recusara a deixá-la ir até o aeroporto — ele os estava abandonando para sempre, e anos se passariam até que seus dois filhos o vissem novamente.

A Terra Tremeu?

Capítulo Quinze

Evelyn correu atrás do marido com uma saraivada de telefonemas ansiosos: para a companhia aérea, para a sede da empresa em que ele dissera que ia trabalhar e finalmente para a polícia. Tudo o que conseguiu confirmar nesses dias frenéticos foi que sim, Dennis estava vivo e bem de saúde, vivendo lá, mas sem fazer qualquer tentativa de entrar em contato com a família.

Ficou arrasada ao saber disso. Passava o dia todo tentando viver normalmente, para o bem de Denny e Tom. À noite, tentava explicar a seu pai incrédulo o que acontecera e revirava-se na cama, inquieta, tentando tirar algum sentido de toda a situação.

Para os meninos, a novidade de viver na casa do avô estava perdendo o encanto. Estavam irritados, chorões e travessos. Não havia lugar para montarem o trenzinho elétrico, não podiam jogar bola no jardim e, quanto mais o avô desaprovava seu comportamento, mais aprontavam.

Evelyn tentou canalizar a energia deles em aulas de natação à tarde, idas ao parque, e ela mesma cortava e limpava o gramado de casa dia sim, dia não. Mas estava exausta, e o que acontecera a deixara cheia de uma ira que mal conseguia reprimir. Passaram-se semanas sem uma palavra de Dennis. Escreveu a ele usando o endereço da empresa, para pedir, pelo menos, alguma explicação, mas a carta fora devolvida sem ter sido aberta e fora marcada com "endereço desconhecido". Ela não sabia se isso se referia a seu marido ou à empresa. Não teve coragem para tentar descobrir.

Dennis não queria mais saber deles. Ele os abandonara à própria sorte. Sem qualquer explicação.

Uma manhã, Tom estava enrolando para sair, em uma brincadeira irritante de se vestir mais lentamente do que o costume, até que Evelyn perdeu a paciência. Ela levantou a mão e deu-lhe uma bofetada tão forte que deixou marcas vermelhas de dedos na bochecha dele.

Seu filho abriu um berreiro danado, e, tomando-o em seus braços, ela também chorou.

— Sinto muito, Tom. Sinto muito — repetiu várias vezes. Ele tinha apenas 4 anos, nada disso era sua culpa. Ela não podia descarregar nele.

— Vou ser bonzinho. Não quero que você suma como o papai fez — ele soluçara em seu peito.

— Nunca vou sumir. Prometo, prometo. Nunca vou abandonar você — dizia isso a ambos os filhos sempre que demonstravam essa preocupação. Mas estavam mais carentes, pairava uma sombra sobre suas vidas que não estava lá antes.

Lá estava ela, de volta à cidade onde tinha crescido. De volta à casa dos pais. Droga. Estava desenvolvendo uma fobia contra as idas à padaria, à peixaria e à drogaria, sempre ouvindo as mesmas perguntas:

— Oi, Evelyn, como está seu marido? Quando você e os meninos vão se juntar a ele?

O pai dela analisara as possibilidades legais de processar Dennis pela subsistência da família e pelo divórcio, mas ele estava agora em águas internacionais e fora da jurisdição britânica.

Nas longas noites que passou sozinha, acordada em seu quarto de infância, Evelyn teve tempo de refletir longamente sobre seu casamento. Teria sido uma esposa ruim? Não tinha ideia. Não tinha alguém com quem se comparar. Dennis fora a única pessoa com quem tivera uma relação séria e agora sequer recebera uma explicação sobre o que tinha dado errado.

A princípio, limitou-se a esperar, na certeza de que alguma coisa iria acontecer, que ele haveria de dizer alguma coisa, apresentar alguma

A Terra Tremeu?

solução... uma resolução. Mas passaram-se semanas, depois meses, o verão acabara, até que finalmente percebeu que precisava fazer alguma coisa. De algum modo, deveria responsabilizar-se não só por si mesma, mas também por seus dois meninos magoados e muito carentes.

Segurar as pontas parecia absolutamente impossível. Os problemas eram esmagadores, pareciam aumentar a cada momento até que ela não conseguia enxergar uma solução. Conseguiria arranjar um trabalho? Como iria pagar as despesas dos meninos e de uma casa? Como conseguiria sair da casa do pai com as crianças? Por que Dennis lhes tinha feito isto?

Desesperada, Evelyn ficava sentada à janela na sala de estar do pai, sozinha, enquanto os meninos estavam na escola: assistindo a um ocasional carro passar, a uma mãe empurrando um carrinho de bebê, a um moço de entregas, fosse o que fosse. Ficava sentada na sala por horas a fio, sem se mexer, sem chorar, sem pensar, simplesmente plantada no mesmo lugar.

Dennis a deixara ali, com os meninos, cuidando deles, sem dinheiro, presa na casa de onde pensara ter escapado para sempre quando se casou.

Era cada vez mais difícil sair da cama de manhã. Finalmente, quando conseguia sair de baixo das cobertas, entrava automaticamente em modo mamãe. Fazendo o café da manhã das crianças, vestindo seus uniformes, levando-os para a escola. Perdera a noção das pequenas razões para se alegrar. Os meninos lhe davam um propósito na vida, mas isso não era realmente viver, era simplesmente existir.

Uma manhã, enquanto Evelyn estava no sofá olhando pela janela como de costume, viu um elegante carro vermelho estacionar. A porta abriu-se, e de lá saiu uma figura alta e elegantemente vestida. Demorou alguns minutos para reconhecer que era sua irmã mais nova, Janie.

Estranho: Janie aparecer sem avisar. Era tão pouco característico dela. Tinha vindo vê-los em alguns fins de semana desde que se mudaram para a casa do pai — mas sem avisar? Na manhã de um dia de trabalho?

— Oi, mana! — Entrou cheia de energia, beijando Evelyn no rosto.
— Papai diz que você está um caco e não tem ideia do que fazer, por isso vim pôr você nos eixos. E cá estou eu.

Evelyn não sabia o que responder.

— Quer um pouco de chá? — Foi o que saiu.

— Não, não, vamos mandar o chá e a simpatia para o brejo. Pegue suas coisas, vamos sair.

— Para onde? Tenho que voltar para pegar os meninos...

— Não tem não, papai vai buscá-los, está tudo combinado. E já avisamos a eles, por isso não se preocupe, OK?

— OK.

— Não estou aqui para lhe dizer o que fazer — Janie insistiu enquanto circulavam de carro —, mas você tem que fazer alguma coisa, porque não pode continuar assim, certo?

— Acho que não.

— Você tem alguma ideia?

Sentia-se tão constrangida tentando explicar à sua irmã estabelecida e bem resolvida, advogada formada estudando para atuar no tribunal, que queria fazer alguma coisa correta, importante, um pouco digna... ah, e queria que também tivesse alguma coisa a ver com tribunais.

Janie ouviu, sem desaprovar ou rir, e, depois de muito tempo pensando, disse:

— O Serviço de Liberdade Condicional, Lynnie. Que tal? Não vai ganhar muito dinheiro, é claro, mas tem a ver com o que você estava falando. E você é ótima com crianças, então, por que não lidar com jovens delinquentes?

Era, sem dúvida, uma boa ideia. E, como todas as boas ideias, ganhou vida própria. Antes que Evelyn pensasse em fazer alguma objeção, Janie a levou até o escritório da segurança social para acertar os benefícios das crianças, fundos e subsídios. Depois, arrastou Evelyn até a biblioteca para se informar sobre cursos, comprou um conjunto elegante na única loja de roupas decente da cidade e levou-a para um jantar regado a vinho tinto.

A Terra Tremeu?

— Faz quanto tempo que você e papai perceberam que eu havia me casado com um monte de bosta? — Evelyn quis saber, assim que terminaram o primeiro prato.

— Ó meu Deus. — Janie olhou para o seu prato, envergonhada. — Não pergunte isso.

— Por que não?

— Porque nunca concordei com o seu casamento, mas também não queria me meter. Você estava grávida e era louca por ele, acha honestamente que me teria dado ouvidos se tivesse dito algo? Eu tinha 17 anos na época, Lynnie.

— Não, acho que não. — Evelyn enrolou um canto do guardanapo em seus dedos. — Mas você achava que podia acontecer isso?

— Não, claro que não! — Janie respondeu. — Simplesmente pensei que você ia ser uma dona de casa de Surrey até o fim de seus dias, entediada de morte... sem nunca descobrir o que queria fazer de sua vida.

Evelyn digeriu a informação.

— Sou uma mãe solteira — disse à irmã e em voz alta pela primeira vez. — Uma mãe solteira que nunca teve um trabalho e sem qualificações. É muito assustador, Janie, e como de costume gostaria de ter feito o que você fez. Deveria ter tentado outra vez passar nos exames e ido para a faculdade de direito. Se fosse uma advogada, teria dinheiro suficiente e conseguiria comprar uma casa para mim e para meus filhos, e tudo estaria bem.

— Se você tivesse passado nos exames e ido para a faculdade, não teria tido os meninos — Janie lembrou.

— Bom, essa é pelo menos uma coisa de que nunca vou me arrepender. — Evelyn girou o copo e o esvaziou.

— Você vai ficar bem — sua irmã mais nova lhe assegurou. — Você tem a mim e papai para ajudar. Prometo que vai dar tudo certo. — Janie esperava muito que isso fosse verdade.

— Está se sentindo melhor, não está? — Janie lhe perguntou quando finalmente estacionaram em frente à casa do pai.

— Estou me sentindo muito melhor... Há esperança! Obrigada — Evelyn disse e deu uma longa olhada para a jovem mulher sentada no banco do motorista. Há tanto tempo que via Janie como sua irmã mais nova irritantemente perfeita que era muito difícil ver a mulher que ela se havia tornado: inteligente, motivada, muito esperta.

— Estou orgulhosa de você — disse Evelyn.

— Também estou orgulhosa de você — respondeu Janie. — Você passou por um inferno. Mas agora é tempo de sair do fundo do poço... com um impulsinho.

— Acho que vou mudar de volta para Londres — Evelyn disse, a ideia acabando de se formar em sua cabeça.

— O quê? Com os meninos? E as escolas? Os aluguéis caríssimos?

— Eu sei, eu sei... mas gostei de viver lá. Quando fui para lá pela primeira vez... antes de conhecer Dennis. — Era difícil explicar. Queria sair da cidade onde nascera, disso tinha certeza, sair da claustrofobia de ser reconhecida em cada esquina para o anonimato da cidade grande.

A outra coisa que a impulsionava era acreditar que, em Londres, antes de Dennis, se sentira ela mesma por algum tempo, uma pessoa independente e adulta. Estava convencida de que conseguiria encontrar novamente essa pessoa, essa que-era-ela-de-verdade, se voltasse para Londres e começasse a procurá-la.

— Deve haver muito trabalho em Londres para uma oficial de liberdade condicional — disse a Janie.

— Bom, isso é verdade. Vamos lá, saia do carro. Papai está à nossa espera. Vamos ver o que ele tem a dizer sobre tudo isso.

— Sim, depois vamos ignorar o que ele disser!

As duas riram.

No dia seguinte, um bom presságio para a Sra. Evelyn Leigh chegou na forma de uma carta do brechó. A maioria do fantástico guarda-roupa da Sra. Leigh fora vendida, e Carole queria saber se podia enviar as 1.570 libras que lhe devia para o mesmo endereço.

A Terra Tremeu?

Mil e quinhentas libras! Uma quantia que há tempos Evelyn poderia ter gastado despreocupadamente em um vestido, uma cadeira, novas cortinas, agora parecia uma dádiva milagrosa que lhe permitiria pôr os novos planos em andamento. Em um espaço de poucas semanas, registrara-se no curso de oficiais de condicional em Londres e mudara com seus dois filhos para um apartamento de um quarto em Hackney. Era um pardieiro, em uma rua maltrapilha, virado para um condomínio da prefeitura, mas com um ponto de ônibus bem em frente e uma boa escola paroquial duas ruas abaixo, segundo lhe garantira o corretor.

A primeira noite na casa nova foi difícil. Cercada de caixas e mobílias desmontadas, tentou manter os meninos alegres enquanto pensava que diabos tinha feito.

Agora que tinham mudado, ela notou como eram pequenos os cômodos pintados de branco e sentiu a umidade e a escuridão da cozinha e do banheiro. Os dois ambientes tinham marcas de bolor nas paredes e no teto.

Mas ouvia a si mesma dizendo aos filhos, enquanto eles comiam peixe de jantar no chão da sala:

— Sei que agora parece um pouco encardido, mas vamos decorar e deixar o apartamento bem bonitinho. Vocês podem me ajudar a escolher as cores dos quartos, compraremos pôsteres e, assim que desempacotarmos as nossas coisas, vocês vão ver como vai ficar diferente.

Pretendia mesmo fazer isso. Agora, esta era sua vida, estava no comando da situação, e diabos a carregassem se as coisas não se endireitassem. Não se deixaria arrasar por Dennis, que escolhera abandoná-los e desaparecer da face da Terra.

Os três dormiram juntos naquela noite, apertados no sofá-cama, ouvindo os barulhos estranhos do novo bairro. Carros acelerando, conversas em voz alta das pessoas que saíam a pé dos bares e o que ela esperava que fossem brigas de gatos nas latas de lixo lá embaixo. Tinha um filho de cada lado e aconchegou os corpos adormecidos no seu durante boa parte da noite, até que finalmente adormeceu, pouco depois do amanhecer.

* * *

Durante as semanas seguintes, o apartamento começou a tomar forma — uma forma doida e inesperada. Talvez fosse a garrafa de licor que estava usando como conforto à noite ou talvez fosse a necessidade de dar uma banana para o estilo de vida afetado de Surrey, ao qual passara seis anos se adaptando, mas o estilo decorativo de Eva surtou. Com a aprovação dos meninos, a sala de estar foi pintada em um tom de vinho com toques de turquesa para combinar com o carpete desta cor, que viera com a casa. O quarto dos meninos transformou-se em uma locomotiva vermelha, a cozinha ganhou uma pintura tosca de um pôr do sol com palmeiras pretas em uma parede, e o banheiro foi pintado (que mais poderia inventar?) de azul-celeste com nuvens brancas.

Era perfeito, era como viver em uma casa de contos de fadas. Ela podia decidir as coisas e não se preocupar, nem por um momento, com o que Dennis, seus amigos, seu pai ou qualquer outra pessoa pudessem pensar. Já não precisava manter a casa em padrões impossivelmente imaculados, nem passar o fim de semana todo enfiada na cozinha, fazendo sopas elaboradas, tostando nozes, descascando carambolas e kiwis, tendo um ataque de nervos com o *boeuf en croûte* e as camadas de trufa.

Evelyn Leigh estava tentando libertar-se, tornar-se o tipo de pessoa que deixa coisas por fazer, que lava roupas brancas e coloridas juntas até tudo ficar azulado, que vê TV no café da manhã (às vezes), que prepara cozido de legumes e caçarolas de lentilhas, que tem tempo para passar o dia todo no parque com as crianças. Estava decidida a fazer novos amigos e, quem sabe, até *se divertir*.

Depois de apenas 15 dias, sentia que estava em casa. Seus ombros saíram da posição em que estavam há algum tempo, bem encostados às orelhas, e começou a relaxar. Estava finalmente no controle de seu pequeno domínio. Era uma sensação libertadora. Educaria os meninos exatamente como desejava, seria a mãe que sempre quis ser.

Uma tarde, quando estavam fazendo um piquenique em Hyde Park sob um enorme guarda-chuva por causa da garoa, os meninos começaram a rir tanto por causa de uma piada pateta que ouviram na escola que ela sentiu uma leveza que, a princípio, não conseguia definir. Depois lhe ocorreu que talvez fosse felicidade. Fazia tanto tempo desde que sentira algo semelhante, que não havia reconhecido.

Antes de se dar conta, era outubro e teve de enfrentar o retorno à faculdade pela primeira vez em sete anos. Naquela primeira manhã, quando se inscreveu para as aulas, ouviu-se dizendo ao funcionário da secretaria que havia um erro, já não se chamava Evelyn Leigh, mas *Eva Gardiner*.

Que ela quisesse voltar para seu nome de solteira não era difícil de entender — mas *Eva*? Secretamente, sempre chamara a si própria de Eva, mas só agora, aos 26 anos, se permitia entrar na *persona*, deixar que sua pessoa pública se tornasse um pouco mais como sua pessoa interior.

Ao entrar em um grande refeitório com os novos colegas e seus amigos para o almoço, percebeu o quanto as coisas tinham mudado para ela em curtos seis meses. Ali estava, comendo um prato de macarrão com queijo na cantina, acompanhada por um grupo de outras mulheres — algumas da sua idade, a maioria mais jovem, todas vestidas em estilo hippie chique, o que fazia suas camisas polos, seus jeans e suas jaquetas parecerem incrivelmente fora de moda. Falavam de filmes, alojamentos, aluguéis, namorados, e sua vida passada como Evelyn Leigh, clube de tênis e compras na butique, escolas privadas e jantares sociais, tudo parecia tão longe que era quase como se nunca tivesse acontecido. Este era o primeiro dia do curso de formação para se tornar uma oficial de condicional. O que Delia & Cia achariam disso? Se é que algum dia se dessem o trabalho de descobrir o que acontecera com ela.

— Vou ter que faltar à última aula da tarde para ir buscar meus filhos — uma mulher estava dizendo a uma amiga. — Tenho que pegar as anotações de alguém para não ficar perdida.

— Eu também — Eva lhe disse.

Muito rapidamente, ela e essa mulher, que estava estudando para ser parteira e se apresentou como Jenna, "mas todo mundo me chama de Jen", tornaram-se amigas com uma conversa de mamães.

— Quantos anos têm os seus? — Eva perguntou.

— Terry tem 5 anos, e John, 9 meses. Estou me arrastando da casa para fazer este curso.

— Também tenho dois meninos. Denny tem 6, e Tom, quase 5. Adoro meninos — Eva lhe confidenciou com um sorriso. — Todo aquele futebol, carrinhos, trens e correrias.

— É mesmo! Mas acabam com uma pessoa. — Jen riu. — E de onde você vem? — Tinha um ligeiro sotaque de Londres e um rosto cansado, emoldurado por um cabelo preto rebelde, preso em um rabo de cavalo. As duas pareciam ter mais ou menos a mesma idade, Eva, talvez um pouco mais velha ou apenas mais acabada.

Eva lhe contou, sem dar muitos detalhes, como tinha vivido em Surrey, mas que voltara para Londres "quando o casamento acabou".

— Então está solteira de novo? — Jen perguntou.

— Ah, não penso nisso dessa maneira, por causa dos meninos.

— Vai acabar pensando. — Jen sorriu. — E você veio para o lugar certo. Nunca estive em lugar mais obcecado por sexo do que este. Olhe à sua volta, casais acasalando, sedutores seduzindo, professores libertinos... Você vai se divertir muito. Pena que tenho um homem em casa, é o que digo.

Eva apenas sorriu.

— E onde você está morando? — Jen perguntou, e Eva lhe disse. Jen assentiu com a cabeça e então lhe perguntou o nome da rua. Depois sorriu, acrescentando: — É pertinho da minha casa! Temos que sair juntas para eu lhe mostrar o que tem de bom por ali.

Uma vez que saíam da faculdade à mesma hora, pegavam o mesmo ônibus para Hackney para buscar os filhos na mesma escola, viviam realmente perto uma da outra e tinham dois filhos, parecia inevitável e certo que se tornassem boas amigas.

Conversaram e, gradualmente, aprenderam muito uma sobre a outra tomando xícaras de chá extraforte no apartamento de Jen ou na cantina da faculdade.

Jen nem sempre vivera em Londres. Aos 17 anos, viera atrás de um namorado, saindo de uma pequena cidade no noroeste do país. Trabalhava

A Terra Tremeu?

longos turnos em uma loja de roupas enquanto ele tocava bateria o dia todo, fazia pequenos shows, embebedava-se à noite e nunca pagava sua parte do aluguel do apartamento.

— Simplesmente vaguei sem rumo nos meus 20 anos — confessou.

Andara de loja em loja e de apartamento em apartamento por uma série de namorados sem graça chamados Dane, Shane, Wayne e por aí vai. Até que conheceu Stavo, um eslavo que, pelo menos, parecia ter alguns objetivos, ambições, alguma razão para sair da cama de manhã. Mas a reação dele ao anúncio de que estava grávida foi lhe dar uma cabeçada no rosto. Então ela bateu nele com o primeiro objeto pesado que encontrou, a balança do banheiro, deixando-o desmaiado, fez as malas e fugiu.

Estava sozinha quando teve Terry, com exceção da parteira que lhe segurou a mão e lhe comprou flores na lojinha do hospital.

— Dei-lhe o nome de meu pai, e John tem o nome de seu outro avô — Jen explicou.

O nome do pai de John era Ryan, um adorável irlandês que cuidou de Jen e Terry e que a fez sair de casa e sorrir novamente.

— Não pode imaginar como foi ruim, Eva, viver com um bebê, no 18º andar de um prédio em um bairro barra-pesada, completamente sozinha. Vivendo de auxílio-desemprego pela primeira vez na vida — Jen disse. Mas uma única vez, porque era uma mulher que olhava para frente, recompunha-se e não gostava de ficar pensando em como as coisas haviam sido ruins. — Ryan foi a minha recompensa por toda a merda por que passei. Não tenho ideia de como ele finalmente me convenceu a ter outro bebê, mas prometeu que ficaria conosco, não importava o que acontecesse.

Em um sussurro deliciado, para que seus filhos não ouvissem, Jen confidenciou:

— Estamos economizando para casar... talvez quando terminar meu curso e arranjar o primeiro emprego. Quando tivermos o suficiente para dar uma festa como gostaríamos.

Jen nunca se esqueceu da parteira que a ajudou com o nascimento de Terry. Disse a Eva:

— Ela comprou flores para mim, apesar de não me conhecer de parte alguma. E decidi que queria fazer esse trabalho, ajudar outras mulheres nesse momento, quando se está entre a vida e a morte, pensando para que lado você e seu filho vão cair.

À medida que ficavam mais à vontade uma com a outra, Eva foi deixando escapar pequenas informações sobre sua vida. Finalmente, os anos conturbados de Evelyn Leigh tornaram-se uma grande piada entre as duas.

— Ah, querida, Ralph Lauren faz uma jaqueta exatamente igual a esta. — Eva elogiava a última roupa que Jen comprara na feirinha.

— Não sei... será que se faz em camurça? — Era um bordão que usavam para todos os tipos de patetices... espanadores, cuecas das crianças, babadores, sacos de lixo.

O vestido de noite da Donna Karan, as cortinas de seda, o Range Rover com assentos de couro — era um mundo de fantasia sobre o qual Jen adorava ouvir falar. Para Eva, não era doloroso recordar. Era como a memória de um sonho. Agora, conseguia rir da mesquinhez de toda a situação. Ela e sua nova amiga gargalhavam até as lágrimas, como se esse fosse o mundo mais ridículo que alguém pudesse imaginar.

Agora, Eva Gardiner tinha uma vida completamente nova, para combinar com seu novo nome. Uma vida que girava em torno das crianças, é claro, mas também da faculdade e dos colegas cheios de estilo, das festas de estudantes, das feiras aos domingos, das lojas de caridade e dos camelôs, da biblioteca, dos museus, das lojas de faça-você-mesmo, da cozinha vegetariana...

Cada aspecto de sua vida mudara e, no final de seu primeiro semestre, achava que Evelyn Leigh não iria reconhecer a pessoa que se tornara. Uma pessoa melhor, disso tinha certeza. Passava muitas horas com os filhos e redescobriu todo o tipo de coisas que gostava de fazer quando criança, mas que não fizera desde então. Ensinou-lhes como fazer crochê e, às vezes, passava tardes inteiras pintando com as mãos, usando batatas como carimbos, usando cola e purpurina para confeccionar cartões de

A Terra Tremeu?

Natal para todos os seus novos amigos. Foi rápida a decisão de não se incomodar enviando o que quer que fosse para a brigada de Surrey. Não havia motivo. Apesar de ter pagado um serviço de redirecionamento de correspondência de sua antiga casa para a de seu pai, nenhuma de suas antigas amigas tentara entrar em contato.

Sobre Dennis, Eva sentia apenas uma ira surda, mais por causa dos meninos, já nem tanto por si. Deixou isso para lá. Na verdade, estava surpresa em quão pouco pensava nele agora. Dennis Desaparecido tornara-se algo que só a perturbava a noite, quando estava adormecendo — e nem todas as noites.

Capítulo Dezesseis

—Meu Deus, você está tão bem, não acredito. — Janie estava sendo levada escada acima até o apartamento de um quarto de Eva, para sua primeira visita. Apesar de ter ficado consternada pelo aspecto soturno da rua onde a irmã estava vivendo, ficou aliviada em constatar que Eva estava com um ar verdadeiramente animado, como há muito tempo não via, era como se tivessem tirado um peso de seus ombros.

— Prepare-se para a decoração — sua irmã mais velha avisou, rindo, enquanto a levava para dentro. — Eu me empolguei um pouco.

— Ah, meu Deus! Mas talvez você estivesse precisando mesmo se empolgar um pouco. — Janie olhou para a sala e a cozinha chamativas, depois espreitou o quarto e o banheiro. — Está bom... aconchegante — foi o veredicto. — Onde estão os meninos?

— Uma amiga está cuidando deles por algumas horas. Queria estar só com você um pouco — Eva lhe disse, reparando no casaco pesado da irmã, forrado com seda, e na sua mala de couro com as roupas para passar a noite, e percebeu como pareciam fora de contexto neste apartamento simples e alegre.

— Onde você dorme? — Janie perguntou.

— O sofá abre. Esta noite você dorme na cama de baixo do quarto dos meninos. Eu fico com Tom, caso você esteja se perguntando.

— Tudo bem, é sério.

— Então... quais são as grandes novidades? — Eva perguntou, agora olhando bem nos olhos de Janie. — Por que a pressa em vir nos visitar neste fim de semana?

— Bom, queria ver você, é claro, e ter certeza de que estava tudo bem. Andei tão preocupada...

Não era difícil adivinhar o que mais estava acontecendo na vida de Janie. O seu rosto estava corado, os olhos brilhando, e não conseguia parar de sorrir.

— David me pediu em casamento! — Deu um gritinho e teve de abraçar Eva novamente.

— Meus parabéns! — Eva respondeu. — Mesmo! Estou tão feliz por você! Ele é um cara muito legal. Acho que não há risco de ele acabar como Dennis. — Não conseguiu segurar o comentário.

— Bom... Entendo que isso seja difícil. Eu ficando noiva, e você... — Janie hesitou, procurando a palavra certa... "abandonada" decididamente não era a escolha certa... — separada.

— Não, você está enganada, Janie — Eva respondeu, indo para a cozinha buscar copos para atacar a garrafa de champanhe que a irmã havia trazido. — Vou ser a convidada mais feliz do seu casamento, é sério, estamos nos saindo muito bem.

Janie conseguia ver que isso era verdade. Sua irmã estava com um ar mais desleixado, porém mais relaxada e feliz do que estivera há anos. Parecia mais jovem, isso é que era estranho. Passara por toda essa situação terrível, mas saíra muito melhor do aperto. Enquanto estava casada com Dennis, toda bem-vestida e penteada, sempre parecera uma mulher nos seus 30 e poucos anos.

— Acho que a vida de estudante lhe cai bem — Janie disse quando se sentaram juntas no sofá e brindaram uma à outra.

— Hummm... delícia — Eva disse, depois de um longo gole. — Faz muito tempo que não bebo um bom champanhe.

— Bom, aproveite — Janie respondeu. — Há muito mais aqui.

— OK, mas agora quero saber tudo sobre o pedido. Cada detalhe. Não esconda nada.

Janie caiu na gargalhada.

— Ah, grande momento romântico! David rola na cama e me diz: "Estava pensando que gostaria de casar com uma pessoa como você." Eu respondi: "Uma pessoa como eu? E que tal *eu* mesma? Não quer casar comigo?" E ele respondeu: "Bom... sim." — "Bom, sim." — Repetiu Janie. — Não é o pedido de casamento mais chocho de que já ouviu falar? Abri o berreiro.

— Ah, não.

— Mas não tenha pena de mim — Janie acrescentou, colocando mais champanhe nas taças. — Ele agora está se sentindo tão culpado que comprou um anel de rubi do tamanho de uma bola de golfe e vai me levar a Veneza no Natal. Bom, quero dizer... Primeiro queria saber a sua opinião — acrescentou com culpa. — Sabe, se estiver planejando passar o Natal com papai e quiser que eu esteja lá...

— Não seja boba, vá para Veneza — Eva disse, tonta com o champanhe. — Faça *amore* na manhã de Natal. — As duas riram.

— Vamos ficar aqui, já decidi. Na nossa casinha aconchegante — disse Eva. — Papai pode vir nos visitar no dia 26.

Assim que a maior parte da garrafa tinha ido embora, Janie a interrogou melhor. Ela estava mesmo bem? Os meninos estavam lidando bem com a situação? Precisavam de alguma coisa? Precisava de dinheiro emprestado?

— Estamos mesmo bem. Juro — Eva garantiu. — Eu sei, é difícil acreditar, mas estamos muito felizes. Gosto daqui, Janie — ela confidenciou. — É muito zen! Não, é verdade. Tudo mudou, e eu precisava disso. Uma agitada, uma mudança... Tenho pensado muito nisso. — Eva pousou a taça, cruzou as pernas e olhou para a irmã, fixando seus frios olhos cinzentos nela. — Perdi tanta coisa: o bebê, nossa casa, todo o nosso estilo de vida, todas as coisas que adorava ter ao meu redor, Dennis...

Dennis foi a última coisa da lista, Janie reparou com algum alívio.

— Tudo o que quero agora é paz, calma, apenas o essencial... é difícil explicar. Não quero nada de que não precise nem nada que possam tirar de mim. Acho que é uma questão de segurança. Não quero que nenhum de nós seja magoado novamente.

Janie achou ter entendido, mas, ainda assim, perguntou:

— Mas não sente falta de muitas coisas? É pior do que ser uma estudante, porque você nem sequer pode voltar para casa e aproveitar o conforto durante as férias.

A Terra Tremeu? 141

— Como por exemplo?! — Eva quis saber.
— Marzipã, chocolates, vinho caro, gim e tônica... bifes de filé-mignon...

Eva riu.

— Não, nada disso, só perfume e os meus antigos cremes faciais. Os que custam cinquenta libras o pote. Agora parece completamente doido!

— Vou comprar um desses para você no Natal — Janie aproveitou.

— Não, não... Ia ser muito estranho. Mas é engraçado, há algumas coisas que ainda compro do mais caro, como barras de chocolate e sabão em pó. E detesto sapatos baratos, por isso tenho que usar estes... — Apontou para os tênis. — Sinto-me como se tivesse sido a pirralha mais mimada do mundo, que agora está voltando à realidade. Os meninos também. Estamos todos muito melhor.

Janie pensou no preço do anel de noivado que ela e David escolheram e sentiu-se desgraçadamente culpada.

— O que você quer para o Natal? — Perguntou a Eva.

— Um novo cabelo! — Eva brincou, mexendo nas suas madeixas sem corte e sem luzes.

— OK. Aí está uma coisa que posso arrumar — Janie insistiu. — É sério.

E foi assim que Eva conheceu Harry, o cabeleireiro.

Estudando seu orçamento em miniatura, consciente de que o Natal estava chegando, não tinha ideia de como ia garantir que não seria mais uma grande decepção para as crianças.

No ano anterior, o dia de Natal havia sido o mais incrível, superando todos os limites da extravagância. Dennis exagerara, comprando carros elétricos para os meninos dirigirem, caminhões de controle remoto, uma cidade de Lego, uniformes de clubes de futebol, chuteiras, bolas autografadas. Mesmo nessa altura, nas profundezas de seu estilo de vida de Surrey, Eva pensou que estavam exagerando com as crianças. Para ela, uma caixinha embrulhada em papel dourado e dentro um relógio Cartier cravejado de diamantes. Rá, as coisas mudam. Não conseguiu evitar olhar para a merreca de plástico que agora estava em seu pulso e que custara 5,99 libras. Até isso ela considerara uma extravagância.

De qualquer maneira, não tinha ideia do que fazer neste ano. Especialmente porque Tom ainda acreditava em Papai Noel. Como ia lidar com o fato de o orçamento do Papai Noel ter encolhido tanto?

Estava se esforçando muito para poupar e poder comprar coisas boas. Isso significava ter inúmeras variações de feijão e lentilhas no jantar e no almoço e de mingau de aveia no café da manhã. Não gastaria qualquer dinheiro no que fosse desnecessário. Usaria só um pouco da generosa quantia que Janie lhe dera para arrumar o cabelo e mimar-se minimamente para o Natal. Suas madeixas estavam sem cuidados desde a falência de Dennis, e seu visual era lastimável. Suas raízes castanhas haviam passado da altura das orelhas, e os vinte centímetros de luzes caras feitas em Surrey cresceram descontroladamente. O cabelo estava espigado e sem corte.

O plano era fazer um corte mais curto acima dos ombros e, por mais que detestasse a ideia, pintar da sua cor natural. Não havia como pagar por luzes.

Marcou uma hora em um salão perto de casa porque era mais barato, e levando-se em conta que estava no bairro de Hackney, o interior era surpreendentemente elegante.

Assim que entrou, colocaram-lhe uma capa. Depois, levaram-na para uma cadeira, onde conheceu Harry, um artista italiano, corpulento e de cabelos negros, do East-End.

Fez um movimento floreado com o pente, moveu suas madeixas e incorporou uma imitação perfeita de Michael Caine:

— É um longo cabelo, mas está fora de forma. — Seguido de: — Agora, querida, o que vamos fazer com ele? Porque é Natal, e todas as mulheres precisam ficar deslumbrantes.

Então, ela explicou que queria um corte na altura dos ombros e voltar ao castanho, por causa dos baixos custos de manutenção. Ele abanou a cabeça e disse:

— Ah, não, *mamma mia*, acho que precisamos trazer a sua loura interior de volta, que está se mordendo toda para sair. — Durante a explicação

A Terra Tremeu?

de que não podia pagar por luzes porque estava poupando para presentes para os meninos... e não sabia como evitar que o Natal se tornasse uma decepção para eles neste ano... porque o pai tinha desaparecido... e ela não podia gastar nada que fosse semelhante às coisas boas que ele lhes tinha oferecido... Caramba, as palavras foram saindo de sua boca, e ali estava ela, chorando na cadeira do cabeleireiro. Mas Harry, com a experiência de uma vida em consolar mulheres tristes, ofereceu-lhe lenços de papel, uma xícara de chá e disse:

— Vamos, minha querida. É Natal, e você tem que deixar Harry arrumar seu cabelo. Depois de fazermos isso, vai se sentir muito melhor, e nada vai parecer tão horrível, prometo.

Então, ele cortou o cabelo na altura dos ombros e disse para voltar na quinta-feira à noite, quando ele ensinava os assistentes e ela poderia fazer as luzes de graça.

— Mas não posso vir à noite, não tenho ninguém com quem deixar os meninos — protestou, achando difícil aceitar este ato de bondade de um estranho.

— Traga os meninos — ele disse, abanando expansivamente os braços no meio do salão. — Temos vídeos, cadeiras que rodam, potes com doces. Eles vão ficar bem.

Foi assim que ela continuou loura durante o curso. Harry, e depois os assistentes, coloriam seu cabelo uma vez a cada três ou quatro meses nas noites de treinamento. Quando conseguiu um emprego, é claro que continuou fiel a Harry, pagando o que ele permitia — sempre abaixo da tabela de preços.

Mas esse não era o motivo pelo qual ele se tornara um bom amigo. Harry fazia parte de seu círculo íntimo por causa do que fizera por ela e os meninos naquele primeiro Natal. Enquanto descoloria cuidadosamente a mechas de seu cabelo e observava seus filhos subirem nas cadeiras do salão e devorarem os doces reservados para as clientes, disse a Eva que talvez precisassem de um pouco de magia no Natal, não de brinquedos caros.

— Minha mãe era meio italiana — ele disse, fazendo o sinal da cruz — e costumávamos ir à Missa do Galo na véspera de Natal. Quando voltávamos, a casa estava transformada. A árvore estava montada, os presentes estavam à vista... tangerinas frescas, panetone, pequenos chocolates, brinquedinhos de madeira, balões... as velas e as luzinhas de Natal estavam acesas. Era mágico. Isso era o que nosso Papai Noel fazia, não essa coisa sinistra de descer pela chaminé e deixar coisas dos catálogos das lojas. Ainda não sei como a minha mãe fazia isso, mas acho que tudo estava embrulhado e pronto em um armário, e, quando a gente saía, uma amiga vinha e arrumava as coisas. Agora, eu seria capaz de ser esse amigo para seus dois meninos, Eva. Ficaria muito feliz com isso.

Era uma ideia maravilhosa. Ela não conseguia pensar em uma razão para não aceitar. Harry era um cinquentão que não estava casado, mas tinha família, sobrinhos-netos e sobrinhas-netas que não via tanto quanto gostaria. Por que não o deixar ser gentil? Aceitar a mão de amizade que lhe estava sendo estendida.

— Bom, não vou para a cama com você, e não há nada de valor no meu apartamento para roubar... Ainda está interessado?

Assim, na véspera de Natal, Eva entregou-lhe a chave. Conforme combinado, escondeu, sob a cama ou nos armários da cozinha, a pequena árvore, as luzes, os presentes e os doces cuidadosamente escolhidos. Depois, levou os filhos para a missa das 23 horas na igreja da escola.

Apesar de não ser uma frequentadora assídua da igreja, Eva gostava muito daquele templo. O vigário era um tipo jovem e moderno e fazia o melhor possível para despertar algum interesse dos alunos da escola primária pela religião. A Missa do Galo prometia ter "hinos tradicionais e modernos" e, depois doces e chocolate ou vinho quente. A igreja estava com uma iluminação suave e romântica para a noite.

Os meninos, bastante excitados para se sentirem cansados, cantaram em voz alta, mesmo os hinos que não conheciam bem, e ouviram a história da manjedoura e o curto sermão sem ficar demasiadamente irrequietos.

Mesmo assim, um rápido passar de olhos pela congregação, e Eva viu que eles eram os mais malvestidos. Os bancos da igreja estavam repletos

A Terra Tremeu?

de famílias negras respeitáveis, cujas crianças lavadas e bem arrumadas estavam sentadas absolutamente quietas.

Depois da missa, cada um dos meninos comeu três fatias de bolo. Ficaram surpresos ao descobrirem que já passava da meia-noite, quando as pessoas os abraçaram e beijaram, desejando-lhes um Feliz Natal.

— Já é Natal, mamãe! — Tom disse alegremente enquanto voltavam da igreja, sua mão na dela.

— Eu sei. — Ela sorriu de volta.

— Isso quer dizer que o Papai Noel já veio? — Ele perguntou.

— O Papai Noel não existe — Denny lhe respondeu em uma voz cheia de tristeza. — É só a mamãe e o papai pondo as coisas na árvore, e não vai haver muitas coisas este ano, não é?

Tom olhou para Eva para ela o tranquilizar.

— Não sei o que acontece com o Papai Noel — Eva disse, sabendo que não podia propriamente negar a explicação que dera a Denny no ano passado: que era uma história bonita que se contava às crianças baseada em um homem que vivera há muitos anos. — Mas, às vezes, acontecem coisas realmente mágicas no Natal — acrescentou. — E não consigo pensar em três pessoas que precisem mais de um pouco de magia neste momento do que nós.

— Posso fazer um pedido para uma estrela, mamãe? — Tom perguntou. Mas, quando olharam para cima, a noite estava cinzenta e nublada, e o céu pintado de uma cor laranja, do reflexo da iluminação da rua. Não dava para ver qualquer estrela.

— Ali está uma — disse Tom, apontando.

— Não. É só um avião, seu burro.

Eva deixou passar. Denny estava perturbado e se preparando para uma grande decepção. Já esperava poucos presentes e nenhuma notícia do pai. Estava tão deprimido e melancólico que ela começou a se preocupar, durante a caminhada de volta para casa, que ele veria a surpresa dela pelo que era — um modo de esconder quão pouco dinheiro ela pôde gastar com eles — e ficar ainda mais triste.

* * *

Destrancou a porta da entrada e subiram as escadas até o apartamento, no primeiro andar. Havia uma grinalda com um laço vermelho, que não estava lá antes de terem saído.

— O que é isso? — Perguntou, ela mesma surpresa. Era um dos toques pessoais de Harry. As chaves giraram nas três trancas, e ela empurrou a porta.

A sala de estar estava iluminada com pequenas luzes brancas de Natal em uma árvore da altura de seus joelhos e com lamparinas e velas nos peitoris das janelas.

— O que aconteceu? — Denny andava pela sala, e ela sentiu um alívio feliz ao ver a surpresa em seu rosto. Sete anos era obviamente uma idade muito tenra para que o cinismo estivesse completamente enraizado.

— O Papai Noel esteve aqui! — Tom correu agora, saindo de trás das pernas dela, onde ficara olhando para tudo nervosamente.

— Ó meu Deus — Eva disse, sentindo-se quase tão dominada pela emoção quanto os meninos, porque a sala estava tão bonita, muito mais mágica do que ela esperava. As pequenas chamas nos peitoris das janelas refletiam no vidro, e parecia que centenas de luzes e lâmpadas iluminavam a casa.

— Também há uma árvore — Denny disse. — Não sabia que ele também trazia árvores!

— Talvez só para nós — Eva respondeu. — De repente, ele ficou sabendo que eu não queria uma e pensou: "Isso é simplesmente ridículo!" — Os meninos riram.

— Mas como é que ele fez isso? Nós nem sequer temos uma chaminé... — As considerações de Denny foram interrompidas por uma pergunta mais pragmática de Tom.

— Estes são os nossos presentes? — Ele tentou descobrir, espreitando os embrulhos dourados e prateados. — E olhe só... doces — acrescentou, vendo os pratos de Maltesers, Quality Street e Smarties dispostos ao lado dos embrulhos.

Eva ajoelhou-se e olhou para as etiquetas com os nomes nos presentes, as quais imprimira para não usar sua caligrafia.

A Terra Tremeu?

— Este é para Denny, este é para Denny, este é para Tom... — Dividiu o lote até que os meninos tivessem um montinho de embrulhos, de tamanho pequeno e médio, nada grande.

— Estes três são para mim! — Agora, ela estava realmente surpresa, porque embrulhara umas presilhas de cabelo para ela mesma, para que os meninos não ficassem desconfiados. Os outros dois pacotes em papel vermelho brilhante, no entanto, eram novidade.

Deixou-os de lado para poder olhar os rostos dos filhos enquanto desembrulhavam os presentes.

Uma caixa de madeira com quatrocentos bloquinhos de construção para Denny. Ele parecia verdadeiramente feliz. Depois, apareceram cartas de baralho, ioiôs, estalinhos, estrelinhas, balões, uma lanterna. Ele pareceu gostar de tudo.

Para Tom, havia pequenos caminhões de bombeiros, trens, jipes, um jacaré de corda, patos de brinquedo, um capacete de bombeiro e uma aranha que pulava quando se dava corda. Ele estava delirando de alegria, os dedos experimentando as texturas, tateando todas as superfícies das coisas novas que agora eram dele.

— Também podemos comer os doces? — Ele perguntou, o pequeno rosto virado para ela com sua melhor expressão de cachorrinho pidão.

— Claro... bom, mas não todos. Queremos guardar alguns para o dia de Natal!

Os dois pegaram tudo que conseguiram, antes de ela pôr as tigelas fora do alcance deles, na prateleira dos livros.

— E os seus, mamãe? — Denny perguntou.

— É mesmo, quase esqueci!

— Ela abriu o pacote mais pesado, de onde saíram duas garrafas bojudas, xampu e condicionador. Naquele momento, lembrou-se com remorsos de que não dera sequer uma garrafa de vinho a Harry como agradecimento.

O embrulho seguinte revelou um bolo de Natal decorado e com recheio de nozes e cerejas.

— Uau — disse Denny. — Podemos comer um pedaço?

— Sim, vamos cortar uma fatia, beber um chocolate quente e fazer a ceia da meia-noite. — Por um momento, Eva ia sugerir que abrissem os embrulhos escondidos debaixo de sua cama, que planejava dizer que eram "da parte dela" pela manhã. Mas, não, queria que eles tivessem mais alguma coisa para desembrulhar quando acordassem, quando os presentes, que nesta noite pareciam tão glamourosos e mágicos, talvez tivessem perdido parte do encanto.

Colocou os pijamas neles enquanto aquecia o leite, e depois os três aconchegaram-se na cama dela.

Quando acabaram o chocolate quente e o bolo, e Tom já estava com olhos de sono e quase dormindo, Denny aconchegou-se a seu lado e lhe disse com um murmúrio choroso:

— Queria enviar um cartão de Natal para o papai, porque queria que ele soubesse que ainda gosto dele.

— Ah, Denny. — Ela o abraçou com força. — Tenho certeza de que papai sabe disso. — Como é que ele não se dava conta de que o pai havia quebrado o coração de todos eles?, ela pensou, com um ímpeto de fúria.

— Mas não sabemos o endereço dele, não é? Então não podemos enviar um cartão. Mas ele pode pensar que é porque não gosto mais dele.

Só porque seus filhos tinham parado de perguntar ou falar sobre as coisas do passado, isso não queria dizer, nem por um momento sequer, que tinham parado de pensar nele.

— Denny, papai sabe onde o vovô vive — ela disse. — Ele podia escrever para nós a qualquer momento, ou telefonar para o vovô para saber o nosso endereço, ou nos dar o dele. Por algum motivo que não entendo, ele foi sozinho para outro país. Talvez ele escreva em breve ou volte, talvez não. Não tenho como saber. Tudo o que nós três podemos fazer é nos amar, seguir com nossa nova vida e tentar ser felizes. Nunca vou deixar você e Tom, nunca, nunca, nunca, em um milhão de anos. — Apertou-o em seus braços e beijou o cocuruto de sua cabeça, com um peculiar cheiro de suor adocicado.

— Mas e se você morrer, mamãe? Quem vai cuidar da gente?

A Terra Tremeu? 149

— Ó Denny. — Ela sorriu para ele e tentou aliviar essa conversa sombria. Apesar de este ser um pensamento apavorante que às vezes a acordava no meio da noite. — Não vou morrer senão daqui a muito, muito tempo, espero. Mas se eu adoecer e não puder cuidar de vocês por um tempo, sempre há o vovô, a titia Janie e Jenjen, muitas pessoas que podem ajudar. Por favor, querido — ela afastou o cabelo da testa pálida dele —, é Natal, é uma época de alegria. Tente não se preocupar muito. Estou bem aqui a seu lado.

Encostou a cabeça dele no travesseiro, acariciou a bochecha e as costas dele, suavemente, até que as pálpebras caíram, e ele adormeceu.

Depois, sentou-se e saiu com cuidado da cama. Não havia lugar para os três, e ela iria dormir no quarto deles. Fitou os meninos por um tempo, depois de acomodá-los mais confortavelmente juntos, longe da beirada da cama.

Maldito seja Dennis por fazer infelizes suas preciosas crianças. Nunca o perdoaria por isso.

Outro pensamento passou por sua cabeça quando encontrou a tigela de doces e pegou uma mão cheia de chocolates para se confortar. Nunca mais queria voltar a ser rica. Pensou em Scarlett O'Hara no campo de batatas, jurando nunca mais ser pobre, e sentiu o oposto. Nunca mais queria voltar a ser rica.

Ela, Dennis e seus amigos fúteis realmente sabiam *o preço de tudo e o valor de nada*. No passado, ela e as crianças possuíram mais do que podiam apreciar. Agora, tinham pouco e apreciavam tudo, inclusive a companhia uns dos outros e a gentileza de seus novos amigos.

Qual era o objetivo de confiar em coisas que poderiam desaparecer de um dia para o outro se o dinheiro acabasse? Ela só queria a realidade, as coisas importantes, que podia realmente possuir e pagar. Não queria se preocupar muito com essas também.

Então, três anos mais tarde, finalmente chegaram notícias de Dennis — por meio de seus advogados, solicitando o divórcio, porque ele pretendia se casar novamente. Eva já estava decidida a não querer pensão, só um acordo monetário único para romper relações. Comprou um pequeno carro usado, pôs o resto do dinheiro no banco para os meninos e tentou apagar para sempre a memória da reunião no escritório dos advogados.

Cadeiras que se arrastavam, xícaras de chá intocadas, a alegria, a mágoa e a confusão dos meninos, e Dennis — mais moreno, careca e gordo — e sua desculpa patética: "Sei que tem sido difícil... O tempo passou voando... Pensei em entrar em contato." Ela mal conseguia falar, por causa da raiva que sentia ao vê-lo novamente. Concordara com tudo, inclusive com o pedido dele para visitar os filhos quando estivesse "de volta ao país", com acenos breves e o mínimo de palavras. Quando ele estendeu a mão para se despedir, ela manteve os braços firmemente ao lado do corpo.

Tom chorara durante todo o caminho para casa, e Denny olhara pela janela do ônibus, tão furioso e calado quanto ela.

Capítulo Dezessete

— Voltaram cedo. — Deepa olhou da posição em que estava, de bruços no sofá marrom um tanto decrépito, quando ouviu as chaves na porta de entrada do apartamento.

— Não. — Tom ergueu a cabeça do pufe de veludo cotelê em que estava esparramado. — Já é bem tarde, quase meia-noite.

Passaram a noite toda em frente à TV, comendo uma galinha razoavelmente saborosa e uma panela inteira de macarrão com brócolis, uma receita que ele inventara, discutindo os prós e os contras dos carrinhos de bebê de três rodas, financiamentos, creches e damas de honra, antes de começar a beber canecas de chocolate quente assistindo ao *Pop Idols* e ao que mais estivesse passando na televisão. Tom achou que haviam exagerado, mas, pelo menos, era uma atividade calma. Deepa estava grávida de cinco meses e parecia que ela não podia passar um dia da gravidez sem chorar ou gritar.

— Olá! — Denny abriu a porta e entrou na sala, com Patrícia logo atrás. Conseguiram ingressos para a estreia de um filme e para a festa após a exibição e estavam muito bem-vestidos, Denny usava um terno e Patrícia, um vestido preto com brilho, colado ao corpo e decotado nas costas.

— Oi, mamãezinha e papaizinho — Denny estava provocando. — Tiveram uma boa noite junto à lareira?

— Rá-rá. — Deepa tentava se levantar. Depois, de mãos na barriga, enfiou os pés nas pantufas e foi em direção à porta.

— Vou me deitar — ela disse. — Boa-noite a todos.

— Boa-noite.

— Boa-noite.

— Então... Foi divertido? Foi "espetaculástico"? — Tom perguntou aos dois, que estavam enrolados um no outro, beijando-se e acariciando-se como se ele não estivesse ali.

— Foi mesmo. — Denny desgrudou dela para responder. — Mas é a coisa mais bizarra ver como as celebridades são minúsculas na vida real. São como pequenas versões bonsai de si mesmas, com cabelo plástico perfeito e músculos pequenininhos.

Patrícia não conseguiu parar de rir com esse comentário, depois segredou alguma coisa no ouvido de Denny, riu mais um pouco e saiu da sala.

— Muito champanhe — seu irmão mais velho disse, e foi então que Tom percebeu que Denny também estava bêbado.

— E que mais? — Tom perguntou.

Denny tocou na lateral do nariz.

— Também um nadinha de cocaína-louca para entrar no clima.

— Ah, não, detesto essa coisa. Fica um gosto ruim no fundo da garganta por uma semana.

Denny riu.

— Deveria ter vindo também — acrescentou e sentou-se no sofá em frente ao irmão. — A festa foi fantástica, nunca vi nada como aquilo, cara. Só saímos mais cedo porque Pat tem que trabalhar amanhã. Ia durar a noite toda.

— Neste momento, não estou muito animado para festas. — Tom esticou os braços acima da cabeça e deu um enorme bocejo.

— Não. Estou vendo. — Denny apontou as canecas de chocolate, os folhetos do banco e os catálogos de carrinhos de bebê espalhados por todo o chão. — Você é novo demais para desistir de tudo, não é? — A intenção era dizer isso mais na brincadeira do que acabou soando na realidade.

— E o que você quer dizer com isso? — Tom perguntou.

— Bom, pantufas, chocolate quente e carrinhos de bebê... casar-se... financiamentos. Todas essas coisas. Não precisa ser assim. Não faço ideia por que está entrando nessa. — Denny desfez o laço da gravata borboleta,

A Terra Tremeu?

abriu a camisa e recostou-se no sofá. Tom sentia-se como se estivesse recebendo conselhos de um James Bond barato.

— Já divido um financiamento... com você, caso tenha esquecido — ele respondeu. — E não estou nada "entrando nessa", muito obrigado. Deepa está grávida, o que não foi planejado, mas queremos ter o bebê e queremos nos casar.

— Tá bom. — Mesmo completamente embriagado, Denny viu que tinha irritado muito o irmão. — Só estou dizendo que não precisa desistir de tudo e se transformar em um velhote enfadonho antes, sequer, de o bebê nascer. Quero dizer, olhe só para Rich e Jade. São uns chatos? Bebem chocolate quente em frente à TV todas as noites? Na cabeça dela, já estão de mudança para uma casa de três quartos nos subúrbios?

— *Tá bom*, já provou seu ponto — Tom disse. — Então pode calar a boca? — Mas agora estava pensando em Rich e Jade, amigos que não tinham se casado e que tiveram uma menina no ano passado. Administravam uma empresa de decoração de interiores super na moda, e o bebê não mudara a vida deles. O casal ainda ia a todas as festas, trabalhava em tempo integral, vivia em um *loft* fantástico, vestia-se com terninhos combinando — os de Jade sempre com um colete branco revelando os mamilos. O bebê, Bethany, parecia acompanhá-los para todo o lado em um moisés de pele de carneiro, usando roupinhas Paul Smith e sapatinhos estilosos, sem incomodar ninguém. Era tudo muito irritante mesmo.

Talvez tivesse imaginado que era como Deepa e ele seriam como pais, mas não tinha contado que Deepa ficaria tão doente, exausta, temperamental e *carente*. Mudava de ideia sobre o que queria de um dia para o outro. Nesse momento, estava passando por uma fase de lidar com tudo, tentando ser eficiente e organizada, mas logo, logo, voltaria a ficar chorosa, angustiada... confusa.

Ela precisava que ele a tivesse pedido em casamento. Sentira-se melhor e pareceu menos nervosa assim que tomaram a decisão. Mas o casamento estava ganhando uma terrível vida própria. Parecia ter-se tornado tudo o que os pais de Deepa queriam, o que o dono do hotel queria... o que o vigário queria... o fotógrafo... O que quer que fosse que ele e Deepa tivessem planejado parecia ter sido esquecido há muito tempo. Mas tinha medo de abordar o assunto com Deepa. Ela já estava em um estado lastimável sem isso.

E o maldito Denny-James-Bond aqui, o que sabia das coisas?

— Denny, querido, precisa vir para a cama agora. — Patrícia estava na porta. Só se viam sua cabeça, o longo cabelo balançando e o ombro, mas os dois irmãos podiam distinguir a delicada alça cor-de-rosa na sua pele e adivinharam que estava vestida com alguma deliciosa roupinha de seda.

— Sorte a minha — disse Denny, levantando-se.

— Sim — Tom concordou. — Sorte a sua. — Sorte do maldito Denny, 22 anos, solteiro, sem filhos, um fotógrafo de moda, namorando uma modelo. Não tinha muito com que se preocupar, certo?

Sozinho na sala de estar, Tom pôs um CD para ouvir e foi para a cozinha à procura de uma garrafa de vinho.

Uma hora depois, tomou a última taça da garrafa de vinho tinto australiano de um trago só. Mas não sentia nem um pouco da embriaguez que desejava. Queria sair dessa, não queria mais pensar em toda essa história de filho, casamento, família. Aumentou o volume do som, apesar de saber que passava da uma da manhã.

E aquela velha garrafa de tequila na estante de livros? Talvez fosse do que precisava. Colocou-a contra a luz. Tinha pelo menos duas doses de líquido no fundo. Colocou a bebida na taça de vinho e entornou.

Argh, horrível, mas satisfatoriamente forte. Outra dose e atingiria o estado de esquecimento feliz que pretendia.

Por que nada estava sendo tão fácil quanto ele esperava? Ele e Deepa haviam passado os dias logo após o teste de gravidez em um tipo de casulo de sonhos românticos sobre como tudo seria fantástico, como queriam se casar e cuidar deste bebê maravilhoso, toda aquela história. Depois, o mundo exterior invadiu completamente o sonho e, droga, estava se transformando em uma trapalhada daquelas. Pior que tudo, os pais de Deepa se haviam oferecido para emprestar dinheiro para

A Terra Tremeu?

comprarem um apartamento perto da casa da família na maldita e aborrecida cidade de Chingford. E Deepa tentava persuadi-lo a aceitar.

Bochechou o resto do repulsivo líquido de cacto fermentado em sua boca e engoliu. Depois, levantou-se e percebeu quão terrivelmente rápido se embebedara. Isso era péssimo, não era a dormência feliz com que estava contando.

Decidiu ir para o banheiro buscar um copo de água.

Uma vez no banheiro apertado, seu cérebro confuso começou a registrar as inevitáveis consequências da embriaguez incomum. Ajoelhou-se em frente ao vaso sanitário, levantou a tampa e começou a vomitar. Por que era tão fraco para bebida? Olhou para a nojenta massa cor de sangue que o vinho tinto tinha formado.

Vomitou e vomitou, sentindo pedaços da excreção se mover em suas narinas. Meu Deus, por quanto tempo mais isso duraria?

— E o que você esperava que isto resolvesse, exatamente? — Ele ouviu a voz zangada de Deepa perguntar, na porta do banheiro.

Ele voltou-se para ela e viu-a na porta, vestida com uma camisola na altura dos joelhos, a qual tinha comprado uns cem números acima do seu, porque sabia que ficaria daquele tamanho no fim da gravidez.

— Não sei — ele respondeu, tentando reunir toda a raiva que podia conseguir a partir do vaso sanitário. — Só queria relaxar por umas horas. Não pensar a respeito, OK?

— Ah, claro, então está tudo bem. Simplesmente deixe tudo em cima de mim, por que não? Divirta-se durante umas horas enquanto tenho que aguentar não poder beber uma maldita gota.

— Meu Deus, não comece a chorar de novo. Não suporto isso! — Ele gritou de volta. — Pare já com a maldita choradeira. O que você acha que chorar resolve? Só me faz sentir o pior bosta do mundo. Nem tudo é culpa minha!

— Não, é toda minha. Quem me dera nunca ter feito sexo com você, quem me dera nunca ter saído com você. Quem me dera nunca ter conhecido você. E não vou casar com você, raios que o partam! — Ela saiu correndo para o quarto, soluçando.

Tom levantou-se e lavou o rosto com água fria, depois enfiou-o em uma toalha. Também queria chorar. Era tão difícil. Tinha 20 anos e não tinha vergonha de admitir a si mesmo que precisava de sua mãe.

Ouviu a porta do quarto de Denny abrir e depois fechar. Todas essas brigas pela noite adentro, isso não era justo com seu irmão. Ele e Deepa deveriam se entender de uma maneira ou de outra ou achar outro local para brigar.

Voltou à sala de estar e olhou para a pilha de CDs. Ah, lá estava o único álbum do Bob Dylan que era seu, um presente de Natal de Joseph. Pobre Joseph, ele tivera um lugar nos planos românticos de Tom para o casamento.

Naqueles dias maravilhosos do começo da gravidez de Deepa, Tom imaginou um casamento famíliar tão feliz que todas as arestas seriam aparadas. Viu-se com um braço ao redor do pai desaparecido há tanto tempo, recebendo um sorriso do pai de Deepa... Sua mãe dançando com o rosto encostado no de Joseph, enquanto Anna e Robbie rodopiavam a seu redor. Que perfeito imbecil tinha sido! Em vez disso, enfiara-se em três diferentes redemoinhos familiares. Sua relação estava longe do ideal. O amor jovem e sonhador estava se tornando a droga de um pesadelo absoluto da juventude. Voltou à sala de estar e deixou-se cair no sofá.

Sabia que era muito tarde, mas pegou mesmo assim no telefone e discou...

— Alô, sim?

— Mamãe? Não se preocupe, sou só eu, Tom. — Ouviu o pânico na voz dela e sentiu-se imediatamente culpado.

— Está tudo bem? — Acordada pelo telefone, Eva ainda estava deitada na cama, em completa escuridão, o coração batendo furiosamente pelo alarme materno.

— Sim, todo mundo está ótimo. Só que estou me sentindo péssimo — ele disse e percebeu que estava chorando. A primeira vez em anos que ela o tinha ouvido chorar.

— É a sua cabeça? Está com febre? Alergia? — Mesmo só 15 por cento acordada, fez imediatamente o interrogatório da meningite.

A Terra Tremeu?

— Não, mamãe! Não estou doente. Estou... Só não quero continuar isto. Não quero ser pai e marido e ter o raio de um bebê para cuidar. E Deepa... — grande soluço — ela está um caco. Não consegue lidar com as coisas.

— Tudo bem — Eva o acalmou e o deixou tropeçar nas palavras, confessar seus pensamentos, enquanto acendia a luz, sacudia o sono e ouvia.

Quando ele acabou, tentou acalmá-lo com uma voz que lhe soava espessa e macia.

— Tom, é um grande desafio. O que está fazendo é mesmo muito assustador. Vai levar muito tempo para se reconciliar com a situação. Mas vai dar tudo certo.

— Sim — ele disse com uma fungada e uma falta de convicção adolescente.

— Não vou deixar que não dê certo — ela prometeu.

— Só que não é justo — ele acrescentou.

Ah, a coisa da injustiça! O que qualquer pai poderia responder a isso?

— Tom, algumas pessoas permanecem adolescentes até 30 e tantos anos, outras precisam crescer bem mais depressa. Mas não precisa ser ruim. Tem que pensar em como fazer as coisas funcionarem para os dois. Não precisa se casar — ela disse. — Não precisa ficar com Deepa, se não é isso que você quer. Mas tem que me prometer que não vai abandonar o bebê.

Ele meio que murmurou e deu uma fungadela em resposta a isso.

— Todos os meus filhos vão ser muito bons pais — ela disse, no que soou como um aviso.— É 1h48 — continuou. — Não é exatamente a melhor hora para falar. Você me liga de manhã?

— OK — ele respondeu.

— E Tom, vá para a cama. Não beba mais, você é péssimo nisso.

— Humm... — Estava tão óbvio assim? — OK. Boa-noite, mamãe. Obrigado. — Ele desligou abruptamente e, em poucos minutos, estava profundamente adormecido no sofá.

Infelizmente, agora Eva estava acordada. Durante meia hora, tentou adormecer novamente, depois decidiu que não havia como. Levantou-se, fez um chá de camomila e começou a misturar o fertilizante para as plantas de casa; há semanas queria fazer isso.

Filhos! *Netos!*

Havia um deus do sono em algum lugar que exigia uma compensação. Se ficasse acordada e se preocupasse com os problemas de seus filhos no lugar deles, eles podiam dormir o sono dos justos. Esse era o acordo.

Capítulo Dezoito

— Henry não é fedorento. Quero vestir o Henry... buáááááááááááááá!

— Mas você vestiu o Henry ontem, e agora ele tem que ser lavado, Robbie — Eva disse. Bom Deus. Aqui estavam, brigando mais uma vez em frente à máquina de lavar roupas, com Robbie tentando arrancar as minúsculas cuecas vermelhas de suas mãos.

— Ele não é fedorento! — Agora eram lágrimas histéricas de raiva.

Ela esperou alguns minutos, depois pôs o nariz nas cuecas e deu uma fungada teatral.

— Aarghh! Henry, você precisa de um banho! — Ah, o que foi isso agora, um sorriso de Robbie? — Cocô! — Ela fez de novo. — Henry, você está fedendo. Quer experimentar, Robbie?

Ele enfiou o nariz nas cuecas.

— Cocô — ele concordou, agora dando risadinhas.

— OK, que tal vermos se conseguimos pôr Henry dentro da máquina?

Ele pegou as cuecas e hesitou por apenas um nanossegundo, como se estivesse avaliando os prós e os contras de correr de volta ao quarto com suas adoradas cuecas do Henry ou concordar com o plano dela para distraí-lo, deixando que ele as pusesse na máquina.

Ele pôs as cuecas na máquina.

— OK, agora podemos acabar de nos vestir? — Ele acenou com a cabeça. Ela o seguiu até o quarto, onde Anna estava à mesa dando retoques de última hora na lição de casa.

Em pouco tempo, os três estavam à porta, vestidos, abotoados e prontos para sair. Eva abaixou-se para abraçar e beijar as crianças.

— Amo muito vocês! — Disse a eles. Robbie remexeu-se todo feliz, e até Anna cedeu:

— Também amo você, mamãe.

— É sexta-feira — ela os lembrou. — Amanhã, podemos fazer o que quiserem... Ah, Tom e Deepa vão levar vocês à tarde para uma surpresa!

Tom tinha insistido.

— Vamos cuidar deles, precisamos praticar. Você tira uma tarde de folga. Saia, divirta-se. Não fique aqui no jardim o dia todo.

Não valia a pena dizer-lhes que isso era o que ela queria fazer. Calçar as luvas, atacar a planta trepadeira que estava percorrendo as paredes e crescendo descontroladamente. E as ervas daninhas! Mais nada iria crescer naquele ano se ela não levasse a sério a remoção das ervas daninhas, e já era mais do que tempo de colocar os tomateiros junto à parede ensolarada, também queria plantar mais ervas aromáticas...

Quando Tom e Deepa chegaram no sábado, estavam com um ar um pouco mais relaxado e feliz do que Eva esperava.

— Sentem-se, tomem chá e conversem primeiro comigo, ou então não deixo que saiam com as crianças — Eva lhes disse. — Agora — colocando as xícaras, o bule, o leite e os irritantes, supergrudentos bolos de granola caseiros na mesa —, o que aconteceu? Vocês estão com um aspecto ótimo!

— Estamos relaxados com a história toda — Tom disse, enfiando um bolo de granola inteiro na boca. — O que é pra ser será... Zen, bom carma, tudo isto — ele disse, tentando não cuspir migalhas de aveia pela mesa.

Deepa, envolta em uma camiseta e calças elásticas pretas, riu para ele e soltou seu braço. Disse que já havia acabado a fase de sentir-se enjoada e exausta e agora estava começando a gostar do processo.

— Recebemos a visita do meu tio Rani — acrescentou. — Ele é um cara genial. Veio nos ver e depois foi acertar as coisas com a minha família.

A Terra Tremeu?   161

— Você vai gostar dele, mamãe — disse Tom. — Ops... não era para ter dito nada disso.

Mais risadinhas dos dois.

— Bom, o que quer que seja que ele fez por vocês parece ter funcionado — Eva concluiu.

— Ah, ele foi ótimo, mamãe. "Todos os pais são estudantes da natureza profunda da humanidade", lembro-me de ele ouvir dizendo. Foi ótimo, fiquei embasbacado. — Tom pegou outro bolinho de granola.

— Então, o que está acontecendo com a sua família? — Eva perguntou.

— Eles relaxaram um pouco, mas, caramba, estão enlouquecendo com a história do casamento — Deepa desabafou. Tom revirou os olhos e tentou fazer piada.

— Agora percebo por que as pessoas só querem fazer isso uma vez na vida.

— Está indo bem? — Perguntou, mas, quando os dois deram umas respostas curtas e irritadas, ela achou que era melhor deixar para lá.

— Acho que vai ser tradicional demais — Tom disparou. Deepa não respondeu, mas Eva viu que ela cruzou os braços e apertou os lábios.

— Então, quem é o tio Rani? — Ela perguntou, tentando mudar de assunto.

— A ovelha negra da família — foi a resposta de Deepa. — Meu pai e os irmãos formaram-se em medicina, mas Rani, que é o mais novo, é psicólogo. Mas ele é muito bom. Dá aulas... faz terapia de família.

— Ahá — disse Eva. Depois, em um sussurro teatral, acrescentou: — Não contem a Anna!

— Não contem o quê? — Anna chegou à cozinha na hora H.

— Você não gosta de psicólogos, não é?

— Bom, não gosto se não tiveram qualquer tipo de formação *médica* — ela respondeu. — Os psiquiatras têm uma formação médica completa e depois estudam a mente.

— Acho que Rani rebateria dizendo que passou sete anos estudando a mente, não um monte de órgãos que não precisava conhecer para nada — Deepa respondeu.

Eva rangeu os dentes, esperando uma torrente de discordância de Anna, mas estranhamente sua filha só disse:

— Hum. — E pegou um bolinho de granola. — Robbie — ela gritou. — Mamãe tem bolinhos na cozinha.

Robbie fez todos rirem, porque entrou correndo, com a boca aberta, repetindo uma só sílaba:

— Ah ah ah ah ah ah ah ah ah ah.

— Têm passas? — Perguntou, parando repentinamente ao lado da cadeira de Eva.

— Estes não, mas posso pôr algumas passas no seu prato para comer com o bolo.

— OK.

— Ah, agora... — Eva lembrou-se. — Há outra coisa que queria conversar com vocês. — Olhou para Deepa e Tom: — O presente de casamento. Dinheiro à vista, e o mais depressa possível, para poderem gastar com o casamento, um apartamento, um carro cheio de frescuras... com o que quiserem. Completa liberdade para gastarem.

Os dois olharam para ela, um pouco constrangidos. Os sempre generosos presentes em dinheiro de Eva surpreendiam a todos. Tinha aparecido com quantias enormes quando Denny e Tom acabaram a escola, o que lhes permitiu dar o depósito para o apartamento, e Tom lembrava-se agora de que ela comprara um casaco e uma pasta extraordinariamente caros para Joseph quando ele conseguiu seu primeiro emprego decente. Ainda assim, essa era uma mulher que nunca tinha saído de férias, que achava que sopa caseira e pão eram um bom jantar e dirigia o mesmo Peugeot 205 há dez anos.

— Posso mandar um cheque pelo correio? — Ela perguntou, considerando que isso seria mais fácil para não ouvir os protestos deles.

Eva estava sempre poupando dinheiro para alguma coisa, incluindo para o futuro de seus sonhos. Sonhava em passar a aposentadoria no campo, em um retiro perfeitamente zen, o tipo de lugar onde tudo seria claro e calmo, e haveria uma prateleira etiquetada para cada par de sapatos e meias. Podaria minúsculas árvores bonsai, viveria à base de chá verde e bolinhos de arroz, passaria a maior parte do tempo cuidando do

A Terra Tremeu?

chafariz em seu jardim, arrumando os cascalhos do chão e tentando aperfeiçoar sua técnica de plantar bananeira.

Quando Robbie saísse de casa, ela teria sido uma mãe com crianças em casa por mais de trinta anos. A essa altura, achava que talvez fosse uma boa ideia ter um pouco de paz, sossego e ordem. Mas queria que os filhos vivessem perto, achava que não conseguiria aguentar muito tempo sem eles.

Mas estaria sozinha? Pensava. Será que a fantasia não podia incluir um deus do amor vestindo um quimono, esperando por ela em um ofurô?

— O aquário, mamãe? Alô? — Tom estava lhe contando. — Vamos sair para o aquário. Talvez depois para um cinema, se houver algum filme bom. Depois jantar, e trazemos os dois de volta na hora de dormir.

— Tem certeza? — Estava olhando para Anna e Robbie, que sorriam para ela. É claro que era isso que eles queriam. Robbie agora estava sentado no joelho de Deepa.

— Temos que ganhar prática — Tom a lembrou e sorriu para Deepa. Ah, era fofo, eles estavam apaixonados, apesar de todas as ansiedades.

— E o que você vai fazer? — Tom perguntou.

— Bom, eu estava pensando em ir um pouco para o jardim... — Todos suspiraram para ela. — Eu gosto de fazer isso! Mesmo! Depois posso dar uma volta de carro... Não sei... Ou talvez simplesmente me estirar no sofá e ler alguma coisa. É sério, não se preocupem comigo. Vou ficar muito bem.

Deu-lhes um beijo na saída, depois fechou a porta, virou-se e tinha o apartamento todo para ela. Delicioso.

Não ia desperdiçar todo esse tempo precioso fazendo limpezas... mas primeiro havia alguns afazeres a tirar do caminho. E depois plantar. Já era quase maio! Ainda tinha de arranjar lugar para um saco inteiro de bulbos. Denny lhe dera um saco com uma mistura de bulbos de gladíolos no Natal. Gladíolos! Ele jurava que os vira em um programa de jardinagem de última geração na TV. "Os gladíolos são as novas malvas-rosas... ou uma coisa qualquer assim", dissera. Ia enfiá-los nos vasos e esperar para ver o que aconteceria. O pacote prometia lindos tons de cor-de-rosa e o vermelho suave de que ela gostava tanto. Depois, queria pôr ciclamens cor-de-rosa e violetas azuis nos peitoris das janelas da frente, porque decidira que ficaria muito mais charmoso do que gerânios. Tivera um longo e satisfatório caso de amor com os gerânios, dos cor-de-rosa mais pálidos aos vermelhos vivos, com suas folhas cheirando a terra limpa. Mas estava tudo acabado. Agora eles tinham um ar delicadinho, rebuscado e antigo. Enquanto os ciclamens... Estava no primeiro fôlego de paixão com os ciclamens rosa-púrpura, suas pétalas retas e translúcidas parecidas com asas de borboletas.

— Sou completamente louca — disse a si mesma enquanto pegava uma forquilha e uma pá de pedreiro no armário debaixo das escadas. — Tenho paixonite por uma variedade de plantas... A jardinagem tornou-se meu substituto para o sexo.

Haveria alguma centelha de verdade nisso? A jardinagem tornara-se o passatempo de Eva, não em Surrey — onde cada casa em que tinham vivido vinha com gramados, sebes e até estufas, todas cuidadas por jardineiros pagos por hora —, mas no primeiro apartamento em Hackney, onde começara com vasos de plantas e canteiros nos peitoris das janelas e depois pedira aos vizinhos de baixo que lhe deixassem aparar o gramado e colocar alguns vasos no pátio. Por que subitamente essa vontade de fazer coisas crescerem, estar cercada de verde, flores e beleza? Seria para tornar o ambiente pobre e pouco inspirador mais bonito e natural? Seja como for, a vontade já não se limitava aos vasos de plantas e aos dois canteiros nos peitoris das janelas.

No fim, desabou no sofá com seu livro, depois de um raro banho de banheira. O cabelo estava úmido e excessivamente hidratado, enrolado em uma toalha, o rosto sob uma máscara. Estava fisicamente acabada por causa do trabalho da tarde na casa e no jardim, mas, assim que se deitou no sofá e leu a metade do primeiro parágrafo, o telefone tocou.

Por um momento, pensou em não atender. Mas depois uma pequena pontada de preocupação de que podia ser Tom e um desastre qualquer com as crianças lhe deu forças para se erguer e atender.

A Terra Tremeu?

— Olá, Evelyn. — Era seu pai.

— Ah, oi, pai. — Telefonavam-se de vez em quando; outras vezes, ela ia visitá-lo acompanhada das crianças. Era uma relação amigável, não muito íntima, não muito pessoal, tal como ele desejava.

O telefone estava em uma esteira na sala de estar, perto de uma daquelas cadeiras de lona dobráveis. Ela sentou-se, feliz e pronta para conversar, em seu roupão de banho e máscara. Passaram dos cumprimentos para as crianças e delas para o jardim, que era uma pequena área de interesse que tinham em comum. É muito importante ter algum tipo de tópico neutro para conversar com pais como o de Eva. Eles simplesmente não se sentiam à vontade com opiniões, emoções... queriam conversar sobre uma coisa concreta. Finalmente, no meio de longas pausas desconfortáveis, veio o assunto.

— Recebi uma notícia bem ruim esta semana, Evelyn, que acho que deveria saber...

— Oh, não — ela disse automaticamente, pensando no que estava por vir.

— Tenho um tumor no intestino, e a coisa não está nada bem... — isso foi dito na maneira que ela chamava de modo de oficial do exército.

— Ah, meu Deus, papai.

— Sim. É um choque. — Sua voz estava tão calma que parecia estar falando sobre outra pessoa.

— Ah, meu Deus — ela disse de novo. Parecia que a ficha ainda não tinha caído. — Como descobriu? — Ela perguntou, chocada por não ter suspeitado de que havia algo de errado.

— Há umas duas semanas que tenho andado meio abatido. Pensei que era a velhice ou talvez uma gripe que não tivesse curado... Por fim, fui ao médico, ele me mandou fazer exames, e aqui estamos.

Aqui estamos. Deus do céu.

Seu pai tinha 72 anos e estava semiaposentado. Continuava reticente com a ideia de parar de trabalhar. Gostava de ficar no escritório e de que os colegas o visitassem várias vezes por semana, porque não era homem para muitos amigos ou muitos passatempos. Ela preocupava-se frequentemente sobre como ele ocuparia seus dias quando decidisse largar a sociedade. Agora, ela era atingida pela horrível possibilidade de que talvez ele pudesse morrer.

— Vou fazer uma cirurgia exploratória em mais ou menos um mês, eles só podem operar quando os efeitos da minha medicação anterior passarem ou qualquer coisa do gênero. Mas depois vão saber mais sobre o assunto. Malditos médicos — ele acrescentou.

— Como está se sentindo? — Ela perguntou.

— Não no meu melhor estado. Estou sem apetite e um bocado desconfortável.

Isso soava estranho. Não conseguia se lembrar de uma ocasião em que o pai tivesse estado doente. Raramente apanhava um resfriado.

— Oh, papai — conseguiu dizer. — Lamento muito. Vamos aí ver você assim que pudermos.

— Sim. — Ainda parecia calmo. — Janie vem amanhã passar alguns dias — ele disse. — Venha quando ela estiver aqui, se quiser, ou quando for melhor para você. — Ele não queria causar transtorno. Mesmo seriamente doente, nunca quereria causar transtorno.

— Vou tirar uns dias de folga do trabalho. Vamos aí amanhã — ela disse. — E não tenha trabalho. Nós nos arranjamos com comida, camas e o que mais for preciso. Janie vai levar as crianças?

— Não — ele respondeu.

Tomaram as providências, discutindo o tempo de viagem e de chegada, tentando evitar o máximo possível a novidade.

— Tudo certo, OK... bom, então até mais — disse por fim. Ele não sabia como acabar as chamadas. Nunca dizia o tipo de coisa que ela dizia aos seus filhos: "Amo você... já estou com saudades... cuide-se, querido... tão bom falar com você." Mas ele sentia a falta delas. — Então, fique bem — ele conseguiu dizer, todo formal. Formal, a palavra que o resumia.

— Cuide-se, papai. — Como se vê, ela também não conseguia falar amorosamente, ele tornava as coisas muito difíceis. Quando via uma emoção vindo a distância, corria e escondia-se. — Até amanhã — ela acrescentou.

A Terra Tremeu?

— Tchau!
— Tchau!
Lentamente, colocou o fone no gancho e olhou para ele até a visão se turvar com lágrimas.

Tom soube que havia algo errado assim que viu a mãe de noite. Seus olhos estavam avermelhados, e ela se esforçava muito para sorrir.
— Oi! — ele disse. — Você está bem, mamãe?
Ela ignorou a pergunta.
— Divertiram-se? Deepa, não o carregue! — Ela viu Deepa cambaleando atrás de Tom, com Robbie exausto aos ombros. — Suas costas.
Robbie foi passado para Eva e conseguiu dar um abracinho apertado antes de tombar novamente. Anna estava com um ar cintilante e animado por causa do dia animado.
— Querem ficar aqui um pouquinho? — Ela tentou não implorar, mas queria muito, muito o consolo de Tom nesta noite.
— Claro que sim.
Então Deepa, Tom e Anna foram até a sala de estar para tomar uma bebida, comer batatas fritas e conversar, enquanto Robbie foi colocado em seu pijama e aconchegado na cama.
Só depois de Anna ter recebido atenção, tomado banho, escovado os dentes, ter sido aconchegada na cama para ler em seu quarto, é que Eva voltou para desabar na sala de estar.
— É papai — ela lhes disse, na verdade, mais para Tom, agora incapaz de segurar as lágrimas. — Ele tem um tumor no intestino... Vão ter que abrir e ver o que se passa.
Ela viu a surpresa da notícia aparecer no rosto de Tom.
— Meu Deus — foi tudo o que ele conseguiu dizer.
— Janie vai até lá, e também vou com Anna e Robbie por alguns dias — explicou.
Suspeitava que Janie, bem mais chegada ao pai, acharia essa situação muito mais difícil de encarar. Janie conseguiria fazer algumas visitas,

mas não ficaria tempo suficiente a ponto de os dois se estressarem um com o outro. Sua irmã e seu pai eram muito parecidos, tentavam esconder em segurança a maior parte de suas emoções.

— Isto vai ser mesmo difícil — ela disse. — Teremos que ir para lá muitas vezes. Ele precisa muito da gente. — Sentiu o braço de Tom por cima de seu ombro.

— Mamãe, lamento muito — ele disse, sem saber o que mais dizer que pudesse ajudar.

Capítulo Dezenove

Quando Eva chegou à casa do pai, na hora do almoço, sua irmã mais nova já estava lá. A julgar pelo aspecto arrumado e limpo das coisas, chegara há algumas horas.

Janie cumprimentou-a e os filhos à porta, usando um avental amarelo.

— Olá, Lynnie. — Enquanto recebia um abraço, Eva pensou, mais uma vez, como conseguira adquirir três nomes no correr de uma vida.

— Crianças! — Ela acrescentou, porque Janie, apesar de ser mãe de dois filhos, ainda era uma daquelas pessoas que chamava as crianças como um grupo, em vez de usar seus nomes.

Anna beijou-a educadamente, mas Robbie escondeu-se atrás das pernas de Eva, tímido.

— Papai está na sala de estar — disse a Eva, mas não entrou. — Vou acabar a faxina que estou fazendo na cozinha.

Eva tentou não suspirar na cara dela. Uma década e meia de casamento havia transformado Janie em uma mãe inquieta e superansiosa e uma aborrecida maníaca por limpeza. Depois de meio dia juntas, Eva geralmente queria gritar na cara dela que nem tudo no mundo podia ser consertado com uma boa faxina.

Meu Deus! Será que Janie chegava ao tribunal de manhã e anunciava: "Bom, meritíssimo, não acha que o julgamento vai correr muito melhor se começarmos por tirar o pó de sua mesa e aspirar a área do júri?"

Eva aborrecia-se muito por ela e a irmã terem se afastado uma da outra e já não serem tão íntimas quanto antes. Janie estava com um ar exausto, como sempre, de um jeito um tanto triste, disforme e cinzento.

Sempre olhava para Eva — que hoje usava um conjunto sóbrio (era o que Eva achava), com uma saia de veludo roxa e uma blusa rosa com estampa de flores, os cabelos presos em uma trança — com um ar ligeiramente divertido, ligeiramente reprovador.

Eva largou as sacolas que estava carregando no corredor e foi para a sala de estar com Anna e Robbie atrás dela. Seu pai estava em sua poltrona preferida com o jornal dobrado ao lado. Tudo parecia normal... A sala, os jornais, ele.

Ele levantou-se imediatamente e abriu os braços para ela, mas só um pouco. Ela o beijou no rosto enquanto ele apertava seus ombros.

— Olá, Evelyn, que bom ver você — disse. — Anna, você está tão alta... e o pequeno Robbie, você também está crescendo.

Anna deu um sorriso e um beijo educado; Robbie ainda espiava por trás das pernas de Eva, que corria o risco de cair se fizesse movimentos bruscos.

Sentou-se no meio do sofá com uma criança de cada lado e percebeu que examinava o pai enquanto conversavam sobre banalidades.

Achou que ele estava com ar cansado e talvez um pouco mais magro por baixo da camisa, gravata e pulôver com decote em V. A ideia da geração dele sobre como se vestir informalmente no domingo.

— Como vai, papai? — Ela perguntou, sentindo o choro na garganta. Ao que ele só respondeu:

— Não muito mal. Não muito mal... apesar de tudo. Anna, quero saber tudo sobre a escola. O que está lendo?

— Onde está o cachorro fedido? — Robbie perguntou, tendo perdido a timidez de repente.

— Robbie! — Anna ralhou. — É o Hardy.

— Mas ele fede! Onde ele tá, vovô?

— Ó meu Deus! Lá fora, espero — respondeu o avô.

Hardy, que realmente fedia — peidava incontrolavelmente, arrotava, andava sempre sebento e tinha um problema qualquer de cera nos ouvidos, o que acrescentava um toque extra ao aroma —, tinha ido viver com seu pai há vários anos, quando um amigo morrera e lhe deixara o cachorro em testamento.

A Terra Tremeu?   171

— Cara de pau — tinha sido a resposta do pai. — Meu amigo sabia o quanto eu detestava o maldito cachorro.

Mas havia obviamente algum tipo de companheirismo resmunguento, porque, apesar de seu pai se queixar constantemente de Hardy, levava-o para passear duas vezes ao dia, dava-lhe todo tipo de guloseimas para comer e obviamente não tinha a menor intenção de levar a cabo suas ameaças regulares de "mandar sacrificar o maldito".

Hardy acrescentava um toque bem-vindo de caos à casa formal e regrada de seu pai, Eva pensou. O cachorro era daquelas trôpegas criaturas loiras e peludas da raça spaniel. Parecia que deixava pelos claros por todo o lado, peidava, sumia e uivava frequentemente no meio da noite sem motivo algum.

— Então, o que os médicos disseram? — Janie perguntou, servindo café, enquanto Eva voltava depois de colocar as crianças na cama.

— Vão ter que abrir e ver o que se passa. Mas não pareciam muito animados. Vamos ver as coisas desse modo — respondeu o pai, com um pequeno sorriso e um longo trago em sua bebida.

— Então eles acham que pode ser cancerígeno? — Janie perguntou, e lá estava: o palavrão C, no meio da sala para todos pensarem a respeito.

Longo silêncio, os três refletindo a respeito. Cancerígeno... Câncer. Todas as horríveis implicações.

— Vamos ter que esperar para ver. Não vale a pena se preocupar antes de chegarmos ao ponto crucial — ele disse, mas todos estavam preocupados, é claro. — Pelo menos tenho muito tempo para organizar as coisas. — Era o lado do advogado falando agora. — Vou ter que vender a minha parte do escritório para o Jack, pôr dinheiro no banco, atualizar o testamento. Estar pronto se forem más notícias. Todos nós precisamos fazer isso alguma vez na vida. — Arrumou as migalhas na toalha à frente dele em uma linha reta. — Devia estar agradecido pelo aviso, na verdade... não foi como com a coitada da mãe de vocês. Então... aqui estamos.

Eva e Janie estavam bastante comovidas para dizer alguma coisa.

— Como vocês duas estão? — Ele perguntou depois de uma pausa. — É o que mais me preocupa, saber como vocês vão.

Eva sabia que essa preocupação centrava-se principalmente nela. A carreira de Janie corria bem, estava casada com David há muitos, muitos anos e assim continuaria por muitos outros, a não ser que Eva estivesse incrivelmente enganada.

Eva ouviu sua irmã falar sobre a promoção de David, sobre seus filhos adolescentes, Rick e Christine, e como eles estavam bem na escola. Depois foi a vez dela.

— As coisas estão bem, papai — disse. — O trabalho é bom, e as crianças estão ótimas. Já lhe disse que Tom vai se casar em julho? Estamos muito animados. — Não achou que era preciso falar do detalhe da gravidez neste momento.

— Mesmo?! — foi a resposta do pai e de Janie a essas notícias.

— Ele não é novo demais? — Janie perguntou.

— Hoje em dia, sim... Mas é isso o que ele deseja, então tem as minhas bênçãos. Vou dar a ambos todo o apoio de que eles precisam.

— Espero que não esteja falando financeiramente — disse o pai. Oh, não, ela esperava animá-los com boas notícias. Em vez disso, lá estava o seu pai arranjando um novo motivo para se preocupar.

— Olhe, estou sendo sincera, as coisas estão bem — ela disse.

— O que Denny e Tom estão fazendo agora? — O pai perguntou.

Ela contou, temendo a inevitável conversa sobre "Eles deveriam ter ido para a faculdade de Direito".

— Fotografia e computadores? Bom — ele disse, com os lábios retraídos no que ela considerava ser uma expressão de repulsa. — Acha que qualquer uma dessas carreiras vai durar?

— O que quer dizer com isso?

— Será que o mundo vai precisar de fotógrafos e programadores de software daqui a dez anos?

Ah... agora ela entendera: ao contrário de advogados.

— Quem sabe o que o futuro nos reserva? — retrucou, esperando conseguir acabar com o interrogatório. — Carreiras já não são para toda

A Terra Tremeu?

a vida, como antes, e acho que isso é uma coisa boa. Estou muito orgulhosa dos dois.

Silêncio profundo.

— Veja — ela se controlou para manter a calma —, estamos aqui para cuidar de você. É melhor não continuar com esta conversa.

— Por que não vai tomar um banho, papai? — Janie interveio. — Lynnie e eu vamos fazer uma faxina.

Então, ela e a irmã ficaram sozinhas na cozinha. Janie *afobada*, como sempre: esfregando panelas, ligando o rádio, mantendo uma animação deixava Eva confusa. Viu a foto emoldurada e desbotada do casamento dos pais na parede, pegou-a e sentou-se à mesa da cozinha para olhar melhor. Depois, desejou não ter feito isso, porque desandou a chorar.

— Ah, Lynnie... — Sua irmã pôs a mão sobre seu ombro. — Não deve ficar assim. Temos que ser fortes para o papai.

— Por quê? — Ela perguntou.

— Não queremos que ele fique muito deprimido com tudo isto. Estamos aqui para mantê-lo com a cabeça erguida.

— Estamos? Como espera que ele não fique deprimido com o fato de que vai morrer, Janie?

— Ainda não sabemos o que ele tem — disse Janie.

— Janie... ele tem mais de 70 anos. Não vai ficar aqui para sempre. — Eva estava enxugando os olhos, tentando interromper as lágrimas. — Em breve, vai se despedir de nós, de sua casa, de seus amigos e de tudo o que ama.

— Quem sabe? Talvez ele vá ver a mamãe. — Mesmo quando disse isso, ambas desejaram poder realmente acreditar nisso, mas sabiam que não era assim. Esse pensamento não lhes daria qualquer consolo.

— Talvez a mamãe tenha encontrado outro homem. — A piada aliviou um pouco o clima para Eva. — Quero dizer, ela está sozinha há muito tempo. Todas aquelas pessoas fantásticas lá em cima... Bing Crosby, Spencer Tracy... Elvis.

— Ah, pelo amor de Deus! Como é que funciona sua cabeça? Há um minuto parecia uma cachoeira e logo depois começa falar bobagem. —

Janie estava colocando pratos na lava-louças, e abrindo a torneira de água quente para enxaguar os tabuleiros na pia.

— Você tem toda a razão. Desculpe. — Eva disse e depois acrescentou: — Você teria se comportado muito bem durante a guerra, Janie.

— Ah, agora o que está dizendo? — Janie deu uma cortada nela, sem tirar os olhos da pia.

— Não, isso é um elogio. Você é muito boa em reparar os estragos e aguentar o tranco. Anna não aprovaria, mas acho que era esse o espírito de resistência durante a guerra. Eu teria corrido de um lado para outro em pânico, especialmente se meus filhos tivessem que lutar. Que horror! Não, teria me dedicado a ser uma ativista da objeção de consciência e implorado para que ficassem em casa comigo e convencessem mais gente.

— Ah, pelo amor de Deus — Janie disse novamente, agora mais zangada, e tinha razão. Isso era ridículo. Uma conversa de família normal e, no minuto seguinte, passava para "Os nazistas: por que Eva pensava que era melhor ser uma do que ver seus filhos morrerem". Janie iria ficar ressentida durante um tempão e falar a respeito em todos os Natais. Era mesmo ridículo e tinha de parar.

— Desculpe. Desculpe. Estou divagando — Eva disse rapidamente. — Como vai você?

— Provavelmente ainda em estado de choque — disse Janie, esfregando a panela com força. — Papai parece estar tão bem. Não dá para acreditar que tem câncer e que vamos ter que passar por tudo isso. Ele mal se aposentou. Está com 72 anos! Não parece ser muito.

— Eu sei, eu sei. — Eva levantou-se para abraçar a irmã.

— Se for câncer... Jesus. Não sei se tenho coragem para aguentar isso — Janie disse, sobre o ombro de Eva.

— Nem eu. Mas precisamos ter. Temos uma à outra, OK? Temos uma à outra — foi a resposta emocionada de Eva. Deu outro abraço apertado na irmã e lhe disse, fungando: — Acho que deveríamos ver o que há na adega do papai.

— Boa ideia — Janie respondeu.

A Terra Tremeu?   175

Primeiro, beberam vinho do Porto, depois Baileys, seguido por um Martíni e uma cidra morna em lata, para relembrar o passado, depois, ficaram mais atrevidas.

— Advocaat? — Eva ofereceu, abrindo a garrafa e cheirando.

— Ó meu Deus, não pegue isso. Pode estar estragado, tem ovos na mistura.

Eva agachou-se para pegar as garrafas bem no fundo do armário.

— Blue Bols?! Deve estar aqui desde os anos 70. Ah, aqui está aquela bebida que os monges faziam — puxou uma garrafa suja e empoeirada com um rótulo ornamentado — quando queriam ficar doidões! E creme de menta — acrescentou. — Não era mamãe que gostava disso?

— Deve ser a garrafa dela — disse Janie.

Por qualquer motivo, ambas acharam o fato hilariante. Começaram a soluçar de rir até Hardy aparecer para ver o que estava acontecendo, soltar um peido e desaparecer novamente.

Eva abanava a mão na frente do rosto, com lágrimas de riso escorrendo dos olhos.

— Ah, não... — conseguiu dizer quando finalmente se acalmou o suficiente para falar. — Papai ainda não pode morrer porque você ia me obrigar a ficar com o cachorro, não é?

Janie atirou uma almofada para cima dela, e Eva se deu conta de que nunca havia visto a irmã bêbada, nem sequer de pilequinho, o que era uma pena, porque gostava muito mais dela assim. Instalaram-se juntas no sofá tomando mais Baileys, e Janie perguntou tudo sobre o casamento de Tom.

— Ah, sou apenas a mãe do noivo — Eva disse. — Dei-lhes um cheque e disse para seguirem em frente com a coisa toda. Não estou esperando saber muito mais sobre o casamento até o convite chegar pelo correio. Mas acho assim perfeito, quero dizer, vou ajudar com as coisas se me pedirem, mas não quero ficar emaranhada nas confusões que as pessoas costumam fazer nos casamentos. Deepa e a família dela são indianos, já lhe disse isso? Não sei se isso implica que o casamento vá ser ainda mais espalhafatoso ou não. Tenho certeza de que vou descobrir quando os conhecer.

— Eles são hindus? — Janie quis saber.

— Não... convertidos à igreja anglicana, aparentemente. Não que isso faça muita diferença para nós, agnósticos assumidos. Deepa é muito simpática — acrescentou —, gosto muito dela.

— Como a família dela está encarando a gravidez e tudo o mais?

— Segundo Tom e Deepa, estão se habituando à ideia. É um tremendo choque quando um filho de 20 anos bate à sua porta para anunciar que vai ser pai, isso eu garanto. Só posso imaginar que é ainda pior se for uma filha, por causa de todas as preocupações extras... O parto... será que ela e o bebê vão ficar bem? O pai vai ficar junto ou abandoná-la para cuidar de tudo? Muito assustador. Acho que a família dela perdeu a cabeça por algum tempo. Ela está estudando medicina e ainda não decidiu se vai continuar depois de ter o bebê ou o que vai fazer.

— Ah, *socorro!*

— Mas, sabe, eles ficam tão bonitinhos juntos. Espero que consigam lidar com os problemas. Espero que sim. — Eva tomou um trago da bebida. Era um passo e tanto para Tom, e ela esperava mesmo que ele não deixasse todos na mão.

— Ah... e agora lide com esta notícia — Eva acrescentou. — Dennis Leigh, o homem antes conhecido como meu marido, está planejando vir ao casamento com a esposa nova e as filhas.

— Não, não... *Dennis?* — Por um momento, Janie não tinha certeza de ter entendido direito.

— Ah, estou adorando ver a sua cara. — Eva sorriu.

— Você não pode... será que ele vem mesmo? Como se atreve? Vai arruinar tudo...

— Ah, não seja tão melodramática, Janie. Tenho certeza de que vai ser interessante. Não é como se estivesse vindo só para a cerimônia. Aparentemente, pretende sair dos Estados Unidos com a mulher e as filhas e chegar alguns dias antes da cerimônia, para termos a oportunidade de nos... aclimatizar.

— Ó meu Deus! Você nunca viu a mulher e as filhas dele, certo?

— Não. Só o vi umas poucas vezes desde que... você sabe.

A Terra Tremeu? 177

— Ó *meu Deus* — Janie não conseguia parar de repetir. — Não acredito que vamos vê-lo de novo. O sacana.

— Eu sei. — Eva agora conseguia rir da ideia. — É muito corajoso da parte dele vir nos enfrentar com a mulher e as filhas adolescentes.

— *Adolescentes?* — Janie saltou em cima do pormenor. — Já se passou assim tanto tempo desde que ele a largou?

— Dezesseis anos. Intrigante, não é? Garanto que ele não mencionou quaisquer filhos quando voltou a aparecer três anos depois para pedir o divórcio. Mas elas já deviam existir... de outro modo, não seriam adolescentes, certo?

— Por que diabos Tom quer essa gente no casamento?

— É o pai dele. Tom vai ter um bebê, está passando por uma situação emocional intensa e decidiu que quer conhecer o pai. Não me parece muito surpreendente. Um bocado irritante, apesar de tudo. Não posso dizer que estou ansiosa para vê-lo.

— Acha que ele sente culpa?

— Dennis?! Hã... não. Não acho que essa palavra exista no vocabulário dele. Bom... ele deve sentir qualquer coisa de vez em quando, mas depois manda um cheque para os filhos e sente-se melhor sobre o assunto. — Ela girou a bebida na taça e engoliu de um gole. — O que me preocupa — Eva disse em confidência — é que os garotos sempre idealizaram um pouco o pai. Não tinham como evitar. E agora que estão crescidos... bom, mais ou menos. — Não conseguiu evitar um ar de desdém sobre a ideia de Denny e Tom serem adultos. Quando é que os filhos parecem ter crescido para os pais? — Enfim... Acho que agora vão perceber quem ele realmente é — continuou. — E isso pode ser uma grande desilusão.

— Sim, tenho certeza. Mas não ligue para isso — Janie disse. — É assim que vão perceber a mãe maravilhosa que têm. Você sempre agiu tão bem com eles, Eva, deveria estar orgulhosa.

— Oh! Obrigada. Agora chega de falar sobre nós. Como estão David e seus filhos adoráveis e inteligentes? — Eva perguntou.

— Estamos bem. Tremendamente bem — Janie respondeu com um sorriso e um pequeno tamborilar na lateral da taça, o que deixou Eva intrigada.

— Posso perguntar uma coisa sobre Dennis? — Janie a surpreendeu.

— Claro. Nada a esconder.

— Ainda está aborrecida por tudo o que aconteceu?

— Deus do céu, não — foi a resposta imediata de Eva. — Tudo acabou bem, no fim das contas. Para nós, pelo menos.

— Então não sobrou nem um restinho de mágoa?

— Mágoa! Não, não mesmo. Dennis está fora da minha vida por um tempo três vezes maior do que fez parte dela. Não — e depois em um acesso de sinceridade, Eva acrescentou: — A única pessoa neste casamento que vai me trazer mágoas é Joseph.

— Joseph também vai! — Janie quase derrubou a bebida em cima do suéter.

— É claro que vai. É família. É o pai de Anna... e de Robbie.

— Lamento, Eva. Sempre gostei de Joseph.

— Sim, eu também. — Sorriu para a irmã, tentando sacudir a tristeza que isso estava provocando.

— Então está tudo definitivamente terminado com ele?

— Parece que sim. Acabou de ficar noivo.

— Ah... Então, noiva indiana grávida, o marido há muito tempo perdido, o ex-companheiro e a noiva dele... este vai ser o melhor casamento da história — Janie disse, tentando aliviar o clima.

— Janie! Só porque não vivo em uma casa vitoriana em Winchester com meu marido advogado e duas crianças maravilhosas! — Eva retrucou. — Nos dias de hoje, represento a maioria, sabe? Você é que é uma pessoa incomum, monógama e casada!

As duas riram com isso.

— E quanto a um namorado? — Janie perguntou.

— O quê?

— Você não deveria levar um namorado ao casamento? Uma vez que Dennis vai estar lá com a esposa. Joseph tem outra pessoa...

Eva acenou com a cabeça.

— Você deveria ir com um namorado. Não há alguém...? — Janie estava se inclinando para cima dela de forma curiosa.

A Terra Tremeu?   179

— Bom... há alguém em potencial. — Eva deu um sorrisinho. — Mas nada sério a ponto de ir ao casamento de Tom. Não, vou sozinha... Sozinha? Rá. — Riu da ideia. — Tenho quatro filhos, nunca estou sozinha! De qualquer maneira, o que vamos fazer amanhã?

— Sair de carro para um piquenique se o tempo estiver bom? Se papai estiver a fim — Janie sugeriu.

— OK, boa ideia.

Capítulo Vinte

Durante o trajeto entre o trabalho e a escola das crianças, no andar de cima do ônibus, que abria caminho através do trânsito vespertino da sexta-feira, Eva tinha tempo suficiente para pensar.

Havia acabado de conversar com seu chefe, Lester, que passara em sua sala no final do expediente para avisar que seu adjunto, Rob Greene, decidira se candidatar ao cargo e disputaria a vaga com ela.

— Lester, por acaso me candidatei oficialmente ao cargo? — Ela perguntou. — Porque... não me decidi ainda.

— Não a teria convidado para participar do processo de seleção se não achasse que seria uma boa ideia — ele respondeu.

Mas, no andar de cima do ônibus, Eva estava angustiada. Não era o trabalho que a preocupava, mas as horas e o estresse extras. Ainda não conseguira decidir se realmente queria isso. Ainda mais com Rob na disputa. Uma boa pessoa, mas seria um chefe irritante. Era metido, propenso a flutuações de humor, tinha dificuldade em tomar decisões, era um procrastinador... Agora é que todos no departamento iriam querer que ela ficasse com a vaga só para que ele não assumisse o cargo. E se ela aceitasse, ele teria de sair da empresa. Com mil demônios.

Precisava pensar muito bem a respeito. Faltavam apenas algumas semanas para a operação de seu pai, Tom e Deepa haviam decidido adiar o casamento por causa disso e esperar para ver se ele estaria recuperado para a cerimônia.

Ela rezou para que o ônibus percorresse as ruas congestionadas mais depressa. Só queria ter os filhos perto dela e voltar para casa.

Finalmente, estavam todos no apartamento, mergulhados na rotina de sexta-feira: Robbie assistindo a *Thomas e seus amigos*, Anna terminando a lição de casa, Eva, vestida informalmente com um conjunto leve de saia e camiseta, descalça, tentando não se importar muito com o fato de que Joseph estaria em breve batendo à porta.

Foi então que o telefone tocou.

— Sinto muito, mas o trânsito está completamente parado — Joseph disse. — Ainda estou na estrada e vou levar, pelo menos, outras duas horas para chegar aí. Tudo bem?

Ele pediu para falar com Anna e explicar a situação. Eva não pôde deixar de pensar que pai gentil ele era, enquanto ouvia Anna falando.

— Sim... OK... Eu tiro uma soneca no carro... Não há problema, papai... Dirija com cuidado. Vejo você mais tarde.

Foi muito mais tarde, quase 21h30, que Joseph finalmente tocou a campainha. Eva estava cochilando no sofá, Robbie já havia caído no sono há muito, e Anna estava lendo na cama.

— É seu pai — Eva avisou da sala, mas não houve resposta.

— Anna? — Foi até o quarto dela, antes de abrir a porta da frente e espiou. Anna parecia estar dormindo profundamente com o livro aberto no peito. A campainha tocou novamente, e ela foi abrir a porta.

Anna só abriu os olhos quando ouviu os pais se cumprimentando na porta. Decidira, então, que precisavam passar algum tempo juntos, sozinhos, e adivinhara — de modo preciso — que Joseph precisava descansar da viagem, e nenhum deles iria querer acordá-la antes que fosse mesmo hora de sair. De modo que calculava que passariam meia hora, talvez mais, juntos e a sós. Tudo bem, ela precisava enfrentar o fato de que poderia ser muito tarde para salvar seu pai do casamento com Michelle, mas, até que o fato estivesse consumado, faria todo o esforço possível para que os pais reatassem.

Ouviu passos aproximando-se da porta do quarto e fechou os olhos novamente. "Ah!", ela ouviu o pai exclamar e, como fazia 15 dias que não o via, queria muito virar e sorrir para ele. "Os dois não são uma graça?!" Então a porta fechou, ele obviamente aceitara a oferta de um chá que ouvira a mãe fazer.

Anna pegou o livro e continuou a ler, fazendo figa com os dedos.

* * *

Eva foi preparar o chá, e Joseph sentou-se no sofá, na confusão aconchegante da sala que conhecia tão bem.

Afundou o corpo nas almofadas floridas que ainda estavam quentes com o calor do corpo de Eva e viu no chão o prato com miolos de maçã, cascas de tangerina e uma embalagem de chocolate vazia ao lado de uma taça de vinho igualmente vazia.

Quando ela voltou, equilibrando uma bandeja com o bule de chá, ele puxou a mesinha lateral para a frente do sofá para que ela apoiasse a bandeja e, naturalmente, enquanto se ocupava de servir o chá nas xícaras, sentasse a seu lado.

Começaram a conversar: como andava o trabalho?... Como iam as crianças?... Michelle... Manchester... Londres, blá-blá-blá. Ambos estavam cansados e levemente preocupados com a semana que terminava e esqueceram-se de que deveriam ser sarcásticos um com o outro. Em vez disso, começaram a relaxar no sofá velho e detonado, batendo papo, rindo... Ambos lembrando como era bom conversar, antes da era dos ataques com comentários irônicos e frases amargas e retorcidas que pareciam usar o tempo todo.

— Que história é essa de ir para a Alemanha? — Ela perguntou. — E as tais ideias de negócios ecológicos?

— Ah, claro... — Ele parecia sem graça. — Há muita coisa interessante acontecendo por lá que acho que vai acabar sendo um sucesso aqui.

— Então é uma coisa para ganhar dinheiro?

— Eva, não sou uma pessoa ruim, você sabe disso. Também tenho ideais. — Ele fixou os olhos escuros nos dela, sorrindo.

Vê? O que está acontecendo? Ele estava mudando? Será que ela havia interpretado erroneamente o que se passava na cabeça dele quando o expulsara de casa? Ela não sabia mais o que pensar. Mas um sentimento era claro e inegável, enquanto estavam sentados lado a lado no sofá, ela olhando para o rosto dele de tempos em tempos, para vê-lo acenar com a cabeça e dar um sorriso reconfortante: ela sabia, sem dúvida alguma, que ainda era magneticamente atraída por ele.

A Terra Tremeu?

— Como seu pai está? — Joseph perguntara, e Eva começou a contar sobre isso e aquilo, sobre Tom e Deepa e o quanto se preocupava com eles... e o trabalho. Não pôde deixar de observar que ele não viera direto do trabalho, havia trocado de roupa, vestido trajes informais: uma malha de gola olímpica, calças brancas largas e tênis. Os braços dele estavam cruzados atrás da cabeça, e ele não parecia um dia mais velho do que quando se conheceram. Havia ficado um pouco mais musculoso com o passar dos anos, mas ainda era o mesmo homem magro e esguio que praticava ioga no chão do quarto.

Ioga no chão do quarto... bom, isso quase sempre terminava em posições mais adequadas para o Kama Sutra.

— A situação parece complicada. — Ele estava sendo compreensivo. — Pobre Eva, um monte de coisas caíram em seu colo. Se eu puder fazer algo para ajudar... Quem sabe levar as crianças para passar um fim de semana comigo. *Os dois.* — Sorriu para ela. — Porque acho que é hora de me deixar levar Robbie, ele já está grande o suficiente.

— Sim — ela concordou e olhou para baixo, observando que a perna esquerda dela estava a menos de um centímetro da dele. Podia sentir o calor do corpo dele passar através da saia fina que usava.

— Você vai ficar bem? — ele perguntou de um modo tão gentil que ela olhou direto nos seus olhos.

Oh, Joseph, como vou ficar bem algum dia com você casando com outra pessoa?

— Ei, não chore. — Ela ouviu. — Está tudo bem.

Não, não está nada bem. Não está nadica de nada bem.

Um dos braços atrás da cabeça dele moveu-se e ele a abraçou. Inclinou-se e puxou-a de encontro a seu corpo. Por um momento, ela ficou parada, muito rígida, cabeça contra o seu ombro sentindo o abraço apertado. Olhou para cima, e foi então que os dedos dele alisaram seus cílios, seus lábios se tocaram e começaram a se beijar. Ó meu Deus, era perfeito. Era só isso o que conseguia pensar enquanto movimentava sua língua dentro da boca dele, saboreando-o, enquanto suas mãos alisavam aquele lindo rosto, deslizando uma perna por cima do colo dele para chegar mais perto... Tudo o que conseguia pensar era que estava destravando uma memória física. Detalhes que o corpo guarda muito tempo depois de a mente os ter esquecido. Sentiu-se como uma pianista que ignora a música na ponta de seus dedos até tocar em um teclado novamente. Movimentavam-se quase involuntariamente, seguindo os passos da dança que aperfeiçoaram nos sete anos em que ficaram juntos.

Ela não se atrevia a abrir os olhos, apavorada com a ideia de que, se fizesse isso, quebraria o encanto. Estava beijando a boca de Joseph, com gosto de chá, enquanto ele deslizava as alças da camiseta para tocar seus seios nus. Em seu colo, debaixo dela, ela sentia um pulsar inconfundível.

Girando suavemente, ele a deitou no sofá e sem dizer uma palavra... sem um pio... como se um único som estragasse tudo... a mão dele a explorou, sua boca ainda em cima da dela.

Olhos bem cerrados, ela o deixou em liberdade. Não sabia o que isso representava, mas deixou que puxasse sua saia e sua calcinha e inserisse seus dedos.

Sentiu-se tonta, sem fôlego... embriagada. Estava desesperada para gemer, sussurrar no ouvido dele, mas mordeu o lábio, com o terror de que o menor ruído os despertasse.

Outra mão apertou seu seio, formando um montinho e colocando a boca quente e úmida sobre ele, Joseph o mordeu levemente.

Ah, aaaahhh... ela queria desesperadamente suspirar, gritar, dizer a ele. Mas manteve as pálpebras apertadas e o som preso dentro de si. Ela não podia suportar que aquilo acabasse. No meio do abraço enroscado, apalpou em busca do pênis e ouviu a inspiração profunda quando deslizou a ponta dos dedos pela pele aveludada. Tudo era tão familiar e ao mesmo tempo tão estranho.

Os lábios dele moviam-se pela pele de seu pescoço, sentiu a ereção aninhando-se contra ela e foi então que teve de abrir os olhos.

— Joe? — Chamou em um sussurro e viu os olhos dele abrirem-se.
— Isto não é uma boa ideia.

— Não. — E ele afundou a testa no ombro dela.

Por um instante, pensou que ele iria dizer algo, mas ficou caído em cima dela, esperando o sangue parar de pulsar em seus ouvidos e outras partes do corpo, deu um beijinho doce em seu pescoço e levantou-se.

A Terra Tremeu?

Ela sentou-se, arrumando as alças de volta nos ombros, alisando a saia, e então levantou-se. Olharam um para o outro com sorrisos sem graça. O que iriam dizer? Foi um momento de loucura... não foi?

Quando ele se levantou, ela viu um fio de cabelo loiro no ombro da malha azul e inclinou-se para removê-lo.

Ela não sabia que o estava deixando arrepiado de desejo ao fazer isso? Ele não podia dizer o quanto! Não era a primeira vez que ele ponderava o que ela queria dele e o que queria dela. Meu Deus!

— Melhor eu ir embora — ele disse. — Vou acordar Anna e sair.

— Sim.

Olhavam-se nos olhos, mas nada óbvio havia a ser dito. Eva desviou o olhar e virou-se para a porta, ele a seguiu e juntos ergueram Anna da cama para os braços dele.

— Olá — Anna murmurou sonolenta.

— Olá, queridinha. — Joseph a beijou no rosto. — Vou levar você no colo para o carro.

— OK.

Eva beijou Anna na porta, mas apenas sorriu para Joseph.

— Boa-noite — disse. — Dirija com cuidado.

Quando voltou para a sala e viu as marcas dos corpos no sofá, as duas xícaras de chá vazias na mesinha, não pôde negar o que acontecera. Ela o havia tocado, beijado, sentido, deixado que quase... quase fizesse amor com ela novamente.

Ainda estava muito agitada com tudo para sequer querer chorar. Decidiu que precisava de mais vinho — qualquer coisa que espantasse a solidão imensa da sala.

Capítulo Vinte e Um

Denny chegou um pouco depois das 18h30. Eva e Jen iam sair juntas à noite, e ele tomaria conta das crianças.

— Oi, querido. — Eva deu um beijo em seu rosto, sentindo o cheiro da loção pós-barba, cigarrilhas francesas e do estilo de vida caro e sofisticado que ele parecia ter adotado.

Robbie, que sempre dançava de puro prazer mesmo quando o funcionário da companhia elétrica tocava a campainha para fazer a leitura dos medidores, estava enroscado nos joelhos de Denny cantarolando olás.

Denny olhou para o relógio.

— Não estou atrasado, estou? — Eva também olhou para o relógio: aço, grandalhão, cheio de botões e mostradores de mergulho. Aaaah, era novo, algo especial e muito caro que ele esperava que ela notasse.

— Lindo relógio — ela disse.

— Obrigado. — Ele abaixou o braço de modo levemente afetado.

— Um presente de Patrícia?

— Quem me dera!

— Hã? Está tudo bem?

— Sim.

Ela esperou um momento, imaginando se ele iria dizer mais alguma coisa sobre a namorada, mas não. Assunto claramente encerrado.

— Anna está no quarto, acabando a lição de casa — Eva disse.

— Oi, Den — um grito.

— Robbie, como você pode ver, não tem nenhuma lição de casa para fazer e está desesperado para levar você até o trenzinho. Tudo como de costume. Já jantaram, mas precisam tomar banho e ir para a cama no máximo às oito horas.

— E aonde vão as duas garotas selvagens esta noite? — Não era fácil descobrir a julgar pela saia cigana com franjas e botas de vaqueiro que a mãe vestia.

— Ahá! — Ela sorriu. — Duas aulas esta noite. Ioga normal com Pete, o excêntrico, e depois — um gesto dramático cheio de floreios com os dois braços — vamos aprender a dançar tango.

Denny caiu na gargalhada. A mãe e a melhor amiga já haviam experimentado tudo o que se oferecia em termos de cursos para adultos, tipos de danças e atividades físicas da moda incluídos. Só para se divertir. Para ter algo "que nos tire de dentro de casa" pelo menos uma noite por semana.

Algumas das manias continuaram. Cerâmica foi uma delas — a maior parte das canecas na cozinha ainda eram as que ela fizera anos atrás — e ioga. Eva era uma aficionada por ioga desde que Denny se lembrava. Não era incomum encontrá-la deitada na posição do arado no quarto ou fazendo uma daquelas estranhas pontes pélvicas na sala enquanto assistia à TV.

Eva odiava ficar sentada em cadeiras por muito tempo e sempre acabava deitada no sofá ou sentada confortavelmente de pernas cruzadas no chão, com uma postura perfeita. Ele a fotografara inúmeras vezes nessa posição, costas retas, posicionada sem esforço com as pernas cruzadas, a cabeça equilibrada com suavidade sobre o pescoço e os ombros relaxados.

Eva subia correndo a longa escada rolante da estação de metrô em Holborn enquanto revirava a bolsa à procura do bilhete quando seus olhos foram atraídos pelo casal dando uns amassos do outro lado das catracas. Bom, foi o rabo de cavalo que a atraiu. Uma cabeleira castanha sedosa e suave de 75 centímetros de comprimento balançava enquanto se beijavam.

Eva passou o bilhete pela catraca e atravessou, sem tirar os olhos do rabo de cavalo. Aquilo sim era um beijo de verdade. Com certeza, Patrícia teria de parar para respirar em um momento, não?

Finalmente, quando Eva caminhava na direção deles, o casal parou de se beijar e começou a rir, olhando-se nos olhos. Ela deu um tapinha no ombro de Patrícia, e o perfeito rosto de porcelana com lábios ainda molhados do beijo do homem virou-se para ela.

Eva observou os olhos dela arregalarem-se e o rosto ficar rosa e logo depois vermelho como um pimentão. Finalmente, algo que ela não fazia bem. Corar.

— Hã... olá — Patrícia disse.

— Você vai contar a ele ou conto eu? — Eva perguntou, sentindo o estômago revirar e o rosto aquecer.

— O que há de errado? — O homem perguntou. Os olhos de Eva o mediram por um momento, tempo suficiente para perceber que era um homem mais velho, muito bem-vestido e, definitivamente, não era Denny.

— Nada, Peter. — Patrícia puxou o colarinho do casaco para cima do pescoço de modo protetor. Se Eva não estivesse tão furiosa, seria quase capaz de sentir pena da garota. Tão linda, tão magra, era como um objeto que se compra impulsivamente. Uma saia linda que você precisa comprar mesmo sabendo que não vai aguentar um ciclo na máquina de lavar.

— Nada? — Eva ouviu-se perguntar.

— Eva... Sinto muito. Não queria que isso... — Patrícia parou de falar.

— Patrícia? Quer me explicar... — O homem começou.

Mas Eva o interrompeu:

— OK. Conte para Denny o mais depressa que puder, por favor, é simplesmente a coisa certa a ser feita. — Depois disso, apertou com força a bolsa debaixo do braço, virou-se e saiu da estação quase correndo.

Marchou pela calçada pisando duro, pensamentos dando voltas na cabeça até chegar à escola de dança. Que coisa horrível! Ainda não sabia se deveria ter abordado Patrícia ou não. Mas, se não o tivesse feito, não seria a mesma coisa que trair Denny?

— Meu Jesus Cristinho, você não parece nada feliz — foi o cumprimento que ouviu de Jen ao lado de fora da sala de ioga.

A Terra Tremeu?

— Não? Bom, acabo de trombar com a namorada de Denny enfiando a língua na garganta de outro homem.
Jen levou um segundo para registrar a informação.
— Não! Ela viu você?
— Claro que me viu — Eva explodiu. — Marchei direto até ela e disse que, se ela não contasse a Denny, eu contaria.
— Ah, meu Deus — foi a resposta de Jen. — Nunca, nunca se meta nos romances de seus filhos. Esta é a regra.
Sentaram-se lado a lado no banco, tirando os sapatos.
— Não estava me metendo. Queria que ela soubesse que eu sei. O que você esperava que eu fizesse, Jen? — Eva puxava um sapato com força. — Ficar calada por semanas, sabendo que meu filho está sendo traído, quando posso esclarecer as coisas e evitar mais sofrimento? Quero dizer, não me importo se ele ainda quiser namorá-la, mas ele precisa *saber*. Odeio segredos. Eles me deixam nervosa. — Levantou-se e encarou a amiga, pensando se iria confessar e contar sobre a ardente sessão de amassos no sofá com Joseph.
— Vamos lá, relaxe, sua bobona. É hora de "alongar... alongar e reeeeelaxar." — Jen imitou o melhor que pôde o professor delas, Pete, o excêntrico, levantou-se e sorriu para ela.
Depois da ioga, foram para a aula de tango, onde dançaram juntas, fofocando em voz baixa enquanto a minúscula professora comandava:
— Apeeerte... apeeeerte seu parceeeiro... como se estivesse fazendo amoooor. — O que fez as duas tremelicarem enquanto reprimiam as gargalhadas.
— A solução dos seus problemas está na gaveta das meias — Jen disse.
— O quê?!
— A verdade dos namoros está na gaveta das meias. Todas as meias solitárias — Jen explicou. — Você simplesmente continua colocando-as de volta na gaveta, e, quase sempre, elas encontram seus pares. Tenha fé! É muito, muito raro ter uma meia verdadeiramente solteira... depois de passado um bom tempo.

— Não. É assim que vai ser comigo — Eva disse sombria. — Sei disso. Sou a meia tricotada à mão com listras turquesa e roxa que não pode ficar junto com as outras meias azul-marinho.

— Quem é que você está chamando de meias azul-marinho?

— Ah, você sabe o que estou querendo dizer!

— Por que não sai com Pete, o excêntrico? — Jen perguntou enquanto requebravam de um canto da sala para outro, rosto colado, como os outros vinte e poucos casais ao redor delas.

— Nem pensar! — Foi a resposta horrorizada de Eva.

— Por que não? Vocês dois adoram ioga, ele tem 30 e poucos anos, é solteiro, está visivelmente interessado...

— Ah, meu Deus, Jen! Estamos falando de um homem que "lava" o nariz com água e sal.

— Não! — Foi a vez de Jen ficar horrorizada.

— E ele só bebe chá de equinácea que fica a noite toda em uma jarra de cobre, e sempre "elimina" antes do café da manhã. E você achava que eu era a neurótica por saúde.

— OK, OK, ele não é o homem certo, então. Mas consigo imaginar você como o tipo de mulher que passeia pelas feiras de artesanato do Nepal, seduzindo os homens de rabo de cavalo nas barraquinhas. — E as duas riram.

— Dois... três... quatro... inclinem, inclinem as costas e apeeeertem. — A professora deu um empurrão severo em Eva.

— Nils não é um hippie — Eva sussurrou quando ficaram novamente longe da professora. — É um homem absolutamente científico e racional. Bom, não. Às vezes, usa homeopatia nos gatos.

— Mas ele não é bem o homem ideal, é? — Jen perguntou completamente inclinada para trás, com Eva em cima dela.

— Não — Eva puxou-a para cima —, mas é um homem OK... Eu acho.

— Esteve lá para outra consulta? — Jen perguntou.

— Não vou contar — Eva respondeu.

— Aaaah... conta vai, o que está entalado na sua garganta?

— Dei uns amassos em Joseph — Eva contou antes que pudesse realmente pesar os prós e os contras disso.

A Terra Tremeu?

Jen parou tão abruptamente no meio da pirueta que quase quebrou o salto do sapato.

— NÃO!

— Ahá... Não faço a mínima ideia de por que aconteceu — Eva disse. — Não acho que seja um sinal, porque fingimos que nada havia acontecido.

— É um sinal de que os dois precisam de um psiquiatra — foi o veredicto de Jen. — E na sua idade — ela acrescentou. — Meu Deus, você precisa dar um jeito nisso. Ele está praticamente casado, Eva. Tenho que encontrar um homem para você. E bem depressa. E como vai seu pai? — perguntou intencionalmente, para não voltar a falar da confusão com Joseph, na qual Eva parecia tão desesperada a voltar a viver.

— Estamos esperando — foi a resposta de Eve. — A cirurgia está marcada para daqui a 15 dias.

— Ah, sinto muito.

— Sim... eu sei. — E viu a professora de olho nelas. — Vamos dançar um pouco — disse e deu uma longa pirueta em Jen, que era sempre a mulher da dupla, e tentaram se concentrar na aula pela meia hora seguinte.

Quando Eva voltou para casa, encontrou Denny bebendo chá e fumando um cigarro na cozinha, algo completamente contra as regras da casa, embora as janelas estivessem escancaradas.

Ela odiava que seu filho fumasse e achava que era uma falha pessoal dela, mas não o amolou esta noite. Serviu-se de uma xícara de chá e foram juntos para o jardim, porque precisava regar uns vasos na noite quente.

— Janie ligou — ele disse. — Vovô não está bem... o médico ligou para ela. Estão tentando antecipar a cirurgia.

— Ah, meu Deus! — Eva agarrou as laterais da xícara sentindo-se entrar em pânico.

— Ela disse que vai até lá no fim de semana e espera que você possa ir também.

— Ela disse o que estava errado?

— Ele está com um pouco de falta de ar e confuso. Um vizinho chamou o médico ou coisa parecida. Ela está muito preocupada — Denny disse.

— Ela quer que eu ligue?

— Não, disse que ia dormir e que liga para você amanhã de manhã. Eva inclinou-se e começou a desenrolar a mangueira vagarosamente.

— Você vai ficar bem? — Ele perguntou.

— Acho que sim. Espero que sim...

Ele a deixou regar as plantas em silêncio, quando ela terminou, foram sentar-se no banco no final do jardim, no escuro.

— E como você vai? — Ela perguntou, dando um tapinha no braço dele. — Parece cansado.

— Vou indo. — Passou a mão pelos cabelos escuros e deu outra tragada no cigarro. — Muito trabalho — disse —, mas nada tem sido usado, ou seja, nenhum cheque gordo.

— Ah, Denny. — Ela tentou animá-lo. — Você é um fotógrafo, um artista. Não pode esperar ganhar o mesmo dinheiro que um diretor financeiro ou... um advogado empresarial. Mas com isso mantém um pouco de sua alma intacta.

— Ah, tudo bem. — Ele soltou uma baforada. — Talvez devesse vender minha alma por um pouco desse dinheiro sujo.

— Se você é meu filho, não vai fazer isso. — Ela sorriu para ele. — O importante é *ser*, não *ter*, lembre-se disso.

— Sábias palavras, mas elas não pagam pelas férias surfando.

— Ah... você vai viajar?

— Bom, pensei em surfe e na Cornualha, mas Patrícia pensou na Califórnia. Um pouco diferente.

— Hummm. — Com os nervos à flor da pele, Eva ponderou se deveria dizer algo sobre Patrícia.

— Pois é... — ele continuou, e ela não podia ver o rosto dele no escuro — talvez por isso ela tenha me dado o fora.

— Ah, não. — Puxa, Patrícia não perdeu tempo. — Hoje à noite? — Eva perguntou.

A Terra Tremeu?

— Não! Fiquei aqui a noite toda. Semana passada. Ela finalmente caiu nos braços do dono da agência.

— Ah. — Repentinamente, Eva ficou muito interessada nas folhas mortas do vaso à sua frente. *Eu sou uma completa imbecil!* — Você está bem? — Ela perguntou.

— Sim. É chato, mas não é o fim do mundo ou coisa parecida. — Ele apagou o cigarro com o pé e jogou-o no jardim ao lado.

— Denny!

— Desculpa, desculpa...

— Você está bem mesmo?

— Vou ficar bem, juro. — Ele virou e sorriu para ela. — Não era amor ou algo sério... Estava basicamente dormindo com uma amiga muito atraente. Você sabe como é, não sabe?

— Quem? Quer dizer...?

— O veterinário. Você está transando com o veterinário, não está?

— Denny! Transando com ele?! Sou sua mãe.

— Bom, você sabe.

— Saí algumas vezes com Nils. Não é nada sério.

Ela levantou-se e saiu à procura do balde de caracóis para evitar mais perguntas. Ele ficou observando sentado no banco. Pegou outro cigarro no maço e o acendeu com certa dificuldade contra a brisa.

— O que está fazendo agora? — Perguntou enquanto ela revirava os arbustos com uma lanterna.

— Afogando caracóis. É melhor caçá-los à noite.

— E eu que pensei que jardinagem fosse um hobby gentil!

— É a lei da selva... o mais forte come o mais fraco... ou melhor, caracóis morrem afogados.

— Enfim... Mãe? — Ele chamou, mas ela o cortou.

— Você está fumando demais — ela o repreendeu enquanto jogava outro caracol no balde.

— Eu sei, vou parar de fumar logo.

— OK, e o que ia dizer?

— Você concorda que nosso pai venha para o casamento?

— Você concorda? — Foi a resposta.

— Perguntei primeiro!

— Bom... Acho que sim. — Ela não parou de procurar caracóis. — Acho que tenho certo interesse em conhecer a família dele e vê-lo novamente. Mas também não estou muito animada com a ideia. — Digamos que isso foi um eufemismo. — Ele não é a minha pessoa favorita no planeta, mas, se você e Tom querem manter contato com ele, não vou me meter.

Denny soltou uma nuvem de fumaça.

— Penso como você — ele disse. — Se ele quiser nos conhecer melhor, tudo bem. Se não quiser, muito bem também. Sinto muito sobre o vovô — ele acrescentou.

— Sim. — Plop, outro caracol no balde. — Você e Tom deveriam visitá-lo depois da cirurgia. — Ela sentiu subir um pequeno soluço no fundo da garganta ao dizer isso.

— Sim, eu sei — Den respondeu.

Capítulo Vinte e Dois

E va e Janie passaram o dia anterior à cirurgia em casa com o pai, tentando não entrar em pânico ao ver como ele estava abatido — magro, cansado, o rosto amarelado como nunca estivera.

O sol apareceu depois do almoço e levaram cadeiras e uma espreguiçadeira para o gramado, onde ficaram sentados tomando chá. Eva analisou o jardim: um daqueles paisagismos formais, suburbanos, com um exuberante quadrado de grama verde bem aparada, roseiras, arbustos e plantas rasteiras plantadas cuidadosamente nas laterais.

— Meus filhos — ouviu Janie reclamar — provavelmente vão passar o fim de semana inteiro na sala, com as cortinas fechadas, vendo TV e se entupindo com toneladas de salgadinhos de queijo.

— É uma fase — Eva a tranquilizou. — Daqui a alguns meses, vão ser vegetarianos orgânicos, jurando que "nunca mais vão comer outra vítima de tortura" ou discursar contra "esta exploração hipócrita das massas que é enfiada em nossas casas pelo governo".

Janie riu ao ouvir isso e acrescentou:

— E nunca consigo os fazer ir para a cama cedo ou acordar de manhã.

— Bom, isso é normal. — Eva sorriu para ela. — Todos os adolescentes têm o direito de dormir segundo a Convenção de Genebra ou algo parecido. Tom vai levar um susto danado quando o bebê... — Ela cortou a frase no meio. Seu pai ainda não sabia sobre a encomenda que Tom receberia em breve, e ela não pretendia anunciar a novidade ainda. Ele estava mal o suficiente.

Fez um sinal cobrindo os lábios para Janie, mas o pai não deu sinais de tê-la ouvido.

— Anna me lembra tanto sua mãe — ele disse repentinamente, levantando os olhos do jornal. — A mesma seriedade loira. Um pouco mandona e rígida. — Sorriu para Eva. — Elsie teria adorado Anna.

O pai delas poderia não viver até Anna crescer ou até mesmo ganhar um pouco mais de idade. Agora, a ideia estava ali, parada na frente delas, a verdade nua e crua, e os três sentiram um nó na garganta.

Às 16 horas, as duas o levaram de carro para o hospital e o ajudaram a se instalar para passar a noite antes da operação. Sentaram-se por algum tempo na enfermaria cor-de-rosa, ignorando o chá nas xícaras de plástico e esforçando-se para manter uma conversa alegre.

Quando voltaram para casa, Eva e Janie fizeram o possível para manter-se ocupadas: limparam os armários da cozinha, passaram roupa. Encheram a geladeira com comida, mas decidiram jantar fora para mudar de ares.

Naquela noite, deitada na cama, Eva só conseguia pensar nas pessoas que amava e no fato imutável de que teria de dizer adeus para sempre para cada um deles.

Era uma sensação insuportável. Deitada no escuro, não conseguia afastar seu maior medo: que um de seus filhos morresse antes dela. Ela tinha quatro. Havia quadruplicado as possibilidades! Na maioria das vezes, conseguia manter o pensamento sob controle, mas esta noite, ele assumira o controle da situação e a deixara aterrorizada. Mas desconfiava de que, em algum nível, a vida deveria ser vivida assim, aceitando que a morte está por perto. Não era possível escapar com uma casa bonita, um carro chique ou roupas cheias de estilo...

— Ó meu Deus, estou no meio de uma conversão para o budismo. — Grudou os olhos no teto, meio que esperando ver algum tipo de aparição surgir na posição de lótus. Talvez tivesse lido manuais de ioga em demasia, mas será que realmente queria estar unida com o universo, em bom carma, ansiando por reencarnação e toda aquela história?

A Terra Tremeu?

Quem sabe não existe um curso para isso? Quem sabe Jen iria com ela? O pensamento seguinte foi: em que noite? E quem ficaria com as crianças?

— É por isso que nunca consigo meditar, que dirá dormir — ela disse a si mesma. Hora de levantar e fazer um chá de camomila. Ah... estava na casa do pai... nada além de chá preto. Não ia ajudar.

Pela manhã, era óbvio que Janie também tinha passado a maior parte da noite acordada. Estava pálida e com olheiras de cansaço.

— Você está bem? — Eva perguntou enquanto preparavam torradas e ovos mexidos.

— Ah... — leve sinal de lágrimas nos olhos — Estou bem. Acho... — Mas então acrescentou com um fio de voz: — Estou tão assustada por ele.

— Eu sei... — Eva passou um braço em torno dela. — Eu sei.

O dia passou, e finalmente chegou a hora de visitar o pai após a operação. O estado dele era pior do que esperavam — levemente consciente, em uma cama com lençóis brancos em um quartinho, os dois braços cheios de tubos de soros e uma bomba de morfina, outro tubo escapando por baixo das cobertas, e Eva levou um tempo para perceber que era uma sonda.

Para ela, a aparência dele era a de um homem que poderia morrer. A visão fez lágrimas subirem a seus olhos, e teve de tatear o caminho até as cadeiras ao lado da cama. Janie pousou a mão no ombro dela e conseguiu manter uma conversa suave e tranquilizante, enquanto Eva analisava o quarto: o tique-taque, tique-taque da bomba de morfina e a respiração entrecortada: inspira, pausa, expira, pausa, de seu pai. Aproximou a cadeira da cama e pegou a mão dele. Estava morna e parecia feita de papel. Enquanto a acariciava, pensou que não fazia isso há décadas. Deixara de segurar a mão dele ainda menina.

— Como vai indo? — Ela ouviu-se perguntando e sentiu a garganta apertada.

Tudo o que ela queria dizer sobre o quanto os dois se amavam em sua maneira peculiar de ser e o quanto sentia não ter sido mais direta ao expressar seus sentimentos... ficou preso em sua garganta.

— Você está com boa aparência, papai — foi o que conseguiu dizer.

Não havia novidades sobre a cirurgia, o médico responsável não estava de plantão, e os ocupados plantonistas da noite pediram que voltassem a perguntar na manhã seguinte.

Depois de jantarem em silêncio na mesa da cozinha, Janie foi tomar banho, e as duas foram dormir cedo. Eva pensou ouvir a irmã chorando no quarto e quase foi até lá confortá-la, mas as lembranças de infância eram fortes demais.

Já haviam perdido a mãe e sabiam o que estava por vir. O vazio, as roupas e os objetos pessoais guardados em caixas, as fotos que passam repentinamente a ser preciosas por não capturarem mais qualquer tipo de realidade, o desconforto vago e constrangido de amigos e parentes no funeral e depois dele... Sem dúvida, não poderia ser tão doloroso dessa vez, poderia? Sua mãe morrera em uma manhã de janeiro, aos 40 anos, em um acidente comum e corriqueiro de carro. Derrapou no gelo em uma estrada vicinal, nenhum outro carro envolvido. Ela era uma enfermeira distrital e, na viagem de um quilômetro e meio entre um paciente e outro, não usara o cinto de segurança, morrendo instantaneamente quando seu carro derrapou e bateu contra uma árvore.

Nunca mais algo tão assustador iria ou poderia acontecer com Eva, Janie ou seu pai.

Foram necessárias semanas — meses — para que a nova realidade fosse assimilada. No primeiro dia, brincaram de casinha com as bonecas e riram, sentindo-se estranhamente animadas com tudo. Nada de escola! As pessoas viviam aparecendo com doces e presentes. Era como no Natal. Muito tempo depois, começaram a sentir falta da mãe e a entender que ela não iria voltar. Escondiam-se no lado do guarda-roupa que pertencia à mãe, enterrando o rosto no casaco de pele e nas malhas macias,

A Terra Tremeu?

sentindo o fraco aroma do perfume que ainda permanecia nelas, chorando com o desejo de que ela voltasse para casa.

Eva tentou estabelecer agora o tipo de rotina noturna que teria em sua casa. Terminava as tarefas domésticas, falava com seus quatro filhos ao telefone, o que levava quase uma hora, saía para passear com Hardy, depois ia para o jardim limpar as roseiras ao entardecer e cortava a borda do gramado, embora somente estivesse alguns milímetros mais comprido.

De volta a casa, ainda se sentindo inquieta e cheia de energia, sentava-se de pernas cruzadas no meio do monótono carpete bege e quase automaticamente começava uma sequência curta de posições de ioga até se acalmar.

Movia-se pela enérgica saudação ao sol, para cima, para baixo, passando o queixo no carpete e no centro, com as mãos unidas na frente do peito. Repetiu a sequência diversas vezes até sentir-se aquecida e mais ágil.

Depois, a pose do gato: alongou a coluna vertebral, expirando.

— Tudo o que temos é o presente — ouvia mentalmente a voz de Pete, o excêntrico. Agora na posição do cachorro, com o rosto voltado para baixo, sentindo o peso do corpo sendo empurrado pelos braços. Alongou a pélvis, as costas, a caixa torácica, as omoplatas e respirou, ar novo para dentro, ar velho para fora.

— Solte... solte a tensão, solte a raiva, solte a preocupação. Deixe tudo ir embora. Não há nada na vida que se possa prender. Tudo se move e muda o tempo todo... — novamente, a visão cármica de Pete sobre o mundo.

Mas sentiu a verdade de tudo aquilo nessa noite. Nada era para sempre... Sua mãe, Dennis, Joseph... foram embora. Seu pai indo embora... As crianças crescendo e distanciando-se dela a cada dia. Ó meu Deus, curvou-se na pose da criança e aninhou a testa entre os joelhos. Tudo era muito triste.

Mas, vejamos, do que iria sentir falta em seu pai? As conversas insatisfatórias, em que nenhum deles se expressava muito bem? As viagens de fim de semana para esta casa mumificada, onde tudo era tão arrumado e precioso que as crianças nunca podiam relaxar com medo de quebrar ou estragar algo?

Ela sentiu pena dele. Nunca parecia estar muito feliz, nunca encontrou um novo amor, nunca foi íntimo de seus filhos e netos. Foi invadida por um sentimento de lástima por ele ter vivido uma vida tão cuidadosa e controlada. Mantendo tudo e todos a distância. Do que sentiria falta? Ainda não sabia. Seu passado? Sua infância?

Saiu da pose e deitou de costas no chão por alguns momentos antes de se levantar e fazer a rígida e sólida pose do guerreiro. Ela era forte. Estava no controle. Com os braços abertos e alinhados, um joelho dobrado, pronto para entrar em ação, a outra perna firme no solo, ficou sem graça ao ver o rosto de Janie aparecer atrás da porta.

— O que está fazendo? — Janie perguntou.

— Umas posições de ioga... Não consigo dormir. Ajuda um pouco.

— Você também medita? — Janie entrou na sala e sentou-se no sofá.

— De vez em quando. Mas não sou muito boa nisso... sempre fico pensando se liguei a máquina de lavar... ou o que vou fazer para o jantar... sabe como é... agitação mental.

— Sim — Janie concordou —, agitação mental. Sei tudo a respeito disso.

Houve uma pausa, e Janie acrescentou com um meio soluço:

— Tenho medo de que papai morra.

— Eu sei... eu também. — Eva sentou no sofá ao lado dela.

Capítulo Vinte e Três

Eva entrou na cozinha de seu pai enquanto Janie estava ao telefone.

— O quê?... O quê? — Janie repetiu. — Tem certeza? — Perguntou dando início a um sorriso que invadiu seu rosto. — Eles têm certeza? Bom... Isto é maravilhoso! É simplesmente fantástico! Não sei o que dizer além disso. Sim... Sim... Na sexta-feira... OK.

Eva foi para o lado da irmã, esforçando-se para ouvir a voz do outro lado da linha, tentando descobrir do que se tratava, mas, com certeza, eram boas notícias. Finalmente, Janie desligou o telefone e olhou para ela.

— Era papai.

— Sim?

— Removeram um tumor do tamanho de uma laranja no intestino e era benigno. Ele vai ficar bem. — Janie repetia as palavras, mas aparentemente ainda não estava convencida disso.

— Do tamanho de uma *laranja*? — Eva disse. — Não surpreende que ele estivesse tão desanimado.

— E sabe o que ele disse? — Janie parecia estar levemente tonta, apoiada na bancada para ter suporte. — Ele disse: "Estou com 72 anos e vão sortear o meu número a qualquer hora... mas não hoje, Janie, não vai ser hoje." Depois riu, deu uma tremenda gargalhada. Foi um pouco estranho... não parecia nada com ele.

— Bom Deus — Eva disse. — Que loucura... uma laranja benigna.

— Difícil de assimilar depois dos últimos dias de agitação preocupada das duas.

— Então ele está se sentindo melhor? — Eva perguntou.

— Sim... Telefonando, conversando. Ainda não pode sair do hospital, mas ontem achei que nunca mais iria falar com ele.

Por um instante, ficaram quietas. Esse dia irá chegar. Mas como ele dissera... "não vai ser hoje".

— Vamos sair e comemorar? — Eva perguntou.

— Não sei... não sei se consigo. Sinto-me estranha. — Janie limpava os olhos.

— Vamos lá, vamos comprar um presente para ele. — Eva a empurrou. — E, quando acabar o horário de visita, vamos almoçar, beber um montão de vinho, e nos sentiremos muito melhor.

O pai adorou o presente: um discman e vários CDs de jazz e big bands para ouvir na cama. Ele ainda estava em pijamas, pálido e abatido, mas, mesmo assim, havia uma centelha, um brilho nos olhos que nenhuma das duas reconhecia.

— O que aconteceu com ele? — Janie perguntou a Eva quando se sentaram para almoçar em um pub acolhedor.

— Não faço a mínima ideia de qual é o termo médico, mas posso dizer que fizeram muito mais do que remover uma laranja da bunda dele.

Janie respondeu com um "Lynnie!" em tom escandalizado, mas caiu na gargalhada.

— Mas você o viu! — Eva retrucou, atacando a comida com um entusiasmo que não tinha há dias. — Pode ser um novo sopro de vida para ele. Ele pode viver mais dez anos e fazer algo de interessante com eles. Pode ser que tenha sido o melhor empurrão que jamais recebeu para aproveitar a vida.

— Talvez.

Era a imaginação de Eva, ou Janie estava meio desanimada com a perspectiva? Havia pensado que a tristeza e a ansiedade de Janie haviam sido provocadas pelo pai, mas começou a imaginar que havia outros problemas na vida da irmã. Mas sabia que não podia perguntar diretamente. Com Janie, a melhor opção sempre foi esperar e deixar as coisas virem à tona.

A Terra Tremeu?

— Por que não fica em casa no próximo fim de semana? Venho com as crianças e cuido do papai — Eva propôs.

— Não, não. Não seja boba. Ele vai precisar de muita ajuda.

Mas, na verdade, ele estava surpreendentemente bem quando recebeu alta do hospital. Precisava de ajuda para andar pela casa, mas podia sentar, conversar e comer normalmente. Eva estava certa, algo mudara em seu pai. Estava mais positivo, mais alerta... mais interessado do que jamais estivera antes.

Nada melhor para provar isso do que o crime que Robbie cometera. Crime que, antes da operação, seu pai nunca, nunca perdoaria.

Depois do café da manhã no domingo, Eva e Janie foram atraídas para o quarto de hóspedes pelos gritos de Anna.

— Robbie! Robbie! Não! — Ela gritava.

Eva correu escadaria acima, dois, três degraus por vez.

— Mamãe! Pensei que ele estava com você! — Anna gritou na defensiva assim que Eva apareceu na porta.

Logo depois, Janie apareceu atrás dela.

— Ó meu Deus, não deixe papai ver isto. Ó meu Deus!

Eva não sabia o que tinha pior aparência. O rosto pálido da irmã ou o desastre causado por seu filho e o cachorro.

Robbie havia encontrado as gavetas repletas com as coisas da mãe delas. Ele e Hardy passaram um bom tempo por lá, ocupados e em silêncio, porque Robbie esvaziara duas gavetas e, com a ajuda de Hardy, destruíra tudo. Fotografias e diários haviam sido rasgados em pedacinhos. Um vidro de tinta fora derrubado e espalhado pelo carpete, pilhas de papéis e uma echarpe de seda. Um objeto completamente irreconhecível por ter sido completamente mastigado, as bochechas de Robbie estavam manchadas com uma gosma cinza, e a baba de Hardy também parecia acinzentada. Pedaços de coisas diferentes espalhados ao redor da dupla.

Ambos, Robbie e o cão, olhavam para cima com ar culpado, perfeitamente conscientes de que a diversão proibida teria um preço.

— Jesus, Eva. — Janie estava em pânico e zangada. — Precisamos limpar esta confusão rapidamente e ver o que pode ser salvo.

— Que diabos é toda esta confusão? — Era o pai delas. Conseguira sair bamboleando do quarto para ver o que havia acontecido.

Ninguém sabia o que dizer, e, instintivamente, Eva foi pegar o filho no colo. Ele só tinha 3 anos, não fazia ideia do baú de tesouros com que andara brincando.

— É tudo minha culpa, papai — ela disse depressa. — Sinto muito. Tenho certeza de que podemos recuperar algumas coisas.

Seu pai andava na direção da pilha no chão. Janie pegou o braço dele para ajudá-lo a andar.

Ele inclinou-se e olhou tudo cuidadosamente.

— Anna, por que não vai pegar a vassoura e a pá — ele finalmente disse. — Isto tudo é um monte de velharias. Provavelmente, são listas de compras, horários de ônibus e algumas fotos ruins de que ela nem mesmo gostava.

Janie estava parada, de pé, com a boca aberta.

— Não faço a mínima ideia por que guardei tudo isto por tanto tempo.

Ele abriu a gaveta superior da cômoda e viram escovas de cabelo amareladas, uma pilha de lenços bordados, toalhinhas e uma bolsa de maquiagem.

— Puxa, preciso mesmo limpar isto — disse enquanto revirava as coisas. — Elsie teria rido de mim, iria morrer de rir. Mesmo. Quanto mais penso a respeito, mais percebo que fiz tudo o que ela não gostaria que eu fizesse. Afinal de contas, olhe para este lugar... — Ele sentou-se no horrível banquinho cor-de-rosa ao lado da cômoda e examinou o quarto. — Há anos esta casa não é decorada, ainda trabalho, mesmo aposentado! Nunca casei novamente. Foi terrível quando ela morreu. Terrível. Mas se eu tivesse morrido primeiro... — Ele balançou a cabeça. — Finalmente... ela teria vivido, meninas, passado as férias no Caribe, colocado uma banheira de hidromassagem no banheiro, arrumado um namorado, talvez vários! Eu a decepcionei.

Eva olhou para Janie, e ambas estavam incrédulas. Era mesmo o pai delas falando? Não só havia chamado as duas de *meninas*, como também

A Terra Tremeu?

havia mencionado a mãe e a palavra "namorado" na mesma frase... e estava prestes a jogar as coisas dela no lixo.

Tudo isso era bom, Eva disse a Janie quando se despediram no fim do dia... Mas não diminuía o choque.

— Tenho muito orgulho de vocês duas — ele disse quando ela o beijou na porta, pronta para dirigir de volta para Londres. — Sua mãe teria orgulho também.

Tenho muito orgulho de vocês duas?! O que aconteceu com o "Se você tivesse entrado na faculdade de Direito, Eva", e os outros milhares de comentários e críticas que costumava fazer?

O certo é que *mais* do que uma laranja havia sido removido.

— Quando é o casamento? — Ele perguntou, esperando que nada tivesse sido adiado por causa dele.

— Dezessete de agosto, papai — Eva respondeu. — Eles adiaram a cerimônia por um mês, mas não foi um problema.

— Agosto... Ótimo... Vou estar em plena forma... Dançando em cima das mesas.

Dançando em cima das mesas? Seu pai? Estava feliz porque Janie iria ficar com ele alguns dias. Talvez fosse um efeito colateral dos anestésicos... um delírio temporário.

Mas resolveu tirar proveito da situação.

— Tom e a noiva vão ter um bebê. Não havia contado ainda? — disse com um grande sorriso.

— Não! Que maravilha! Vou ser bisavô.

Agora, ela tinha certeza de que era um delírio.

Capítulo Vinte e Quatro

Raios longos do sol de julho entravam pela janela enquanto Eva tomava chá sentada à mesa da cozinha. Todas as estações eram boas, mas Eva achava o verão a melhor de todas. Anna e Robbie estavam no jardim com seus brinquedos, no meio de uma explosão de flores cor-de-rosa e de laranja nos vasos, canteiros e gramado. As pontas retas dos botões vibrantes dos gladíolos começaram a surgir entre as folhas como se fossem batons de boca.

— Vamos convidar o veterinário para jantar? — Eva perguntou quando Anna apareceu na porta. — Hoje, se ele estiver livre... ou talvez amanhã?

Anna analisou a pergunta cuidadosamente: estava desconfiada da mãe e do veterinário. Mas talvez, observando-os de perto, poderia descobrir o que estava acontecendo.

— OK — respondeu, sem acrescentar mais nada.

Eva acreditou que a ausência de comentários era um sinal de que Anna não suspeitava de nada. Ora, como poderia desconfiar? Ela tinha apenas 9 anos.

— O que você e Robbie estão fazendo? — perguntou sorrindo.

— Ah, estamos na caixinha de areia. — Anna deu um grande suspiro. — Estou tentando construir uma fonte, mas Robbie vive derrubando tudo.

— Ah. — Uma fonte?! Na caixinha de areia? Eva esforçou-se para não cair na gargalhada.

Nils, parecendo mais do que surpreso quando atendeu ao telefonema, concordou em jantar com eles naquela noite.

— Vai fazer o último teste em mim? — Ele perguntou.
— Mais ou menos isso — ela respondeu.

E não era uma meia verdade. Ouvira seu pai lamentando todos os anos que passara sozinho e aplicou a mensagem à própria vida.

Jantar ao ar livre no jardim era agradável. Velas tremulando, luzinhas natalinas cintilando, as crianças subindo e descendo das cadeiras, entrando e saindo de casa, gerando barulho e distração constantes. Eva, com um visual "não estou me esforçando para ser assim linda", usando um colete, uma saia florida e provocante, esmalte rosa cintilante nas unhas e sandálias de dedo com lantejoulas, preparou uma variação de um prato chinês com macarrão e vegetais de que todos pareceram gostar. Como sobremesa, amoras com creme chantilly, que as crianças colheram nos dois arbustos do jardim.

Ela ria muito com Nils, e os dois beberam vinho branco gelado em quantidade suficiente para relaxar e ficarem felizes.

— Pronto, os pequenos já estão na cama — ela disse quando voltou dos vinte minutos gastos com lavar o rosto, escovar os dentes, contar histórias, beijos de boa-noite e as solicitações de última hora para que ficasse "só um pouco mais".

Colocara um cardigã nos ombros porque o tempo esfriara com uma brisa leve.

— Vamos também para a cama? — ela perguntou sorrindo, sentando-se no colo dele para receber o beijo com o qual sonhara a noite toda.

— Bom, até que está sendo fácil — ele disse, colocando os braços ao redor dela. — Achei que teria de fazer toda aquela encenação de sedução... cortejar... impressionar você.

— Não — foi a resposta dela —, estou com vontade.

Colocou uma amora na boca e inclinou-se para beijá-lo, esmagando a fruta contra a língua dele. Saboreando o vinho, a amora e a boca quente, ela sentiu os dedos dele moverem-se debaixo de sua saia.

Ela envolveu o pescoço dele com os braços, deixando que ele se movimentasse dentro de sua calcinha e a estimulasse. Foi então que procurou o zíper dele. Ela o queria ali, sentada no colo dele, ao som do rádio, das conversas e do barulho da louça sendo lavada nos vizinhos. Prendeu o lóbulo dele com os lábios, manteve os olhos fechados e o nariz contra o cabelo dele enquanto ele movia-se rapidamente para dentro dela.

Mais tarde, fez com que ele entrasse às escondidas em seu quarto, onde tiraram as roupas um do outro, pretendendo fazer amor outra vez, agora corretamente, lentamente, aproveitando cada momento juntos.

Mas no exato momento em que Nils dizia:

— Por favor, diga que vai gozar logo... — o telefone tocou. Alto, insistente, ameaçando acordar as crianças, de modo que Eva saiu correndo, nua, para atender na sala.

Com mil demônios. Como é que se esquecera de abaixar o volume e ligar a secretária eletrônica? Estava completamente fora de forma com os procedimentos de fazer sexo em casa.

— Alô?

— Alô, Eva, é Joseph. Como vai?

— Joseph? — Joseph! Isso é que é telefonar na hora errada. Lamentava profundamente não ter ligado a secretária eletrônica. Isso era estranho demais. — Olá — ela respondeu no modo mais normal... animado que conseguiu. — Estou bem. Estamos bem. Estamos todos bem.

— Como vai seu pai?

— Ele está realmente bem. E vai ficar bem.

— Que ótimo! Então... — Agora ele iria tocar no ponto. Por um momento pensou que ele queria conversar sobre *aquela* noite. Sentiu o estômago revirar.

— Eva... lembra-se de que conversamos sobre Anna e Robbie passarem alguns dias comigo?

— Ah, sim.

A Terra Tremeu?

— Ainda gostaria de fazer isso? Talvez quisesse passar um fim de semana fora, com seu pai ou sua irmã... Pensei em ficar aí na sua casa porque Robbie iria se sentir melhor.

Um fim de semana fora?! Por um minuto, ela imaginou-se ao volante, a mil por hora em uma estrada deserta sem ter de ouvir as músicas da Vila Sésamo no toca-fitas.

— É uma grande ideia — respondeu. — Gostaria muito. Posso telefonar amanhã? Estou com visitas.

— Claro. Quem é?

— Ah... Ninguém que você conhece. Há, uma pessoa do escritório. Do trabalho.

— Sim, claro. — *Alguém do trabalho... às 23 horas?* — Falo com você em breve.

— Sim... obrigada por ter telefonado.

Despediram-se, e ela desligou, sentindo-se estranha... Por que nunca conversaram sobre aquela noite? Por que nunca tentaram descobrir o que acontecera? Ou não acontecera... ou *o quê?*

E não teve a oportunidade de pensar mais a respeito porque Anna entrou na sala.

— Mamãe, por que você está nua?

— Humm. Por que está de pé?

— Tive um pesadelo.

— Bom, beba um copo com água e volte para a cama.

— Por que está nua? — Anna perguntou novamente.

— Pensei que meus pijamas estivessem aqui... mas não estão. — Patético, mas foi o melhor que pôde inventar naquele momento.

— Quer que eu olhe no seu quarto? — Anna perguntou.

— Não! — Crise gigantesca de pânico, filha em idade impressionável entrando no quarto e vendo o veterinário nu. — Água e direto para a cama.

— Tudo bem, não precisa ficar irritadinha. — Anna estava magoada. Sua mãe costumava largar tudo quando ela tinha um pesadelo, a colocava na cama, ficava aninhada com ela um pouco, dizendo para não se preocupar. Mas voltou para seu quarto, e Eva se enfiou no dela.

* * *

Sempre achara uma falha de design séria o fato de as crianças não terem um botão de pausa. Isso permitiria que pais completamente estressados, irritados ou enlouquecidos por um ataque de nervos infantil, dramas e birras simplesmente tirassem um tempo. Mesmo que fossem somente dois minutos — mais do que isso poderia ser considerado abuso. É bem provável que acabasse com crianças de 3 anos acordando dez anos mais tarde surpresas com a altura e os pelos novos, ou as crianças descobririam como apertar o botão de pausa para se divertirem entre si. Bom, tudo bem, talvez não seja uma ideia tão boa assim.

Com o dedo nos lábios, atravessou o quarto na ponta dos pés. O veterinário sorriu, puxou o lençol para cima de sua cabeça e fez sinal com a mão para que ela se juntasse a ele.

Ela entrou na cama.

— Você está congelada — ele disse e a aninhou contra si.

— Você tem que ir embora — ela sussurrou.

— O quê? Agora, com você fria deste jeito? — Ele deslizou a mão pelas costas dela, puxando-a contra si. Ela sentiu todos os tipos de movimentos interessantes e estimulantes entre os dois começarem.

Mas disse mesmo assim:

— Não... Sinto muito. Minha filha está tendo pesadelos e perambulando pela casa. É definitivamente hora de mandar você para casa.

Ele deu-lhe um longo e último beijo e saiu da cama.

Ela o observou enquanto ele se vestia. Este era o relacionamento mais estranho que jamais havia tido. Era sobre amizade, gargalhadas, sexo e poucos telefonemas. Não havia desejo, paixão, qualquer chance de se magoar. E, ela pensou, o sexo era do tipo atlético, somos todos adultos aqui, e não do tipo faça-amor-comigo-e-me-deixe-ver-sua-alma que a deixaria apavorada neste momento.

Ela gostava muito de Nils, mas, se ele desaparecesse amanhã, não faria muita diferença. Ela não queria se envolver.

— Quer ir ao casamento comigo? — ouviu-se perguntando. O QUÊ? *Ficou louca? O que está fazendo? Por favor, diga não, por favor, diga não.*

A Terra Tremeu?

— O casamento do seu filho? — Nils perguntou.

— Sim, dia 17 de agosto. — Quem sabe ele já tinha planos para esse dia.

— O casamento do seu filho, com a presença de Dennis, o pai de seus filhos maiores, e de Joseph, o pai dos menores, ah, a noiva de Joseph, sem falar de todos os seus amigos, a família e os familiares da noiva?

— Siiiiiiiiim. — *O veterinário não pode ir.*

— Gostaria muito de ir, Eva. — *Ó meu Deus.* — Mas acho que não devo. É um evento muito importante. — Ele sentou-se na beirada da cama ao lado dela. — Você não quer distrair as pessoas com a presença de seu namorado casual. — Os olhos dele estavam colados nos dela, e ele sorria. — Pode vir me ver a qualquer hora, antes ou depois, se precisar da companhia de alguém. Mas é um evento muito importante... Seja forte — disse e tocou a testa dela com a ponta do dedo. — Vá sozinha. Sinta orgulho de estar sozinha.

Ela sentiu uma onda súbita de lágrimas crescer. Sentia orgulho de estar sozinha? Ou era orgulhosa demais para estar sozinha? *Ou tão orgulhosa que estava sozinha?*

— Você é um bom homem — disse. — Lamento não gostar um pouco mais de você... Quero dizer, lamento não gostar *mesmo* de você.

— Você não gosta mesmo de mim? — Ele ainda estava sorrindo para ela. Não entendera a nuance.

— Não... não, quis dizer que... não amo você. Bom, você sabe disso. Mas eu lamento.

— Eu não amo você também — ele respondeu. — Não podemos não nos amar juntos?

Ela conseguiu dar uma risada ao ouvir isso.

— Não — respondeu séria. — Merecemos mais do que isso. Devemos simplesmente continuar procurando.

Ele concordou com a cabeça, e, quando começou a abotoar a camisa, ela sentiu uma pontada de emoção. Arrependimento? Solidão? Parecia ser mais correto dividir a cama, ter alguém vivo, humano e quente, vestindo-se, despindo-se, conversando a seu lado na cama. Ela poderia acostumar-se com isso rapidamente. O difícil era estar só, virando-se à medida que os dias passavam.

Capítulo Vinte e Cinco

Deitado na cama de solteiro de Eva, Joseph percebeu que não iria conseguir dormir, embora estivesse de pé desde as seis da manhã, quando Robbie entrara correndo no quarto, o vira na cama, gritara e saíra correndo novamente.

Eram só 11 horas da noite, e, depois de passar um dia todo com as crianças, estava exausto. Seus filhos! Ele tinha *dois* filhos, e esta era a primeira vez que ficava sozinho com os dois. Até agora, Eva nunca o deixara cuidando de Anna e Robbie ao mesmo tempo, e era uma tarefa *exaustiva*.

Seu primeiro dia fora aterrorizante. O café da manhã foi servido às sete horas, e as crianças queriam coisas complicadas como mingau, ovos cozidos, suco de maçã e cenoura feito na centrífuga. Um lado seu estava impressionado com a forma tão saudável como Eva os estava criando, mas o outro lado estava furioso com ela. Como conseguia fazer tudo aquilo e chegar ao escritório na hora certa? Maldita mãe perfeita. Revirara a cozinha em busca de café, mas a bebida mais forte que encontrou foi um saquinho de chá preto descafeinado.

Não se lembrava mais das coisas estranhas que ela guardava nos armários: damascos secos sem agrotóxicos, pacotes de sementes de abóbora, milho de pipoca orgânico, sacos e sacos de aveia... Será que ela tinha um pônei escondido em algum lugar? Quando, distraído, jogou fora o saquinho de chá na lixeira, levou uma bronca de Anna, que o fez retirar o saquinho dali e colocá-lo no balde para adubo. Todas as garrafas e latas precisavam ser lavadas e empilhadas nos locais corretos — e lotados — para reciclagem. Como podia ter se esquecido de tudo isso?

Pensou em sua vida, cheia de refeições prontas, copos de café descartáveis, embalagens plásticas de sushi, garrafas de vinho enfiadas na lixeira... um carro que bebia muito combustível... Puxa, ela o estava deixando irritado somente com os armários da cozinha. Mas a verdade é que não podia evitar reconhecer um detalhe: ela era incomum. Uma pessoa original. Nunca conhecera alguém como Eva. Ela ainda era a dona de seu coração. E as duas crianças mastigando seus cafés da manhã integrais e nutritivos eram dele. Também eram as donas de seu coração. E ele gostava disso. Passaram o dia todo fora, no parque, depois almoçaram em um café, e quando voltaram para casa às 17 horas ele estava doido para cair morto no sofá e assistir a desenhos animados, mas teve de se virar na cozinha preparando o jantar. Embora fosse sua primeira noite no cargo e pretendesse cozinhar, estava cansado demais, não havia feito compras e sabia que o freezer de Eva estava repleto de forminhas, potes e jarros cheios de sopas, cozidos e até mesmo sobremesas. Portanto, embora culpado, selecionou uma refeição, colocou em travessas e aqueceu tudo.

Na hora do banho, uma conversa inesperada com Robbie.

— O que é um pai?

— Hummm — foi a primeira tentativa de resposta de Joseph, enquanto pensava qual seria a melhor opção para explicar "pais separados" para um menino de 3 anos de idade.

— O que um pai faz? — Robbie perguntou, olhando para cima enquanto Joseph tentava passar xampu nele sem que entrasse nos olhos.

— Hummm.

— Eles jogam futebol?

— Sim! — Parece que isto não vai ser tão complicado. — Pais jogam futebol, leem histórias e... fazem cócegas... — Isso rendeu uma risadinha. — E carregam os filhos nos ombros para andar de cavalinho. — Outra risadinha.

— OK — Robbie finalmente disse, com um suspiro dramaticamente teatral, enquanto Joseph enxaguava o xampu. — Você pode ser meu pai.

Joseph o ajudou a sair da banheira e o enrolou em uma toalha. Então Robbie acrescentou:

— Os pais dormem nas camas das mães?

— Não. Não o tempo todo.

— Mas você está dormindo na cama da mamãe.

— Mas ela não está aqui... Quando ela voltar, vou para a minha casa.

— Por quê?

— Robbie, quer brincar de esconde-esconde?

Finalmente, Joseph estava na cama, analisando as modificações feitas no quarto depois que vivera com Eva. Ela repintara as paredes com um tom de rosa-escuro. O espelho com moldura dourada em cima da cômoda, com vários colares e correntes pendurados era novo. Havia mais espaço agora sem a grande cama de casal. Eva a trocara por uma menor e a decoração era desavergonhadamente feminina, com lençóis rosa-choque e cortinas feitas com saris indianos em tons de rosa e dourado.

Ele não resistira e dera uma espiada dentro do guarda-roupa dela: lembrava-se de algumas roupas, mas a maioria era nova. Tirando os conjuntos pretos para o trabalho, todos arrumadinhos do lado esquerdo, ela gostava de comprar roupas baratas e atualizar as peças regularmente. Roupas em batik rosa, uma jaqueta jeans com forro de pele falsa, coletes desgrenhados, tops femininos de surfista — ela ainda era completamente moderninha. Uma fanática pelas barracas de roupa em feiras e por lojas baratas.

Dera uma espiada na estante e na pilha de livros na mesinha de cabeceira para ver o que ela andava lendo — um livro escrito pelo Dalai Lama chamou sua atenção —, mas não abriu as gavetas, pois sabia que ela guardava papéis, diários e coisas pessoais que ele não tinha o direito de ver.

Eva ainda tinha uma foto pequena dele com Anna bebê nos braços em um porta-retratos esmaltado na mesinha de cabeceira, ao lado de uma foto maior de Anna e Robbie e de um retrato escolar desbotado de Denny e Tom sorrindo desdentados. As fronhas e os lençóis eram novos,

A Terra Tremeu? 215

mas, quando deitou a cabeça no travesseiro, pôde sentir o cheiro das gotas de lavanda, sândalo e rosa que ela aplicava para ajudar a dormir. E algo mais, o cheiro particular de baunilha almiscarada da pele dela. Ele enterrou o nariz no travesseiro e tentou inspirar profundamente, mas, quanto mais tentava sentir o cheiro, mais evasivo ele se tornava.

Melhor deitar de costas, respirar suavemente e sentir o leve bafejo.

Ele estava impressionado com ela. Eva trabalhava, cozinhava, decorava, mexia no jardim, estava linda, cuidava muito bem das crianças e fazia tudo isso sozinha. Pensou, cheio de remorso, que ela devia estar ocupada todos os minutos do dia. As noites da semana dele eram gastas em atividades sociais, no cinema, saindo para jantar com Michelle. Ele sabia que nesta casa as noites eram uma rotina de banhos, histórias para dormir, encher a máquina de lavar roupas, dobrar meias e cair morta no sofá no fim de tudo. Ele sempre tentara entender os motivos pelos quais ela nunca arrumara alguém para ficar no lugar dele e agora desconfiava que ela não tinha tempo para isso. E por que pensar em dobrar meias o deixava deprimido? E que diabos era aquele barulho de bipe?

Estava deitado na cama há vinte minutos e achara que o bipe baixinho vinha da rua, mas agora tinha certeza de que era no quarto.

Bipe... bipe... tentou seguir o som. Ligou o abajur, levantou e caminhou lentamente pelo quarto.

Bipe... embaixo da cama? Levantando o sari, viu um pequeno pager preto com uma luz vermelha piscando.

Hummm.... Levantou a tampa traseira e removeu a bateria já bem descarregada. Não sabia que ela tinha um. O serviço de condicional havia arranjado verba para dar um pager para Eva. Colocou-o em cima da cômoda e voltou para a cama sem pensar mais nele até que o telefone tocou no dia seguinte, e uma voz masculina com forte sotaque, um pouco desconcertada com a presença de Joseph, apresentou-se como amigo de Eva e perguntou se ela estava.

— Não, ela foi passar alguns dias fora.

— Entendi.

— Quer deixar recado?

— Sim... você é amigo dela?

— Sou Joe, o pai de Anna e Robbie.

— Ah, entendi... humm. — Pausa. — Por favor, diga a Eva que Nils telefonou, e... ela não pode ajudar no momento... mas acho que deixei meu pager cair quando estive aí... visitando-a... há alguns dias. — E pigarreou desconfortavelmente.

Joseph sentiu uma surpreendente revirada no estômago quando percebeu que estava falando com o amante de Eva. Ele desconfiara que havia um homem escondido em algum lugar. Não tivera de enfrentar a situação até agora. Um pager caído embaixo da cama a denunciara.

— Na verdade, há um pager na estante do corredor. Um preto, pequeno. Talvez Eva o tenha encontrado e esquecido de mencionar antes de viajar.

— Ah.

— Quer passar aqui e ver se é seu? — Joseph não resistiu à curiosidade. Nils pareceu aliviado e marcaram uma hora para o dia seguinte.

— O veterinário holandês que cuida das gatas. Acho que ele quer namorar mamãe — essa foi a única informação que Joseph recebeu de Anna. Nils não era muito diferente da imagem que Joseph fizera dele. Um homem loiro e forte, com grande presença física.

Ele ocupava todo o espaço da entrada e fazia a porta de madeira maciça parecer fina. O pager sumiu em suas mãos enormes e, depois de uma rápida certificação, foi para dentro do bolso do casaco.

— Olá. Como vão as gatas? — perguntou para Anna e Robbie, que vieram até a porta cumprimentá-lo. — OK, obrigado. — E virando-se para Joseph. — Desculpe ter incomodado. Como vai Eva? Volta logo?

— Não sei ao certo — Joseph respondeu, percebendo certo alívio ao saber que Eva não dissera a Nils para onde ia. Estava na cara que não era um namoro sério... Ah, pelo amor de Deus! O que ele sabia? Por que se importava? Mas descobrira que se importava e não sabia bem o que fazer com essa sensação.

Quando Eva telefonou naquela noite para falar com as crianças, depois de o fazer contar detalhadamente todas as atividades do dia, ele acrescentou:

A Terra Tremeu?   217

— Um amigo seu passou por aqui para pegar algo que esquecera...
— Hã?
— Nils.
— Ah... O que ele esqueceu?
— O pager. Anna o encontrou na sala — acrescentou repentinamente, porque não queria que ela dissesse algo sobre aquele homem, tampouco saber o que ele significava na vida dela.
— Ah — Eva respondeu e, sabendo perfeitamente bem que Nils nunca estivera na sala, ficou curiosa em saber os motivos pelos quais Joseph não contou que encontrara o pager no quarto. Não conseguiu reprimir uma risadinha.
— Ele não é bem um amigo, sabe? — disse.
— Ah — foi a resposta de Joseph.
— Sexo casual... — ela sussurrou.
— Ah!
— Não quero um relacionamento agora... Mas um pouco de aventura de vez em quando... — A voz dela se tornara um sussurro. Por que ele estava ficando arrepiado?
— Já era hora de esquecer você. — Ela fez o comentário como se fosse uma piada. Mas a verdade nua e crua estava ali, escancarada: ela ainda não o esquecera.
Ela respirou fundo e acrescentou:
— Como vai Michelle?
— Ah, bem — foi toda a resposta.
— Certo — Eva respondeu e pediu para falar com as crianças.
Deitado na cama dela, Joseph estava com problemas para apagar a frase sussurrada entre risadinhas de sua cabeça: "Um pouco de aventura... de vez em quando." Não queria nem pensar nela tendo aventuras com outro homem.
Não queria que ela dividisse aquele quarto com outra pessoa. Não queria que Anna e Robbie crescessem amando o homem que iria dividir este quarto com ela. Que diabos ele queria? Vivia em outra cidade. Estava com outra pessoa... Pelo amor de Deus, ia se casar. Que diabos queria que Eva fizesse? Que não o esquecesse? Nunca?

Capítulo Vinte e Seis

Michelle havia gozado minutos atrás, sentada em cima dele, e ele estava muito duro e inchado dentro dela, quando sentiu-o empurrá-la com força. Acariciou a barriga adorável dele, com mãos tensas, descendo até os ossos protuberantes do quadril e deixou a cabeça cair para trás, sentindo os dedos dele apertarem seus seios com força.

— Sim, sim, sim... ah, sim, siiiiiiim, ah, Joe, sim.

Ele permaneceu sob ela, subindo, descendo, subindo, descendo, tentando obter alguma tração na umidade macia e relaxada.

Ela inclinou-se sobre ele, para poder lamber seu ouvido, mamilos, peito e dizer:

— Goze, querido, goze, querido — segurando as nádegas dele, massageando-as e empurrando-o para dentro de si. Mas já podia sentir que ele estava amolecendo, até deslizar para fora dela.

— Ah, Deus — ele gemeu e, abrindo os olhos, viu o rosto zangado e magoado dela.

— Qual é o seu problema? — ela perguntou.

Qual era a dele? Ela era adorável. Longos cabelos cor de mel ao redor do rosto, braços e pernas bronzeadas abertas sobre ele. Sentia os pelos púbicos molhados pousados pesadamente sobre os dele. Olhou para os seios balançando e esforçou-se para sentar-se e chupar um mamilo.

— Ah, não se dê trabalho — ela disse, empurrando seu rosto.

— Amo você — ele disse. — Lamento, mas não sei o que aconteceu.

Houve um longo silêncio, em que somente se ouvia a respiração dos dois, sem um olhar para o outro, pensando no meio de uma nuvem de confusão, até que ela disparou:

— Você não quer isso, quer? Não pode querer.

Ele não sabia o que responder, porque, honestamente, não tinha o que dizer.

— Desde que você disse que poderíamos começar a tentar ter um bebê, você é incapaz de ejacular. Não preciso ser a mulher mais inteligente da Grã-Bretanha para entender o que se passa — ela disse. Era verdade. Era *óbvio*. E ele não sabia para onde ir. Ou para onde *voltar*.

Ela passou uma longa perna sobre o corpo dele para se afastar e o estava encarando com os braços cruzados sobre os seios.

— Você não me quer o suficiente, Joseph — disse zangada. — Não quer começar uma família comigo e não consegue tirar aquela maldita mulher da sua cabeça.

Ele não sabia o que dizer. Era complicado... Era Eva, Anna, Robbie, Michelle... era ele. Ele tinha *duas* crianças. A sensação era a de uma realidade nova. Havia acabado de voltar de Londres para Michelle, que, em menos de meia hora, contara — com o anel de diamantes muito caro cintilando no dedo enquanto gesticulava animadamente — que o hotel na Itália onde queria fazer o casamento estava disponível e que precisava de um cheque para fazer o depósito de reserva e que... ah, ainda bem que ele havia voltado a tempo, porque aquela era uma noite muito boa para... *tentarem*.

Ele fingiu estar contente. Olhou as fotos do hotel — embora ainda não tivessem conversado sobre a possibilidade de as crianças poderem ir ou não — e deixou que ela o puxasse para o quarto, embora estivesse mesmo cansado e cheio de dúvidas, preocupações e problemas que estavam vindo à tona.

Não estava preparado para outro bebê. As coisas já estavam complicadas o suficiente com Robbie.

E Eva... o que fora tudo aquilo entre eles naquela noite quando...? Deveria mesmo casar com Michelle agora? Talvez tudo estivesse acontecendo muito depressa.

— Não tem nada para me dizer? — Ela perguntou furiosa.

— Claro que sim, Michelle — disse. — Mas é difícil explicar sem magoar você. Não quero magoar você... — Ele fez uma carícia gentil em seu rosto.

— Você ainda a ama? — As mãos de Michelle apertavam com força os antebraços.

— Acho que não. Mas sinto falta de meus filhos. Sinto muita falta deles. — Ele notou um leve tremor na voz e tentou pigarrear.

— Pobre Joe — ela disse e colocou um braço ao redor dos ombros dele. — É por isso que precisamos ter um bebê só nosso. Uma nova família para nós dois.

— Michelle. Não posso simplesmente abandonar os outros dois e começar do zero. Eles também precisam de um pai. Você é mesmo capaz de me dividir com eles? — A voz dele era baixa, quase um sussurro, mas ela ouviu todas as palavras.

— Você nunca deveria ter ido cuidar deles — respondeu tirando o braço depressa. — Sabia que era um erro. Ela está tentando fazer você voltar, fazer você sentir pena dela.

Ele quase riu ao ouvir isso.

— Eva? — Ouviu-se perguntar. — Pena dela? Ela é a pessoa mais competente e segura que conheço e, além disso, está com outro homem. — E sentiu a voz engasgar novamente.

Algo na expressão de Michelle mudou neste ponto, e ele soube que havia falado mais do que devia.

— Eu ou ela, Joseph? Você decide.

— Ah, não seja melodramática. Não há nada entre mim e Eva há anos — e sentiu que ficou vermelho ao dizer isso, porque era mentira. — Vou me aproximar mais dela como amigo — disse a Michelle. — Quero me envolver de verdade na vida das crianças. Quem sabe não é você quem precisa escolher, Michelle? Eu com meus filhos ou nada.

— E quanto aos nossos filhos, Joe? Onde eles se encaixam? — gritou.

— Não sei — ele respondeu. — Não sei a resposta. — Sentia-se tão murcho como o pênis úmido e encolhido entre as pernas.

A Terra Tremeu?

— Vai se foder. — Ela saiu da cama, e o coração dele ficou apertado com as palavras tão feias que odiava ouvi-la dizer. — Foda-se, Joseph... — Ela escancarou a gaveta e puxou uma camiseta e uma calcinha. — Tenho 27 anos, quero me casar e ter filhos. Se você não quer, vou encontrar quem queira.

— Olhe, é tarde — ele disse da maneira mais apaziguadora que pôde. — Vamos dormir e conversar sobre isso amanhã de manhã.

— Não! — Ela estava limpando lágrimas de fúria enquanto vestia os jeans e calçava as botas. Depois, pegou o celular, as chaves do carro e a bolsa. — Tenho que sair daqui — ela gritou. — De que adianta?

Bateu a porta do guarda-roupa com toda a força que pôde encontrar, lágrimas correndo pelo rosto.

— Vou mudar daqui, Joe... Estou falando sério. Não há justificativa. Para que perder tempo?

— Michelle! — Ele saiu da cama e tentava vestir o roupão.

— Vai se *foder*. — Ela acenou com a mão no ar, e ouviu-se um leve barulho metálico, de algo rolando, antes de a porta do quarto bater atrás dela.

Ele sentou-se na cama. Não conseguia pensar em nada para dizer que a pudesse fazer voltar. Talvez devesse deixá-la ir. A única coisa certa naquele momento era a enorme dúvida em sua mente... Não sabia se seria tão feliz com Michelle como fora com Eva.

Mas em que raios de situação isso o deixava? Parado em um ponto onde não ia nem para um lado nem para outro.

Passou a mão pela mesa de cabeceira de pinho de riga... pelos lençóis de linho irlandês recém-lavados. Olhou para os guarda-roupas desenhados por um arquiteto, o piso de carvalho encerado, a luminária dinamarquesa que custara uma fortuna. Tudo isso era lixo. Continuava sendo ele mesmo, não estava melhor, nem mais importante, poderoso, inteligente ou experiente só por ter todas essas coisas.

E pior ainda: o apartamento não dava sensação de ser um lar. Nunca deu. Esse era um lugar temporário... um cenário lindamente projetado... algo que ele achava que podia fazer por algum tempo antes que finalmente voltasse para casa. E o lar ainda era aquele apartamentinho caótico onde os saquinhos de chá usados viravam adubo, as fotos nas paredes eram presas com fita adesiva, e havia sempre uma mistura de cheiros estranha, como sopa de cebola e lavanda.

Ó meu Deus. Era tarde demais... Ela nunca o perdoaria. Ela tinha outra pessoa... Sem falar na pobre da Michelle.

— Ferrei tudo — disse em voz alta. — Como é que posso fazer as coisas darem certo? — E começara a entender o que havia sido aquele barulho metálico de algo rolando: era o barulho que um anel de platina com três grandes diamantes faz quando cai no chão.

Bem feito para ele. Bem feito mesmo. Não conseguiria dormir depois disso tudo. Foi até a elegante cozinha com armários pretos e piso de mármore, ligou a chaleira Starck e ficou pensando quando foi que se transformara em um perfeito idiota.

Capítulo Vinte e Sete

— OK, Robbie, já chega. — Eva removeu o dedinho da campainha, e ambos ouviram o barulho de passos no corredor vindo em sua direção. A porta abriu, e Tom apareceu, sorrindo, dizendo olá, agachando para abraçar Robbie e depois acompanhando-os para dentro do apartamento.

Eva, carregando uma sacola com petiscos caseiros, percebeu na hora que chegara no meio de uma briga. Deepa estava enroscada em um canto do sofá com ar carrancudo, e Tom, bastante sem graça e cheio de tiques.

— Sentem-se onde quiserem. Vou ligar a chaleira e me esconder! — Isso foi dito com ar de brincadeira para Deepa, mas ela o encarou séria e não disse nada.

— Venha comigo, vamos conversar. — Tom disse isso para Anna, que se levantou com Robbie atrás dela, e saíram da sala.

— Sinto muito — Deepa disse quando ficou a sós com Eva. — Estamos no meio de uma briga e tanto.

— Quer que voltemos outro dia? — Eva perguntou.

— Não, não, não seja boba — Deepa respondeu e caiu no choro. — Ah... sou uma boba... — disse soluçando e fungando. — Hormônios, não é? O normal é ficar completamente descontrolada no final da gravidez, e eu nem cheguei à metade dela.

— É uma fase — Eva a tranquilizou. — Você pode gritar, berrar, chorar, mudar de ideia, comer bananas com catchup... qualquer coisa que ajude a seguir em frente.

Deepa conseguiu dar um sorrisinho e estava a ponto de dizer alguma coisa quando a campainha tocou novamente.

— É minha mãe — Deepa explicou. — Também a convidamos para tomar chá. — Suspiro fundo, tremor nos lábios.

— Posso fazer algo para ajudar? Mães são boas nisso... nos dê uma chance.

— Não sei...

Tom estava abrindo a porta e dizendo o seu mais animado olá.

— Kalna, entre... que bom ver você. Lembra-se de Anna e Robbie, não?

Eva foi até o corredor dizer olá e deu um jeito para que mães e crianças fossem para a cozinha, e Tom de volta para a sala com Deepa.

Na cozinha minúscula, ela e Kalna conversavam e ajeitavam a chaleira, as xícaras, o leite na geladeira.

— Deepa precisa ser mais organizada quando o bebê chegar — Kalna resmungou, agitando a caixa quase vazia de leite. *Mais uma coisa que não se deve dizer à sua filha neste momento.*

— Ela está lidando com várias coisas ao mesmo tempo. Quem deve levar um puxão de orelha é Tom — Eva retrucou rapidamente.

— Bom, ela vai fazer isso logo, logo. — Kalna riu. — Assim que se conhecerem um pouco melhor.

Eva gostava da mãe de Deepa, e o sentimento era recíproco, o que deixava ambas felizes. Quando as duas famílias se conheceram, sob as circunstâncias levemente tensas criadas pelo anúncio inesperado da gravidez e do casamento, as mães se deram bem logo de início, reconhecendo imediatamente que eram o mesmo tipo de mães devotadas e secretamente felizes com a chegada de um neto.

Principalmente Kalna, com outras duas filhas mais velhas e solteiras, tão envolvidas com suas carreiras médicas que, nas palavras de Kalna, "pareciam não dar indicações de procriar". De modo que, quando se recuperaram do breve período de choque, a reação dos pais de Deepa ao bebê e ao casamento foi inesperadamente animada, sem resquícios de desaprovação.

— Acho que eles estavam brigando — Eva confidenciou a Kalna.

— Sobre o quê? — Anna se meteu. Oooops.

A Terra Tremeu? 225

— Não acho que seja nada sério, querida.

— Nervosismo pré-casamento — foi o veredicto de Anna.

— Vamos, Anna, você leva as xícaras, vamos lá descobrir. — Kalna pegou o bule e a bandeja de doces e lançou um sorriso contagiante para Eva.

No fim das contas, a briga era por causa do casamento, para o qual faltavam apenas cinco semanas. Ambos haviam desistido da ideia — não do casamento, mas da cerimônia tradicional com vestido branco e todo o resto. Tom nunca estivera animado com a ideia. Mas agora quem mudara de ideia fora Deepa.

— Vou parecer ridícula... olhem para mim — ela disse às duas mães soluçando em cima da xícara de chá. — E o hotel é tão chato... E também não gosto da igreja... nem do padre. Tudo é realmente bobo e completamente o oposto do que Rich e Jade fariam, não é? — Um grande soluço.

— Esqueça-os — Tom disse, sentado ao lado dela no sofá, acariciando sua mão.

— Mas a cerimônia é para nós... E nada disso parece conosco.

Tom olhou para Eva erguendo as sobrancelhas de um modo levemente impotente.

— O que gostaria de fazer, Deeps? — A pergunta veio de Anna, que estava sentada no tapete aos pés de Deepa.

— Ah, vai parecer bobo. Sou só uma garota gorda, burra e grávida que precisa casar correndo... Nenhuma das coisas que quero podem ser arrumadas a tempo.

— Conte assim mesmo — Tom disse suavemente, já não estava mais zangado.

E Deepa contou, parando de vez em quando para secar os olhos e assoar o nariz com os chumaços úmidos de lenço de papel que segurava nas duas mãos.

— Quero casar no campo, de tarde, com votos escritos por nós, além dos tradicionais... e uma tenda rosa, com montes de flores rosa e um bolo rosa... — Ela caiu no choro neste momento, mas, depois de umas palmadinhas reconfortantes de Tom, conseguiu continuar: — E muita dança ao ar livre enquanto o sol se põe... comida caseira, todo mundo simplesmente relaxado e... feliz por nós. E Tom — ela olhou para ele com o rosto inchado e marcado pelas lágrimas —, você não precisa usar um terno se não quiser.

Ele a beijou no nariz.

— Parece adorável, mas não temos tempo para reorganizar tudo agora.

Kalna e Eva entreolharam-se com lágrimas nos olhos. Um pouco ferozes e determinadas.

A fada madrinha da Cinderela deve ter se sentido exatamente assim quando apareceu na cozinha, Eva pensou. *Deepa, você vai ao baile!*

— Quanto tempo temos? — Eva perguntou.

— Cinco semanas — Kalna respondeu.

— Campo, tenda, um padre que concorde, muita comida, garçons, DJ, flores... — Eva estava listando as coisas com os dedos. — O outro casamento pode ser cancelado?

— Sim, só vamos perder o depósito... não é importante — Kalna respondeu.

— Vocês estão falando sério? — Deepa perguntou. — E papai?

— Ah, deixe seu pai comigo — a mãe respondeu como se estivesse acostumada a cancelar casamentos todos os dias. — Agora, se dividirmos as coisas entre nós quatro...

— Denny pode ajudar — Tom disse, subitamente cheio de entusiasmo. — Ele está sempre procurando locais para fotos e pode nos ajudar a encontrar algo.

— OK, nós cinco... — Kalna parecia absolutamente calma, do mesmo modo que estava quando organizaram as coisas para a primeira ideia.

Canetas e blocos de papel começaram a sair de gavetas, a lista telefônica saiu da prateleira, ligaram para Denny. Todos estavam animados.

— O que será que Dennis vai pensar disso tudo? — Tom disse a Eva em um certo ponto.

— Dennis? — Ficou espantada com isso, porque quase sempre conseguia manter o pensamento bem longe do iminente encontro com Dennis.

A Terra Tremeu?

— Ele vai chegar em três semanas. Não contei? — Tom encolheu os ombros, distraído, mexendo nos cabelos.
— Não! Não contou mesmo — ela respondeu.
— Sim. Ele vem mais cedo a negócios. A família dele chega uma semana antes do casamento.
— Certo... Três semanas?
— Sim. Sete de agosto.
Por que ela sentia-se tão assustada? Por que queria gritar: "NÃO, NÃO... Não estou pronta... Preciso me concentrar... ser mais forte... ser capaz de lidar com isso... de olhar para ele."
Mulher idiota. Disse para si mesma. Controle-se. Segurou o rabo de cavalo de Anna e sentiu-se mais calma.
Talvez Anna soubesse como lidar com a situação. Quem sabe não existia um livro falando a respeito?

Capítulo Vinte e Oito

— Sabe, se tiver que ser completa e totalmente honesta com você, simplesmente não gosto de mais nada.

Eva olhou o cabelo castanho da irmã, cheio de fios brancos, cortado em estilo Chanel, sem graça, mover-se para frente quando Janie inclinou-se sobre a xícara.

Ela mexeu o chá por um longo tempo, apesar de o leite já estar misturado, bateu a colherinha contra a borda da xícara, tim-tim-tim, repetidas vezes e, finalmente, pousou a colher no pires. Eva ficara surpresa ao receber um telefonema da irmã no começo da semana. Janie não a visitava em Londres há séculos, mas lá estava ela, bebendo chá na cozinha, parecendo muito triste e séria.

Enquanto a observava, Eva não pôde evitar pensar que houve um tempo em que Janie, embora não sendo uma mulher bonita, sempre foi descrita como impressionantemente... elegante. Mas agora estava com o visual descuidado. E pior ainda, a energia estupenda que possuía parecia ter se esgotado.

O corte de cabelo, sem dúvida feito por um cabeleireiro caro, estava sem tintura e não combinava com o rosto comprido e angular. O terninho cinza-chumbo também não ajudava muito. Janie parecia apagada, Eva percebeu enquanto a analisava — frouxa, triste e sem forma. Meia-idade foi a palavra que surgiu na mente de Eva.

As linhas que desciam do nariz para os cantos da boca estavam aprofundando-se, e seu rosto estava quase ficando marcado por uma expressão abatida, tristonha, de vaga decepção. Provavelmente tinha um daqueles óculos de leitura presos em uma longa correntinha na pasta.

Não havia dúvidas de que, se alguém apresentasse as duas a um desconhecido neste momento, iriam achar que Janie era a mais velha, e não o contrário.

Eva não se sentiu lisonjeada ao pensar nisso. Estava triste em ver a irmã desse jeito.

— Você sabe... — Janie tirou os olhos da xícara e voltou-se para ela com eles cheios de lágrimas. — Cozinhar, por exemplo. Houve uma época em que adorava cozinhar, comprava livros de receita, passava o sábado procurando os melhores ingredientes e era um prazer. Agora, parece que estou sendo atacada por refeições, sem interrupção, todos os dias... café da manhã, almoços, lanches, jantares, quatro refeições por dia nos finais de semana. É um pesadelo. Só tomar conta da geladeira e assegurar-me de que está sempre cheia é um trabalho de período integral. E depois tenho toda a maldita manutenção da casa, a roupa para lavar, as lições de casa, ouvir as *reclamações* dos adolescentes e ainda por cima um emprego de período integral que é *terrivelmente* estressante. E não é de surpreender... meu marido me acha chata. Sou chata! E estou chateada... inacreditavelmente chateada! — Eva viu as lágrimas correrem pelo rosto de Janie.

— Ah, Janie — disse e acariciou a mão da irmã.

— Não quero mais viver assim. — Janie soluçou. — Acordando todas as manhãs, fazendo mentalmente uma lista das coisas que tenho que fazer... Vivendo em uma casa com uma atmosfera triste... Alguém prestes a explodir de raiva ou em lágrimas a qualquer momento. Não quero isso. Não aguento mais.

Eva continuou alisando a mão da irmã.

— E para quê? — Janie perguntou. — Para que estou tendo tanto trabalho? Por que estou lutando para colocar meus filhos ingratos nas melhores universidades? De repente, não sei mais qual o sentido de tudo isso.

Eva a deixou chorar pelo tempo necessário sem dizer nada.

— E estou aqui, Eva — Janie finalmente disse, limpando as lágrimas do rosto —, porque sempre senti que havia alegria e... não sei... uma leveza na sua vida e na sua família e quero saber como consegue isso.

Janie deu uma boa olhada na cozinha: xícaras sem combinar na mesa, pratos sujos empilhados em cima da máquina de lavar louça, valiosas pinturas infantis despencando na porta da geladeira, plantas exuberantes em cada janela e sobras de comida de gato nas tigelas na porta dos fundos. O lugar era uma bagunça, o piso estava melado, e Janie teve de tirar farelos de pão da toalha de mesa de plástico enquanto esperava o chá. Mas... mas... mas... o cheiro era delicioso. Sopa ou algo semelhante estava sendo preparado no fogão, a máquina de fazer pão estava ligada... E tudo parecia ser tão descontraído. Sentou-se à mesa e sabia que Eva tinha tempo para ela. Tempo para tomar chá, para conversar. Mais tarde, uma garrafa de vinho seria aberta e iriam sentar-se no jardim, ficar bêbadas. Iriam comer algo preparado com o que havia na geladeira, e Anna e Robbie, no momento brincando do lado de fora de esconde-esconde, iriam ficar entrando e saindo, antes de finalmente irem dormir. Era descontraído... feliz.

Poderia existir um lugar mais diferente da casa dela? Onde ninguém aparecia sem avisar, onde os jantares consistiam de três pratos, seguido por queijos especiais e licores nobres como digestivo.

Sua casa era elegante, em tons de branco, bege, cinza... Pisos de madeira, corrimãos encerados com regularidade, capas de sofá que precisavam ser lavadas a seco três vezes por ano... uma cozinha com armários em aço inoxidável que ficavam cheios de impressões digitais sempre que se abria uma gaveta.

E Janie estava pensando, era esquisito, mas a casa dela era silenciosa. Exceto pela bateção de portas. David indo se esconder no escritório batendo a porta, Christine indo falar ao telefone no quarto batendo a porta, Rick saindo de casa batendo a porta em um ataque temperamental... BAM.

Às vezes, ela ouvia o rádio, sintonizada na Radio Four com sua programação suave, mas a casa de Eva era uma confusão sonora. Robbie e Anna rindo e gritando, a televisão ligada em algum vídeo, o telefone que não parava de tocar. O gosto de Eva por música ia da clássica ao que os adolescentes ouviam o tempo todo.

A Terra Tremeu?

— Ah, puxa... — Eva disse com um grande suspiro. — Você sabe que também tivemos tempos realmente difíceis nesta casa. Não pense que tudo é perfeito, porque não é. Várias coisas me angustiam de vez em quando. Afinal de contas, olhe para mim! Por que ainda estou solteira?

— Mas você aproveita a vida, não? — Janie perguntou e torceu para que a frase não tivesse saído como uma acusação.

— Sim, claro, querida. De vez em quando, é uma chatice, e alguns dias são uma droga... mas mentiria se dissesse que estou infeliz com minha vida.

Janie olhou para sua irmã mais velha e viu que ela transbordava em — o que exatamente? Uma espécie de liberdade. Sim, talvez fosse isso. Ela não sentia o peso nas costas da preocupação com o que as outras pessoas pensavam dela, como Janie sentia. Preocupada, preocupada o tempo todo: os outros advogados do escritório achavam que ela era boa o suficiente? O que seus amigos achavam dela? Os pais das outras crianças faziam aquilo? E o que papai iria achar? Mas lá estava Eva, solteira, com o cabelo comprido demais e loiro demais para alguém na casa dos quarenta anos. Roupas coloridas e apertadas demais. A casa completamente bagunçada. Uma carreira medíocre. Tendo bebês por acidente, ouvindo música de adolescentes, com uma lata de maconha no alto do armário, e ela estava *feliz*. Aquele sentimento vago que Janie parecia ignorar completamente. E o marido de Janie e, pior ainda, seus filhos.

— Não tenho nenhum conselho para dar — Eva disse, pensando se não teria sido melhor oferecer vinho em vez de chá. — Não gosto de dar conselhos. Só posso dizer que tentei resolver as coisas que são realmente importantes para mim, o que realmente gosto de fazer e... bom... dane-se o resto.

Muito mais tarde, à noite, depois de acabarem com duas garrafas de vinho, Eva finalmente convencera a irmã travada a *pelo amor de Deus* fumar um baseado — não, ela não iria presa nem perderia o direito de advogar ou de usar peruca e toga no tribunal... Caíram na risada enquanto faziam uma lista das coisas que Janie poderia mandar para o inferno.

Para começar, fazer compras, cozinhar e limpar.

— Ficou completamente louca? — Eva perguntou. — Você não tem um marido fisicamente capaz e dois assistentes que podem muito bem ir ao supermercado enquanto você entra na banheira, com uma máscara no rosto, lendo uma revista de fofocas e fantasiando com o Antonio Banderas ou qualquer outro que a excite?

Lufadas de gargalhadas.

— E quem sabe, tirar umas férias, Janie, sozinha, fazer coisas relaxantes. Massagens, depilação... sei lá... O que advogadas fazem para relaxar? Apanham ou algo assim... são algemadas. É isso?

Mais gargalhadas.

— E dane-se a casa perfeita! Quero dizer, sua casa é ótima — Eva não estava tão bêbada a ponto de ter perdido completamente a noção do tato —, mas é muito complicada de manter. Posso deixar meus filhos comerem no chão da sua casa. Bom... — ela olhou embaixo da mesa da cozinha —, eles fazem isso aqui. Porque há muita coisa gostosa aqui embaixo. E pegou do chão um pedaço de torrada com geleia com aparência horrível. — Vê só.

Janie começou a gargalhar tão forte que suas bochechas começaram a doer e passou a ter cãibras no estômago.

— Meu Deus, sou uma desleixada — Eva disse. — Você lamenta ter vindo, não lamenta? Está pensando: Se isso está no chão da cozinha, que diabos vou encontrar no sofá-cama?

— Chega. — Janie estava chorando de tanto rir. — Pare, vou fazer xixi nas calças.

— Ó meu Deus, Janie — Eva disse, séria. — Você está assustadoramente bêbada.

— Não estou, estou? — Um olhar aterrorizado surgiu no rosto da séria advogada.

— Não. Você está bem. Isto se chama diversão. — Eva disse a frase bem devagar, como se estivesse tentando se comunicar em um país estrangeiro. — Você deve ter se divertido o suficiente para uma noite. Agora preciso trazer você de volta devagarzinho.

A Terra Tremeu?

E olhou para sua irmã, corada com as risadas e o vinho, com a expressão mais relaxada.

— Talvez você precise abrir mão um pouco — Eva acrescentou. — Deixar de querer fazer tudo, controlar tudo. Seus filhos vão gostar mais de você se soltar um pouco as rédeas. Juro que eles são boas pessoas, vão ficar bem... com o tempo. Quem liga se eles se meterem em algumas encrencas enquanto são jovens e bobos? É assim que se aprende. Lembra quando Tom se envolveu naquele trambique de vendas? O que foi mesmo? Comprimidos de ervas para emagrecer ou coisa parecida. Meu Deus, não acredito que nem me lembro mais. Na época, parecia um problemão! Ele ficou devendo quase mil libras antes de me contar o que estava acontecendo. Boboca.

As duas irmãs se entreolharam e começaram a rir novamente.

— E acho que você precisa de um novo corte de cabelo e de calcinhas novas — Eva acrescentou.

— O quê? — Janie deu um gritinho.

— Na verdade, gostaria de arrastar você gritando e esperneando para comprar um guarda-roupa completamente novo. Mas acho que vai ser muito difícil abafar a voz da advogada dentro de você. Mas cabelo e calcinhas novas são um começo. Vamos tirar essa coisa tipo meia-idade desleixada e chata que está tomando conta de você.

Inclinou-se e deu um puxão no elástico na cintura das calças de Janie revelando, como esperava, calcinhas largas bege e meia-calça opaca.

— Credo — Eva disse, fazendo uma careta. — Muito prática, mas... credo. Quero que você use seus conjuntos sérios de advogada e pense: "Sim, sei que pareço entediante, mas estou usando calcinhas rosa muito atrevidas..." E um cabelo melhor, queridinha, muito melhor. — Eva não conseguiu evitar imitar o sotaque de Harry. — Harry precisa checar este corte de cabelo, querida, e fazer sua mágica.

Assim, às 15 horas do dia seguinte, as duas irmãs puxaram uma cadeira e sentaram-se em um daqueles cafés caros, com mesas com tampos de mármore, onde tudo é servido com uma porção quádrupla de creme chantilly, ainda em faniquito. "Você gosta? Tem certeza?", era o novo visual. Olhadelas furtivas em espelhos, nas vitrines de lojas, sem reconhecerem seus reflexos.

Os cabelos loiros de Eva tinham luzes rosa forte.

— Não estou velha demais para ter cabelos rosa, juro que não... e não, não quero uma tintura lavável, quero um rosa permanente... para o casamento — foi a garantia que deu a Harry enquanto ele manifestava suas dúvidas enquanto colocava uma capa protetora e ouvia o que ela queria. Mas quando viu a cabeleira com faixas cor de algodão-doce teve de concordar com ela. Não, ela não era velha demais para ter cabelos rosa. Ela parecia... hummm... uma mistura adorável de algo rosado, corado e moderno.

A ousadia de Eva obrigou Janie a ser atrevida também.

Agora tinha cabelos curtos e elegantes cortados rentes às orelhas e a nuca em um tom quente de castanho-escuro.

— Estamos lindas, querida, juro — Eva disse enquanto davam golinhos nos cafés com uma montanha absurda de creme.

Em volta de seus pés, estavam sacolas de plástico e papel cheias de calcinhas, sutiãs, tanguinhas atrevidas... e fios-dentais! Depois do choque inicial, Janie decidiu ir em frente — lingeries verdes, rosa, laranja, turquesa e até mesmo prateadas.

— Prometa que vai usar no tribunal — Eva disse em voz alta no provador.

— Pelo amor de Deus! — Janie fez sinal para que falasse mais baixo.

Mas Eva estava ansiosa para ver o olhar intrigado da vendedora quando saíram do provador.

— Tenho certeza de que ela acha que somos lésbicas — Janie sussurrou, toda vermelha, enquanto saíam da loja.

— Eu também. — Eva passou o braço ao redor da irmã. — Seria uma maldade desapontar a moça. — E lambeu a orelha de Janie.

— Me larga! Ficou louca?

— Sou só uma moça da cidade grande, sua caipira travada.

— Posso ser só um pouco como você?

A Terra Tremeu?

— Sim. Mas devo lembrá-la de que eu já quis, há muitos anos, ser como você.

— Você acha que vai mesmo usar alguma delas? — Eva perguntou.
— Claro! Não acha que gastei dinheiro em calcinhas para deixá-las escondidas no fundo da gaveta!
— Vai deixar David ver?
— Bom... hummm... — Janie pegou a colher e começou a brincar com ela novamente. — Sabe, acho que David e eu precisamos dar um tempo. — Olhou para Eva. — Só pensei nisso hoje.
— Foi a mudança no cabelo — Eva não conseguiu evitar.
— É assustador.
Janie apenas sorriu para ela. Depois de uma longa pausa, acrescentou:
— Estou casada há 16 anos, Eva. Muito tempo. É muito tempo sendo a metade de um casal, esposa, mãe, sempre comprometida com "O que David deseja? O que as crianças querem?". Espero que não pareça a mulher mais egoísta do planeta, mas parece que esqueci de mim mesma, quem sou e o que quero ou do que gosto. Meu Deus, nem sei do que gosto de comer ou beber. Por exemplo, camarões... — Ela estava quase caindo na gargalhada. — Nunca mais comi camarões com casca, fritos com alho, suculentos, com gotinhas de limão... — Parou de falar e inclinou a cabeça pensativa. — Sabe, acho que comi camarões três vezes desde que me casei, mesmo adorando, porque David é alérgico a eles.

Ela balançou a cabeça.
— Estamos tão próximos, juntos o tempo todo, que não *vejo* mais quem ele é. Não sei mais o que me fez ficar apaixonada por ele nem sei se ainda está lá. E não tenho esperanças de descobrir isso sem sumir por uns tempos. Sair de férias... deixar que eles se virem.

Depois de outra gargalhada, ela acrescentou:
— Só Deus sabe como vão reagir.
— Tente não se importar com isso — Eva disse.

— Sim. Um enorme e longo compromisso, foi o que virou a minha vida em casa — Janie disse. — Ninguém mais faz o que quer. Todos fazemos o que achamos que devemos fazer... o que outra pessoa quer. Sei que não é possível agradar a todo mundo o tempo todo, mas no momento cada um de nós está sempre se sentindo infeliz, e todos os quatro não sabem mais como ser felizes.

— Bom... viver em grupo é complicado — Eva respondeu. — As necessidades individuais contra as necessidades do grupo... Tenho certeza de que Anna pode nos indicar inúmeros livros a respeito.

— Ela é um pouco assustadora, não é?

— Às vezes, mas a maior parte do tempo é uma menina normal de nove anos — Eva respondeu, sempre evitando que Anna fosse marcada com o estigma de uma superinteligência contra o qual poderia ter de lutar no futuro.

Pela primeira vez, algo passou pela cabeça de Eva.

— Pensando no assunto — confidenciou a Janie —, por algum tempo comprometi toda a minha vida em função de Dennis. Fiz tudo do modo que ele queria e tentei ser tudo o que ele queria que eu fosse. Fiz o oposto com Joseph. Lutei contra qualquer indício de compromisso. Tentei fazer com que ele fizesse tudo do jeito que eu queria... até mudei a alimentação dele, fiz com que abandonasse o café, fosse de bicicleta para a faculdade, reciclasse tudo... Ó meu Deus! Não é nenhuma surpresa que ele acabou ficando do jeito que é. Ele rebelou-se!

— Assustador — Janie respondeu. — Sabe, acho que, quando as pessoas vivem juntas por muito tempo, acontece algo como o efeito da gota d'água na pedra: você vai mudando gradualmente, vai desgastando. Os pequenos comentários de David sobre minhas roupas: esta é muito cara, esta é muito atrevida, muito apertada, muito colorida... Gradualmente, com o passar dos anos, acabei me transformando em uma desleixada. Eu, Eva! A mulher que gastava metade do salário nas melhores roupas italianas que podia encontrar em Winchester.

Eva ponderou cuidadosamente e disse:

— É óbvio que este é o motivo pelo qual as pessoas na casa dos 40 e poucos anos se divorciam e saem tendo ataques: "Eu sou um indivíduo."

A Terra Tremeu?   237

Comprando carros esportivos, roupas moderninhas e ouvindo música pop.

— Tem que ser desse modo? Preciso me divorciar para voltar a ser eu mesma? — Janie perguntou.

— Não sei. — Eva lambeu o creme das costas da colher. — Apenas você, David e talvez as crianças podem ajudar a encontrar a resposta.

A irmã olhou para a xícara e voltou a mexer no café com a colherinha, várias vezes. Como era difícil ler a expressão naquele rosto experiente e inescrutável de advogada, Eva pensou.

Finalmente, Janie ergueu os olhos e disse com um sorrisinho:

— Vou usar as calcinhas bonitas só para mim por um tempo... Sentir-me confortável com elas.

— Esta é a minha garota. — Eva sorriu de volta.

Capítulo Vinte e Nove

Eve conseguira manter toda a situação no trabalho longe dela. Lester fizera pressão para que ela se candidatasse à promoção alegando que sempre poderia mudar de ideia. E lá estava ela, escovando seu melhor conjunto, passando uma blusa e engraxando os sapatos para enfrentar os recrutadores no dia seguinte, quando seria entrevistada para o cargo junto com o assistente de Lester e dois candidatos externos.

Enquanto isso, ponderava se queria ou não o cargo, e, de repente, o pensamento de que poderia não conseguir a vaga a deixou com vontade de vencer a disputa. Olhando para a agenda cheia de anotações, viu o grande círculo vermelho ao redor da data, sete de agosto, entrevista. Tinha uma vaga sensação de que havia outro motivo pelo qual deveria lembrar-se da data, mas não se preocupou com isso. Vários pensamentos sobre a entrevista surgiram... Talvez quisesse dirigir o departamento, fazer as coisas de seu modo, assumir o controle, modificar algo... Sua única preocupação era a vida familiar e como ela seria afetada se suas responsabilidades no trabalho aumentassem.

Mas essa não era uma das coisas mais difíceis de serem feitas? Achar um ponto de equilíbrio entre trabalho e família. Era necessário talento para ficar no meio do empurra-empurra e não ser rasgada ao meio. Encontrar um modo de dar mais atenção a um lado quando necessário e mover-se rapidamente refazendo os limites. Vira Janie e Jen lutarem semanalmente com isso e sabia que Deepa e Tom teriam de entrar no mesmo jogo quando o bebê chegasse.

Depois de passar um longo tempo na banheira, Eva foi ver as crianças. Como qualquer mãe, adorava vê-los dormir — os longos cílios, as bochechas rosadas, o abaixar e levantar ritmado da respiração. Sempre eram perfeitos quando dormiam: Anna, um anjo, e Robbie, um cupido em pijamas.

De volta a seu quarto, realizou uma sequência de asanas complicadas de efeito calmante, enrolou-se em um montinho minúsculo ao fazer a pose da criança e tentou relaxar.

Naquela noite, logo depois de finalmente conseguir dormir, foi acordada pelo som assustador de passos trôpegos e engasgos no quarto.

Quando conseguiu acender o abajur, viu seu filho pálido e suado, olhando para ela com manchas de vômito no queixo e no pijama.

— Está tudo bem, Robbie — ela disse, passando de adormecida à completamente acordada em vinte segundos. Pegou-o nos braços e colocou-o na cama. — Fique aconchegado, vou pegar uma toalha.

Limpou o menino, o chão, o tapete e seus sapatos sociais — que ficaram no meio da confusão.

Ele estava com febre e irrequieto na cama. Mas não estava quente demais, ela pensou, sentindo o calor da testa, do pescoço e da barriga. Fez com que bebesse um pouquinho de água, aninhou-se com ele na cama, e ambos adormeceram.

Na manhã seguinte, ele acordou bem antes das sete e parecia quente, mas nada demais. Bem o suficiente para passar um dia tranquilo com a babá.

Eva mal havia sentado à mesa do escritório quando Arlene ligou. Robbie estava fervendo e não parava de chorar chamando pela mãe. Eva não precisava ouvir os sintomas para saber que o menino estava mesmo mal. Bastava ouvir o horrível choro em tom agudo ao fundo.

— OK, estou indo, chego o mais depressa possível. Diga a ele que estou indo... Não há nenhuma brotoeja, há? — Era impossível não pensar a respeito.

— Não, nenhuma brotoeja — Arlene respondeu. — Mas ele não parece nada bem.

Eva enfiou tudo na bolsa e foi ver Lester.

Ele não podia acreditar no que ouvia.

— Tenho que ir embora — ela disse.

— Pelo amor de Deus, Eva, isto é mesmo importante — ele esbravejou. — Não sei se posso marcar um novo dia, e por esse motivo? Seu filho está com febre! Você sabe como são as crianças, ele vai estar muito melhor quando você chegar lá, e você vai ficar imaginando por que se preocupou tanto. Não há ninguém que possa tomar conta dele? Por algumas horas. Vamos fazer a sua entrevista primeiro.

— Não — ela respondeu. — Não, Lester. Não sei o quão mal ele está. Não sou médica. Tudo o que sei é que ele tem febre, está mal e quer a mãe. Não posso me dar o luxo de mandar minha esposa cuidar dele, ou o pai, de modo que tenho mesmo que ir.

E para reforçar a coisa toda, disparou:

— Minha família está em primeiro lugar. Quero um mundo onde isso não é um ponto contra mim... Afinal de contas, esse é um dos motivos pelos quais faço o que faço. — Vermelha de raiva, acrescentou: — Você sabe muito bem que posso ser a chefe exemplar deste departamento porque sou o tipo de pessoa que larga tudo por uma criança que precisa de mim.

Lester olhou para as próprias mãos e suspirou fundo.

— OK, OK... vá embora. Mantenha contato e volte o mais depressa que puder.

— Obrigada, sabia que você defenderia o forte na minha ausência — ela respondeu, usando a frase de costume quando saía mais cedo.

— Mas não por muito tempo, Eva — disse enquanto ela saía apressada para o táxi que chamara. — Não por muito tempo.

Enquanto atravessava correndo o jardim da casa de Arlene, ouvia chocada os gritos assustadores de seu filho.

Bateu à porta impaciente, e Arlene a abriu quase imediatamente. Correu para a sala, onde encontrou seu filho vermelho e soluçando inconsolável no sofá.

A Terra Tremeu?

— Ah, Robbie, Robbie. — Ela o aninhou de encontro a seu corpo, e ele enterrou a cabeça em seu peito. — Sinto muito, mesmo. A frase dirigia-se ao filho e à babá nervosa.

— O que você acha que é? — Arlene perguntou.

— Não sei. Provavelmente uma daquelas viroses infantis horrorosas. Sabe como são, 24 horas infernais e depois desaparecem. Vou levá-lo para casa e observá-lo. Vou telefonar para o médico e ver o que ele aconselha.

Em casa, Eva deu um banho em Robbie com água morna, vestiu um pijama e deixou que tirasse uma soneca no sofá. Ele se recusava a deixá-la desaparecer de sua frente, chorando sempre que ela saía da sala.

Estava com febre, 39 graus segundo o termômetro. Ela parou na frente do armário do banheiro e ponderou — paracetamol infantil ou beladona homeopática? Diminuir a febre ou estabilizar? Paracetamol ou beladona?

Decidiu dar beladona, mas mudaria para o paracetamol se a febre aumentasse. Deu o remédio para Robbie e passava uma esponja molhada em seu corpo a cada meia hora para mantê-lo refrescado. Robbie vomitava tudo, até mesmo os golinhos de água dados com uma colher, e não se animou ao ver Anna. À noite, Eva decidiu que era hora de falar com o médico novamente.

— Parece ser apenas uma virose — disse a voz cansada com sotaque estrangeiro ao telefone. O melhor que se podia esperar para aquela parte de Londres, ao ligar para o atendimento médico, era falar com um residente que talvez soubesse do que estava falando, se você conseguisse entender o que ele dizia.

— Apenas uma virose?! — ela não se controlou e reagiu. — Meningite é uma virose, não é? AIDS... Ebola?

— Não é preciso reagir descontroladamente.

— Não — ela concordou, tentando acalmar-se. — Estou muito cansada, meu filho está doente, e quero saber se ele vai ficar bem.

— Bom, pelos sintomas, parece gastroenterite. Fique de olho nele. Se a temperatura subir, se ficar desidratado, ou se surgir brotoeja, ligue imediatamente, dê paracetamol infantil e colheradas de água.

Lá vamos nós com o paracetamol infantil novamente. Não há mais nenhum medicamento para crianças com menos de 10 anos?

— Paracetamol infantil não é uma droga milagrosa — ela disparou novamente.

— Ele vai se sentir melhor com isso, senhora Gardiner. E vocês dois irão dormir um pouco.

A senhora Gardiner desligou o telefone quando a conversa acabou, sentindo-se tremendamente cansada. Era muito difícil estar sozinha em situações como essa. Precisava de uma segunda opinião, de alguém calmo que pudesse olhar para Robbie, dormindo um sono febril, seco e irrequieto na cama e dissesse: "Tudo vai ficar bem." Alguém que a abraçasse pela cintura e a mandasse dormir no sofá, enquanto esse alguém tomava conta de Robbie.

Com lágrimas subindo aos olhos, pensou que precisava de Joseph. Antes que pudesse impedir a si própria, estava com a cabeça entre as mãos lembrando-se dele recoberto com vômito de Anna, durante a fase da dentição, conseguindo sorrir e falar baixinho: "Pronto, pronto, se sentindo melhor agora?", enquanto a meleca escorria pelo seu rosto e pelo pijama.

Lembrou-se dele cuidando das gripes e dos resfriados dela, levando sopinha na cama. Uma vez, quando ela estava muito mal e desanimada demais para sair da cama, ele levou a TV e o vídeo para o quarto e a obrigou a assistir aos filmes do Gordo e o Magro. Ele era um homem adorável.

Era... era... ela fez questão de lembrar, querendo interromper o fluxo de pensamentos. Ele virou um cafajeste, lembra, Eva? Foi por esse motivo que você arrumou as malas dele e o mandou embora.

Robbie acordou de hora em hora a noite inteira, para vomitar, para chorar, para ficar inquieto no colo, querendo que ela o fizesse sarar porque era a mãe dele. É isso o que as mães fazem.

A certa altura, ele acordou e exigiu que fossem fazer um bolo.

A Terra Tremeu?

— O quê? — Ela perguntou, lutando para encontrar o abajur, praticamente incapaz de levantar novamente, pois estava exausta.

— Quero fazer um bolo — ele gritava agora.

— Um bolo??? Robbie, amorzinho, estamos no meio da noite. — Na verdade, eram cinco da manhã. — Vamos tentar dormir mais um pouco e fazer um bolo amanhã cedo?

— Quero fazer um bolo, quero fazer um bolo — ele repetia sem parar. Estava terrivelmente febril, seco, sem uma gota de suor, nenhum sinal de que a febre iria baixar.

Ela o lavou novamente com uma esponja e o fez beber um pouco de água.

Ele ainda estava obcecado com o bolo, e ela foi até a cozinha, colocou farinha em uma tigela, agarrou uma colher de pau e levou para o quarto. Devo estar louca, pensou, olhando o filho delirante remexer a farinha até espalhar nos cabelos, braços, pijama, edredom, cama.

Ele vomitou os golinhos de água que ela o forçara a beber dentro da tigela e, em seguida, adormeceu em seus braços.

Poucas horas sem descanso depois, Anna levantou e se ofereceu para preparar o café da manhã para Eva enquanto Robbie finalmente dormia profundamente.

— Espero que você não tenha voltado a amamentá-lo — Anna disse quando se sentaram à mesa da cozinha. Eva estava tão cansada que mal podia segurar a colher.

— Não, não voltei. Mas fique sabendo que, se ele quisesse, eu teria concordado, só para confortar o menino.

Eva amamentou Robbie até um mês depois do segundo aniversário dele, apesar da desaprovação de Anna.

— Ele está completamente dependente — Anna disse.

— Acho que você está com ciúmes — Eva retrucou.

— Credo, não estou não!

— Vou parar quando ele completar 2 anos, prometo.

E teve de explicar a Robbie que ele iria começar a tomar mamadeira com leite. Saíram juntos e compraram uma vermelha com espirais roxas. Ele bebia em mamadeiras o dia todo, mas essa era a especial do leite.

— Gosto de peito — ele disse, após ter tomado uns golinhos na mamadeira, aninhado nos braços dela.

— Eu também — ela disse. — Mas você é um menino crescido agora, e peitos são para meninos pequenos.

— Eu sou grande? — Ele perguntou com um sorriso.

— Sim. — E beijou a bochecha gorducha.

Foi assim que parou de amamentar. Não conseguiu evitar o choro naquela noite. Tudo acabado. O último bebê desmamado. Seus seios pequenos iriam murchar e diminuir mais ainda e nunca mais seriam úteis novamente.

— Você está horrível — Anna comentou.

— Obrigada, querida.

— Robbie vai ficar bem?

— Tenho certeza que sim. Acho que já está um pouco melhor. Está dormindo profundamente, e a temperatura baixou.

— Como é que você tem farinha no cabelo?

— Ah, é uma longa história.

Ela estava um lixo: uma camisola cinza larga e deformada, cabelo oleoso com farinha, bolsas embaixo dos olhos. Precisava mesmo de um banho, mas Robbie acordou e precisava de cuidados. A manhã passou sem que ela tivesse a chance de se lavar, trocar de roupa e se arrumar.

Até que o telefone tocou.

— Oi, Evelyn, que bom encontrar você em casa. — Ela notou o sotaque americano antes mesmo de pensar como esta voz sabia seu nome, o nome antigo.

— Alô?

— Oi, sim. É Dennis quem fala. Vou me encontrar com os meninos no apartamento deles ao meio-dia, mas cheguei cedo e pensei em passar aí. Fazer uma visita, botar as notícias em dia, ver o apartamento.

A Terra Tremeu?

Dennis? DENNIS!!!!!! Coração disparado. Respiração entrecortada.
— Sim, oi. E então? Topa? Estou na esquina, em um táxi.
Na esquina!
— Eu chego aí em um minuto. Achei que seria legal dizer olá.

Por que era tão difícil dizer não para este homem? Ele era uma maré incontrolável. Ainda a mesma voz mandona, um pouco americanizada, saindo do celular. Ela mal podia falar, estava muito chocada em ouvir a voz dele. Em algum lugar, deveria haver uma anotação marcando a data de sua chegada, Denny ou Tom disseram alguma coisa, mas ela anotou e esqueceu-se completamente do assunto. Melhor dizendo, evitou pensar a respeito. Agora lá estava ele, prestes a tocar a campainha, aparecendo inesperadamente, como um, como um... vírus.

Ela não disse nada. E ele não estava mesmo ouvindo. Continuou falando, como sempre fizera, forçando todo mundo a se encaixar em seus planos.

— Tudo bem então? Estarei aí em cinco minutos. Número 53, OK.
— E desligou. Inacreditável. Nem mesmo esperou que ela concordasse, dissesse adeus... nada.

— AAAAAAAAARGH! — Ela gritou para o telefone mudo em sua mão. — Me larga! Suma da minha vida! Me deixe em paz! — Mas não disse nada disso quando ele podia ouvir, disse? Por que não? Como é que ele ainda conseguia fazer com que ela se sentisse assim... impotente?

Chegaria em cinco minutos. O encontro entre eles programado em sua mente lhe dava tempo suficiente para escolher que roupa usar, como se arrumar e o que dizer. Agora seria apanhada descalça, usando camisola e completamente acabada. Não era justo. Ela queria chorar.

Correu para o banheiro. Estava com uma aparência horrível. Por onde começar a operação de resgate? Escovou o cabelo freneticamente, mas isso só serviu para espalhar a farinha. Puxou o cabelo em um rabo de cavalo e começou a procurar um batom, não achou nenhum... e correu para o quarto para mudar de roupa. Qualquer coisa limpa serviria... quem sabe algo passado, não era pedir demais, era?

A campainha tocou quando estava abotoando o jeans. Não daria tempo para arrumar o apartamento. Mas, mesmo assim, conseguiu pegar um monte de coisas e enfiar no armário enquanto ia atender à porta. Pelo menos Robbie estava dormindo novamente, uma preocupação a menos.

Lá estava ela, abrindo a porta para o homem que um dia chamou de marido. O homem que abandonou a ela e seus filhos, o homem que não via há quase seis anos.

Seu estômago revirou quando sua mão tocou a maçaneta.

— Olá, Evelyn. — Um homem em um terno risca de giz, com um rosto vermelho e uma careca no meio dos cabelos loiros estava esticando a mão para ela.

— Dennis? — Ela mal podia reconhecê-lo. Ele parecia tão velho, aparentando bem seus 50 e poucos anos. Até os olhos pareciam ter uma cor diferente do que se lembrava. Os anos se passaram sem que ela sequer tivesse visto uma foto dele.

— Olá — ela finalmente conseguiu dizer e esticou a mão. — Entre.

— Fiz um voo excelente — ele disse, antes mesmo que ela pensasse em perguntar a respeito. — Primeira classe... é o único modo de voar. Tratamento real, massagens durante o voo... — Ele parou e esperou que ela o guiasse pelo pequeno corredor até a cozinha.

Um grande erro, ela pensou, enquanto olhava em volta. A cozinha nunca foi a parte mais arrumada da casa, mas esta manhã estava um desastre. Na mesa, havia uma tigela de plástico com um pouco de vômito e uma toalha de papel amassada.

Ela tirou uma gata da cadeira e fez sinal para que Dennis se sentasse. Ele parecia inseguro.

— Meu filho menor está doente e tivemos uma noite horrível. — Ela fez um gesto vago, tentando explicar as roupas e o estado caótico do apartamento. Pensando por que estava ligando para o que ele poderia pensar.

— Nossa, que apartamento minúsculo. Só este piso? E... dois quartos?

Ela concordou com a cabeça.

A Terra Tremeu? 247

— Então, em algum momento, você, os meninos, seu namorado e seus outros filhos viveram aqui? Não existem leis proibindo isso? — Disse isso sorrindo, como se estivesse sendo engraçado. Bela droga de comediante ele era.

Ela ia explicar que Joseph e os meninos se mudaram quando Robbie nasceu. Mas não havia motivos para isso. Ele não estava ouvindo, estava muito ocupado analisando tudo, fazendo seus julgamentos maldosos.

— Chá?

— Hummm... você não tem café?

Ela pensou na latinha no alto do armário. Teve vontade de fazer um café e fumar um baseado enquanto ele bebia.

— Descafeinado? — ela perguntou, decidindo que iria tentar se comportar. Não o queria deixar mais chocado.

— Serve. — Sem nenhum tipo de "obrigado", "ótimo" ou coisa parecida. Só "serve".

Para eliminar um pouco da tensão, o preparo do café foi feito com grande estardalhaço, batendo tampas e portas de armários.

Tentaram bater um papinho sobre as crianças — primeiro sobre as respectivas e depois das que nasceram nos segundos casamentos.

Foi estranho e não estabeleceram uma ligação.

— Bom, considerando tudo, eles se saíram muito bem. — Dennis estava falando sobre Denny e Tom. — Um fotógrafo de moda e um desenvolvedor de software. Nada mal, levando-se em conta que não se formaram em uma universidade.

— Ambos fizeram o politécnico — ela disparou.

— Não acho que seja a mesma coisa. — O celular dele tocou, salvando-o de levar uma bofetada.

— Dennis Leigh... Ahã... isso é ótimo, Guy... excelente. Não, posso reprogramar. Chego aí por volta das 13 horas, para almoçarmos... Sim, acabei de desembarcar. Ah, hã... no norte de Londres, encontrando alguns amigos.

Alguns amigos. A ideia de cuspir no café dele passou por sua cabeça.

Antes mesmo de voltar a respirar, ele estava ao telefone com Tom, cancelando o almoço e combinando um encontro para uns drinques por volta das 18 horas. Não, ele não iria poder visitar o apartamento deles hoje — ficaria para outro dia... negócios urgentes.

Típico de Dennis. Não via os filhos há seis anos e preferia adiar o encontro por causa de uma reunião de negócios.

Ela pensara que a idade o teria suavizado um pouco, mas estava na cara que não.

— Então — ele bebeu o café, sem cuspe —, ainda no mesmo apartamento e no mesmo emprego desde que nos encontramos?

Ela concordou com a cabeça.

— Não conseguiu subir um pouco na vida? Em seis anos?

Por um instante, ela quase mencionou a possível promoção, mas decidiu que não queria que ele soubesse muito sobre sua vida atual.

— Tive outro filho, estive ocupada — foi a resposta que deu.

— Sim. Você faltou a algumas aulas de biologia, não foi? — Uma risadinha casual, e outro golinho no café.

Ó, Jesus. Por que não o mandava embora neste momento? Pensou no seu menininho, deitado no sofá, melhorando um pouquinho enquanto este imbecil o chamava de erro.

A gravidez não fora planejada, mas Robbie nunca seria um erro. Ela odiava qualquer pessoa que fizesse essa insinuação.

— Este apartamento é um bocado... incomum... não é? — Agora ele estava analisando o ambiente. Os pratos de cerâmica pintada na mesa não combinavam. As paredes tinham um tom alaranjado que variava entre elas. O lugar era uma bagunça. Mesmo com uma criança doente, a mulher com quem se casara jamais deixaria as coisas tão descontroladas assim.

Encontrara Eva algumas vezes desde que a abandonara, e, em sua opinião, ela parecia cada vez mais desmazelada. Por que não escolhera a opção mais simples e casara com outro homem de negócios rico como ele? Não acreditava que ela não tivesse tido oportunidade para isso. E, em vez disso — olhe só para ela! Louca, hippie, vegetariana, com cabelos cor-de-rosa, mãe solteira de quatro filhos. Criando-os em um apartamento minúsculo e horrendo, em Hackney. Mas, irritado consigo mesmo, pensou que ele os deixara nisso e estivera muito ocupado: trabalho,

A Terra Tremeu? 249

esposa nova, duas filhas. Não pudera pensar muito em Eva e nos meninos. Só esperava que se saíssem bem.

Levantou-se e olhou para o extraordinário jardim através da janela. Era pequeno, mas absolutamente exuberante, explodindo em flores e folhagens. Mas ele somente viu a confusão de brinquedos espalhados por todos os lados, um tratorzinho amarelo, um tanque de areia na forma de uma tartaruga, espadas e ancinhos de plástico e várias bolas de futebol.

— Ajuda a me manter sã — Eva disse, esperando receber o elogio de costume.

— Entendo — foi a resposta de Denny, e o elogio nunca foi feito.

Mas ele admitia que ela estava com boa aparência. Sabia que ela tinha 42 anos, mas parecia muito mais jovem. Não estava despencada ou enrugada demais, apenas um pouco mais arredondada nos cantos, mais fofa. Ainda tinha uma figura adolescente e esguia, e ele a invejava por isso. Ela era feliz? Ele não fazia a mínima ideia. Ele era feliz? Na maior parte do tempo, sim. Amava a esposa. Sabia que, pelo menos, essa havia sido uma decisão correta.

— Gostaria de conhecer Denny e Tom um pouco melhor — disse. — Vou convidá-los a irem me visitar e ficar comigo nos EUA, é um convite aberto... quando quiserem ir.

— Que bom — ela respondeu, mas sabia que detestava a ideia. Com um pai rico nos EUA, podiam mudar e trabalhar lá. Fariam isso em um piscar de olhos. Principalmente Denny.

Mesmo agora, ela mal conseguia reprimir o medo, que a acompanhou todos esses anos, de que Dennis aparecesse um dia e arrebatasse os rapazes com o glamour de ser o pai que faltava, o ausente, o do mundo da fantasia, em vez da mãe que lavava, passava, ajudava na lição de casa, limpava o nariz e os levava ao dentista.

— Mamãe! — O grito partiu da sala.

— Você precisa ir embora — disse para Dennis, que imediatamente olhou o relógio. — Robbie não está em condições de receber visitas e estou esperando uma ligação do escritório.

— Claro, preciso mesmo ir. É possível encontrar um táxi na rua ou preciso chamar um pelo telefone? — Outra chateação, procurando telefones de táxis, ligando, e agora ele deveria ficar mais dez minutos esperando por um.

— Mamãe!

— Estou indo.

— Olhe, vá cuidar dele, tenho que fazer umas ligações.

Finalmente, ela pôde dizer adeus, acompanhando-o até a porta, forçando-se a manter o sorriso por mais um pouquinho.

Mas bateu a porta nas costas dele. Não, não era suficiente. Foi para a sala e socou as almofadas do sofá com toda a força por alguns minutos enquanto Robbie a observava rindo.

Quero que ele se foda, quero que ele se foda, quero que ele se foda. Foda-se. Foda-se. Foda-se.

OK. Estava um pouco melhor.

Capítulo Trinta

Denny os deixara no saguão do hotel elegante e fora estacionar o carro.

Tudo isso era ideia de Dennis, claro. Uma grande reunião familiar. Ela e seus quatro filhos, limpos e arrumados, prontos para encontrar com ele, sua esposa e suas filhas.

OK, ela sabia que tudo era patético, mas levara horas decidindo o que vestir. O terninho preto do escritório voltara para o guarda-roupa porque era formal demais, os jeans de cintura baixa e várias blusas em tons fortes foram parar no chão porque eram informais demais. Finalmente, decidira usar uma saia de cetim verde, justa e longa e uma blusa preta com colar e braceletes de turquesa. Preocupou-se se o azul-turquesa não contrastava com o verde, mas Anna entrou para mostrar o que escolhera — um inusitado vestido rosa, bem menininha, que ganhara em um Natal, mas Eva não discordou da escolha da filha —, logo depois Robbie pediu suco, biscoitos, quis assistir a um vídeo e saber quando sairiam. Se o Natal estava perto... E acabou usando a saia e os acessórios levemente contrastantes. Sentada no banco traseiro do carro de Denny, Eva passou batom e aplicou uma sombra cintilante nos olhos. Afinal de contas, era uma ocasião especial.

Denny ameaçou matar a todos se não esperassem por ele no saguão: não queria perder um segundo sequer desse grande reencontro. Quando finalmente voltou, ele e as crianças foram conduzidos para o salão onde o "Sr. Leight e a família" os esperavam.

Respirou fundo.

— OK, pessoal. — Ela reuniu o grupo. — Vamos lá.

Assim que entraram, Dennis acenou com a mão dizendo um casual "aqui" e levantou-se quando chegaram mais perto.

As três mulheres sentadas ao redor dele também se levantaram, e os dois grupos ficaram frente a frente. Eva, perigosamente desequilibrada por causa de um súbito ataque de timidez de Robbie, que se grudou atrás dos joelhos dela.

Dennis fez as apresentações, e, em seguida, houve uma avalanche de apertos de mão.

— Esta é minha esposa, Susan — Dennis disse. — Minhas filhas, Sarah e Louisa. Anna, olá, sou Dennis, e este deve ser Robbie... Olá.

Eva estava apertando as mãos das mulheres — Susan, com um penteado em que os cabelos loiros estavam arrumados como um capacete, com uma roupa em um tom lilás sério e um colar de pérolas estrangulando seu pescoço. Por que Eva tinha a impressão de que já a vira antes? Ela tinha no mínimo 40 e tantos anos. Mais velha do que ela — isso surpreendeu Eva.

Estava cumprimentando as meninas agora.

Tão adultas, usando batom, blusas decotadas, jeans apertados. As meninas cresciam tão depressa assim nos EUA?

— Nossa, você é uma moça! — Não conseguiu reprimir o comentário para a mais velha... Como era mesmo seu nome? Sarah.

— Bom, vou fazer 16 em breve... — foi a resposta com o típico tom de desafio adolescente.

Dennis ouviu as palavras da filha e olhou para Eva, que, mesmo corada de emoção, que ele imaginou ser a surpresa, se virou para cumprimentar a menina menor. *Dezesseis!* era a palavra que ressoava em sua cabeça enquanto conseguia dizer:

— Olá, prazer em conhecê-la — para Louisa.

Dezesseis. Sarah tinha exatamente a mesma idade que o bebê que perdera.

Dezesseis. Isso quer dizer que ela já havia sido gerada quando Dennis saiu de casa?

Dezesseis. Então, Susan estava grávida quando Dennis abandonou Eva?

A Terra Tremeu?

Susan? Susan? Sua mente girava como um mecanismo de busca enlouquecido no meio dos dados e plim! Surgiu a resposta. Susan Mitchell, a diretora financeira de um dos clientes preferidos de Dennis... Bom, isso é o que ela era naquela época. Eva olhou para os cabelos louros armados com laquê e mal pôde acreditar que não a reconhecera de cara. Por que Susan estava fingindo que não a conhecia? A situação era completamente bizarra.

— Hã? — Louisa olhava para ela como se estivesse esperando uma resposta.

— Quantos anos tem sua filha? — Louisa repetiu.

— Ah... Anna tem 9, quase uma adolescente. Venha dizer olá.

Denny e Tom conversavam com Dennis e Susan. Estavam rindo, parecendo educados e interessados. Não era o momento adequado para indagar sobre a infidelidade de seu ex-marido com a esposa atual.

Colocou os dedos sobre as quentes maçãs do rosto e sentiu lágrimas subindo. Ele que se foda. Por que não contara nada antes? Por que deixara que ela fizesse as contas e lidasse com o choque sozinha?

Ajoelhou-se para falar com Robbie, que ainda estava grudado como uma pererega em suas pernas. Imaginou que poderia ficar agachada alguns minutos até conseguir se controlar e lidar com a situação.

— Olá, você está bem? — ela perguntou.

— Não gosto daquele homem — foi a resposta.

— Que homem?

— Aquele velho... — Apontou na direção de Dennis. Era praticamente impossível ocultar a emoção de uma criança pequena. Eles tinham um radar embutido para identificar essas coisas.

Ela não ia perguntar os motivos dele, mas Robbie disparou sem ter sido questionado:

— Ele parece malvado e me deixa triste.

— Posso pegar uma bebida para você? — Dennis deu um tapinha no ombro dela.

— *Vá embora!* Seu gordo — Robbie gritou.

— Errrrrrr... Robbie, não faça isso. — Eva queria rir... e chorar. Tudo era lamentável. Por que se sentia como se sua vida, a vida que construíra cuidadosamente nos últimos 16 anos, estivesse desmoronando? Como é que Dennis ainda exercia esse efeito sobre ela? Como ele sempre foi capaz de permanecer no controle? Alguém que a conseguia irritar, magoar, puxar o tapete debaixo de seus pés? Droga, as feridas ainda doíam. Todos aqueles dias, as longas noites esperando que ele telefonasse, voltasse para casa, entrasse em contato. Todas as lágrimas que derramara por ele, pelo bebê que ela deveria ter tido há 15...16 anos. Sentia-se como se as feridas estivessem sendo reabertas. DROGA. Como se uma tesoura, snip, snip, snip, estivesse cortando os pontos.

— Achei que uma bebida iria ajudar. — Era a voz de Dennis.

— Talvez várias... Quem sabe se você fizer uma fileira de copos no bar para mim. — Ela tentou soar indiferente, mas ele sabia que ela havia feito os cálculos.

— Teremos de conversar sobre isso alguma hora. Deveria ter lhe dado uma explicação melhor.

— Ahá! — ela concordou.

— *Vá embora* — Robbie ordenou novamente. E, para surpresa de Eva e Dennis, enfiou os dentes na coxa de Dennis.

— Ai! — Dennis disse bem alto. Não surpreende. As mordidas de Robbie doíam um bocado.

— Robbie! — Eva disse, zangada.

Ajoelhou-se ao lado dele novamente, vermelha e terrivelmente sem graça.

— Não gosto dele! — Robbie gritou e depois a surpreendeu com uma bofetada no rosto.

— Robbie, NÃO. — Não era divertido fazer parte da geração de transição? Não era a primeira vez que pensava que essa geração é formada por pessoas que apanham dos pais *e* dos filhos.

Robbie abriu o berreiro, mas felizmente Tom estava lá e levou o irmão para fora antes que a cena piorasse.

Todos conseguiram, de uma maneira ou de outra, agir educadamente. Eva jogando conversa fora com Susan, ambas fingindo que não se conheciam. Falando sobre os EUA e o quanto Londres mudara.

A Terra Tremeu?

Pelo que podia ouvir aqui e ali, Denny e Dennis falavam sobre os EUA e o quanto Londres mudara, e as meninas em um grupinho separado. Quando Eva passou por sua filha, cujo longo rabo de cavalo balançava animadamente, pensou que era bonitinho que Anna estivesse tentando ficar amiga das meninas maiores e não pôde evitar ouvir a conversa.

— Você esteve internada em uma clínica de reabilitação? Legal. Fiz um pouco de terapia quando meus pais se separaram, mas em uma clínica de reabilitação você fica internada. O tempo todo. *Legal*. Quero ser psiquiatra quando crescer — Anna disse.

Ó meu Deus, isso era assustador.

Afastou-se desse estranho grupo familiar e viu Dennis colocar o braço em torno da cintura de Susan, dando um apertãozinho reconfortante, e Susan virou-se para sorrir para ele. Um gesto minúsculo que a pegou de surpresa. Até aquele momento, achava que deveria sentir pena de qualquer infeliz que se casasse com Dennis, mas quando presenciou a cena soube que os dois realmente se amavam. Ora, uma das pequenas ironias da vida. Dennis, o desertor, foi quem acabou tendo um casamento longo e feliz. Ela nunca desejara ser como o pai dela, solteiro por muito tempo, acomodando-se em seu ritmo excêntrico. Mas era exatamente para onde estava encaminhando sua vida. Até Dennis tinha alguém que o amava. Ela não merecia a mesma coisa? Ah, droga... Girou o gelo no copo... *Dois gim-tônica, e estou desabando.*

Quando Dennis sugeriu um jantar no restaurante do hotel, ela recusou alegando que não era adequado, que queria ir para um local mais descontraído, ali perto, e que já havia feito reservas.

Isso surpreendeu a ambos. Mas ela tomara uma decisão no começo do dia. Não iria permitir que ele fizesse o que quisesse com ela. Ele iria passar pouco tempo aqui, azar o dele. Ela era independente, não tinha mais nada a ver com ele.

No restaurante, sentiu-se mais como uma observadora dessa estranha reunião do que parte do grupo.

Observou os filhos, extremamente educados e curiosos sobre Dennis. E como até mesmo Anna não estava impressionada com a cara emburrada e bicuda das adolescentes com os pais. Felizmente, alguém deu um balão para Robbie. Ele não estava nem aí com as interações sociais, ficou imitando um trenzinho até ficar tão cansado que caiu no sono no colo de Eva.

Eva concentrou a atenção em sua filha, tão bem-comportada, desejando ser adulta e, ao mesmo tempo, sendo uma menina de 9 anos.

Observou Anna desdobrar o guardanapo no colo e comer o macarrão elegantemente, com garfo e colher, limpando os lábios sempre que o molho respingava.

As meninas americanas grudaram chiclete nas bordas dos pratos antes de comer e ficaram sussurrando de modo conspiratório antes de saírem trotando juntas para o toalete. Clínica de reabilitação, ou não, Anna estava cada vez menos impressionada com elas.

Dennis começava a se exibir:

— Bom, espero mandar as meninas para a Faculdade de Medicina. Isso se elas algum dia abrirem um livro e pensarem em passar no exame.

— Ao ouvir isso, as meninas se entreolharam e reviraram os olhos. — Pelo que sei, é o único meio de ganhar dinheiro nos EUA — Dennis continuou. — Médicos... — Blá-blá-blá. Eva tentou ignorá-lo.

— Você está bem? — ela perguntou a Anna.

— Sim, estou — Anna respondeu. — Tudo é muito interessante — ela acrescentou sussurrando.

— Ahá.

— Nunca vai ser assim com meu pai, vai? — ela perguntou.

— Quer dizer ficar sem vê-lo por anos e anos? Não, docinho, seu pai e eu somos amigos e amamos muito você.

— Acho que papai ainda ama você — Anna disse de modo displicente, colocando outra garfada na boca.

— O que faz você pensar isso? — Eva perguntou sorrindo.

— Porque é óbvio que ele ficou muito triste quando você voltou da visita ao vovô, e ele teve que ir embora.

— Ahá.

A Terra Tremeu? 257

— E eu disse que você sempre dorme com os pijamas velhos dele, e ele disse que isso era fofo.

— Não durmo com os pijamas dele!

— Eu sei disso, mas queria ver qual seria a reação dele.

— Anna!

— E ele fica rabugento perto da Michelle. Nunca caímos na risada quando ela está por perto.

— Ahá. — Ela podia acreditar nisso, mas não achava que tinha algo a ver com ele estar apaixonado por ela.

— E... — Anna estava preparando-se para o grande golpe: — Tem uma foto sua em um pequeno porta-retrato escondido debaixo das malhas no armário. — Não importava que Anna é quem havia colocado a foto ali. Ela checava a cada visita e sabia que o pai nunca a removera.

— Bom... isso é muito legal — Eva respondeu. — Mas você não devia xeretar os armários de seu pai, e, como já disse, somos bons amigos e amamos você, Anna. Isso é o que importa.

Depois da conversa, Eva tentou continuar comendo e conversando normalmente, mas não conseguia. *Sou tão patética*, disse para si mesma. Por que meu coração está batendo acelerado como o de uma adolescente por ele ter uma foto minha na pilha de suéteres? Sou uma solteirona velha e patética. Preciso dar um jeito na minha vida. Preciso sair imediatamente com o veterinário. Por que continuo me referindo a ele como "o veterinário"? Nils... Nils. Pensar em Nils... Ajuda?

Quando voltaram para casa, havia oito mensagens de Jen na secretária eletrônica.

— Pelo amor de Deus, mulher... Não me importa se é tarde, ponha as crianças na cama, sirva-se de outra taça de vinho e me ligue. Quero saber tudo o que aconteceu.

— Como se sente? — Jen perguntou depois de ter ouvido a descrição detalhada de Eva, da chegada ao hotel até o último minuto da noite.

— Ainda estou furiosa com ele — Eva disse. — Mas acho que não adianta nada dizer isso agora. Não quero me aproximar, me envolver, brigar com meu ex. Mas não quero, definitivamente não, que ele volte no papel de grande papai glamouroso depois de ter sido uma figura ausente todos esses anos. Não quero que os meninos gostem dele! — ela disparou. — Sei que não é razoável da minha parte e que é justo que eles queiram conhecer o pai melhor... blá-blá-blá. Mas, na verdade, queria que acontecesse o seguinte: Dennis volta, todo mundo percebe que ele é um grande monte de merda, Dennis vai novamente embora. E como é que nunca fiquei sabendo sobre a esposa dele? Sobre o fato de que ela estava grávida quando ele nos abandonou? Ele abandonou algo importante aqui.

— Ele é um imbecil — Jen comentou. — Pensa em si mesmo o tempo todo. Todos sabemos disso, Eva. Mas admito que estou louca para encontrar com ele.

— O quê?

— No casamento! Ainda vai haver um casamento, não vai?

— Até onde sei, vai, mas não sei muita coisa. Nem sabia que meu ex-marido tinha outra mulher. Meu Deus! Eu deveria ser a superconfiante e estou completamente abalada.

— Por que está sem um marido? — Jen perguntou levemente indignada.

— Talvez... ou um emprego mais glamouroso... ou vivendo uma vida cheia de estilo do tipo dane-se o mundo.

— EVA! Não consigo acreditar que você está dizendo essas coisas! Você não tinha nada. Ele a abandonou com duas crianças pequenas e mais nada. Você conseguiu tudo o que tem sozinha. Por favor, pare de ter um ataque de pelancas.

Houve um pequeno silêncio antes de Jen explodir novamente:

— Não acredito que ele ainda tem este efeito sobre você. Acorda! Sabe, vou fazer de conta que você não disse nada disso, e amanhã você vai acordar e será novamente a mulher que conheço e amo. A mulher que cultiva suas próprias batatas e conhece 55 modos de prepará-las, sabe responder a perguntas de álgebra elementar, faz sexo na posição de lótus e tem um trabalho em período integral.

Eva riu.

A Terra Tremeu?

— Sexo na posição de lótus!
— Experimente. É um desafio. — Jen riu e acrescentou: — Tudo vai ficar bem, sua bobona. Ligue para o veterinário.
— Não, não posso.
— Ligue para o veterinário — Jen repetiu.
— O nome dele é Nils. Por que continuamos dizendo "o veterinário"?
— Não sei. Parece mais obsceno. Como é a esposa de Dennis?
— É normal. O tipo de esposa que Dennis teria: É mulher de negócios, arrumada, confiante, dona de sua própria empresa... Deixou as filhas ficarem viciadas em drogas — ela não resistiu e contou, com certo prazer.
— Jura?
— Não sei ao certo. Anna disse que as duas estiveram em uma clínica de reabilitação, mas sabe como são os americanos, pode ter sido por serem chocólatras. Estou sendo maldosa, acabei de conhecer essas pessoas.
— Não está feliz por não ser você? Casada com Dennis, vivendo nos EUA, dona de sua própria empresa e todo o resto?
— Sim — Eva respondeu sem precisar pensar.
— Bom, está tudo acertado então. Ele magoou muito você, mas no fim as coisas deram certo.
— Você tem razão — Eva finalmente respondeu. — Acho que estamos fazendo um bom trabalho.
— Estamos fazendo o melhor que podemos. O que mais se pode fazer?
Houve uma pausa, durante a qual ambas sorriram e sentiram o calor do afeto mútuo, reconhecendo o apoio que uma deu à outra nas horas felizes e nos momentos muito difíceis.
— O que você vai usar no casamento? — Jen perguntou.
— Espere só para ver!
— Quando?
Combinaram um encontro e finalmente disseram boa-noite.
Eva foi até o quarto das crianças na ponta dos pés, alisou cobertores e cabelos e deu um beijinho em cada rosto.

Anna adormecera com um livro nas mãos: uma cópia bastante manuseada de *Famílias: como sobreviver a elas*. Eva teve de sorrir ao ver o livro. Removeu-o gentilmente e o colocou no criado-mudo.

Foi até a cozinha, arrumou tudo e fez chá. Em uma vida repleta de pequenos rituais, esse era um dos favoritos de Eva: o barulhinho suspirado da tampa da chaleira ao ser aberta com o polegar, ahhhh, o cheiro do chá — uma mistura particular, dois terços de Earl Grey, um terço Darjeeling —, o farfalhar das folhas quando enfiava a colher e o barulho metálico que esta faz ao mexer a mistura em água fervente no seu bule favorito.

Quando sua xícara estava pronta — sim, era uma xícara em porcelana azul e branca, com pires e colher ao lado, para beber em particular —, levou-a até o quarto, acendeu o abajur alaranjado, despiu-se, deixando as roupas amontoarem-se a seus pés, e ficou nua.

Nada mal para 42 anos. Seios pequenos com mamilos duros, um estômago com uma dobrinha de pele, mas músculos firmes embaixo dela. Deixou a mão deslizar do umbigo até o início dos pelos pubianos e enrolou os dedos neles por um momento. Xoxota cabeluda... a lembrança ainda a fazia sorrir.

Abriu a porta do guarda-roupa e pegou o vestido para o casamento de Tom e Deepa. Removeu o cabide e vestiu-o deslizando-o por sobre o corpo nu.

Era perfeito. Pouco acima do joelho, de crochê, cor de creme. Pura década de 70, com mangas tulipa a partir do cotovelo e um corte diagonal criando movimento nos quadris e nas coxas. Era usado, claro, comprado em um brechó. No tipo de brechó visitado de vez em quando para comprar presentes: bolsinhas de mão engraçadinhas, broches, echarpes.

Fora a primeira vez que comprara um vestido. Um traje completo. Afinal de contas, era o casamento do filho. Acabou levando um chapéu de palha e uma bolsinha de crochê. Ela tinha os sapatos perfeitos que calçou antes de dar uma boa analisada no reflexo no espelho. Era exatamente o que queria, Faye Dunaway com toques de rosa.

A Terra Tremeu?

O vestido devia ser usado daquele modo, sem nada por baixo. Mas quando o vestiu para Anna ver, a reação dela foi de horror: "*Mamãe! Alerta mamilo, alerta mamilo!*"

De modo que iria usar uma lingerie bege opaca por baixo dele. Não queria fazer mais sucesso do que a noiva por causa de um acidente com os mamilos.

E não pôde deixar de imaginar que poderia se casar com aquele vestido... era perfeito para quarentonas gostosas dizerem seus votos nupciais.

Ora, vejam só o que estou pensando... Ela realmente acreditava que poderia ser novamente uma noiva, cair no conto do sonho romântico? Somente juventude e otimismo, como Deepa e Tom, caíam nessa conversa. Ora, ora, golinho de chá. Deixe de ser tão desanimada. Quem sabe o que o futuro nos reserva? A vida não costumava jogar as maiores surpresas no seu colo justamente quando ela sabia exatamente o que estava por vir?

Capítulo Trinta e Um

Estava sendo difícil para Eva resistir ao impulso de tocar a nádega torneada, movendo-se para cima e para baixo bem ao alcance de suas mãos. O tônus muscular era inacreditável: delineado, curvado, moldado. Esse era o resultado de ser uma dançarina exótica. Agachamentos em cima de saltos altos todas as noites, e você consegue ter a bunda de uma deusa olímpica.

— Não deixe que ela sente em sua saia — Tom gritou em seu ouvido, tentando se fazer ouvir acima da música estridente. — Você nunca mais vai conseguir remover a tintura bronzeadora.

— Você lida com o pagamento... — Eva gritou de volta. — Estou muito nervosa.

— Ah, não. Você é quem deve fazer isso. Sou um homem casado... quase. — Tom sorriu para ela e deu uma tragada no charuto. *Charuto?* O quão bêbados estavam para Tom estar fumando um charuto?

Em sua mão, um copo com um líquido rosa e bonito. Tomou um golinho e não descobriu do que se tratava, mas era lindo. Tomou outro golinho.

As longas pernas bronzeadas da dançarina abertas em frente ao rosto de Eva, enquanto um triângulo minúsculo de um biquíni cintilante chacoalhava. Com os olhos grudados no triangulinho prateado, Eva imaginou se havia sido uma boa ideia aceitar o convite para a despedida de solteiro de Tom.

— Vai ser legal, mamãe — ele garantiu. — Todo mundo vai.

Todo mundo queria dizer três mesas ocupadas por uma galera bastante eclética: jovens como Tom, colegas de trabalho, estudantes de medicina amigos de Deepa e grupinhos diversos — a senhora que vendia sanduíches no escritório, vários vizinhos, uma mistura danada. O casamento dele seria muito interessante.

Ela deslizou uma nota de dez na mão da dançarina, em vez de colocá-la no sutiã, liga ou... bem... em outro lugar. Agora, Denny estava perguntando se estava bem, e ela teve a sensação de estar respondendo em câmera lenta.

— Estou bem... bebi um pouco além da conta. — Tentou sorrir, mas o rosto pareceu recusar a instrução.

— Dennis. Ele é um imbecil de primeira grandeza — Denny comentou e deu um bom gole de sua bebida.

Eva pousou o seu copo na mesa e repetiu para si mesma que não devia mais beber.

— Ah, então você percebeu isso — respondeu.

Denny soltou um círculo de fumaça trêmulo no ar acima deles.

— Bom. Não sei... mal conheço o cara. Ele é obcecado pelo trabalho, não é?

— Quem? — Tom entrou na conversa soltando fumaça de charuto na cara das pessoas.

— Dennis — Eva respondeu, tentando não tossir.

Tom imediatamente imitou a voz ressonante do pai que andara ensaiando:

— Rapazes, as coisas estão pegando fogo para mim no momento... Cuidado. Não cheguem muito perto, podem se queimar. Estou penetrando em tantos mercados novos que mal posso dar conta de todos eles. — Tom agitou o charuto no ar e piscou. — Mamãe — acrescentou —, quando ele estiver enchendo o seu saco, quer fazer o favor de dizer isso? Não precisa ficar aturando o cara por nossa causa, ok?

— Está bem. — Ela estava feliz em receber a bênção dele. — O que ele faz *exatamente*? — ela perguntou, gritando no ouvido deles.

— Não faço a mínima ideia — Denny respondeu, e Tom encolheu os ombros. — Serviços financeiros... consultoria... Tom e eu conversamos a noite toda com ele sobre o seu trabalho e ainda não entendemos nada.

— Vocês acham que vão visitá-lo algum dia? Nos Estados Unidos? — Eva queria saber.

— Sim — Denny respondeu.

— Com certeza — disse Tom.

— Mas, por favor, não se mudem para lá. — Ela agarrou os braços dos dois e mordeu o lábio para evitar começar a derramar lágrimas bêbadas.

— Quer água, uma Coca ou algo parecido? — Denny perguntou. — Você está esquisita.

— Água é uma boa ideia — ela respondeu.

Denny saiu da mesa, deixando-a abraçada a Tom. Ela abanou a fumaça do charuto e perguntou:

— Ainda feliz com o casamento?

— Sim... Acho que sim. — Ele sorriu para ela. — O casamento vai ser sensacional. Deepa planejou tudo até o mais minúsculo e irritante detalhe. Gostaria de aparecer montado em um elefante ou algo bem louco só para surpreendê-la.

— Um elefante não, por favor! — Eva disse. — Não vou conseguir afastar Robbie dele. Mas, Tom... casamento? — Ela tinha de perguntar. — Você está mesmo pronto para o grande evento? — Faltavam só quatro dias. Ela precisava ter certeza de que ele estava seguro do que fazia.

— Acho que sim — Tom respondeu, sorrindo ao ver a seriedade no rosto dela. — Ei, e se não gostarmos podemos sempre nos divorciar. — Trejeito com o charuto.

— Você está falando por falar. — Estava um pouco chocada... Mas, afinal de contas, por que ele não deveria ver as coisas desse modo?

— Bom, sim e não... quem não arrisca não petisca, mamãe. — E ele a surpreendeu com uma pergunta: — E por que você e Joseph não se casaram?

Ela tentou menosprezar a pergunta:

— Ah... Não sei. Ainda bem que não. Seria duas vezes divorciada agora, não seria? — *Seria? Deveríamos? Quem não arrisca não petisca...*

Denny voltou com uma bandeja com garrafas de água mineral e copos a tempo de ouvir Tom dizer:

— Sempre me imaginei feliz em um casamento com crianças e talvez por isso não esteja tão apavorado com tudo.

A Terra Tremeu?

Eva pensou em como havia imaginado seu futuro? Sempre disse que não gostava do homem que Joseph havia se tornado, mas o que esperava? Que ele não amadurecesse, que não fizesse o mínimo esforço para sair dos 22 anos?

— Contei sobre a minha promoção? — Tom conseguiu a atenção total dos dois. — Sim, é muito legal. Vou ser o responsável por um novo sistema que estamos desenvolvendo e vou receber parte dos lucros se tudo der certo. — Sorriso largo e animado.

— Ah, meu Deus — Dennis gemeu. — Não só está se casando antes de mim, como também vai ser um multimilionário. Não posso aguentar isso.

Deitou a cabeça na mesa e fingiu estar chorando.

— Den! É só um degrauzinho acima na escada, juro.

Denny ergueu a cabeça e estendeu a mão para o irmão.

— É sério, estou feliz por você. Agora quem sabe você e sua esposa espaçosa não começam a pensar em mudar de casa e assim posso ficar com a nossa só para mim?

— Sim, esse é o próximo passo... Não vai ser em Chingford. Acho que, por enquanto, vamos ficar em Hackney. Gostamos de lá e não vemos motivos para mudar. Somos um pouco jovens para irmos para o subúrbio.

— Ele virou adulto, mamãe. — Denny acendeu um cigarro como prêmio de consolação. — Nesse ritmo, Anna vai casar antes de mim.

— Anna! Casada! — Eva deu uma gargalhada e tomou um grande gole de água. Estava sentindo-se um pouco melhor. — Coitado do candidato — acrescentou. — Você sabe que ele terá que fazer três anos de terapia com o psiquiatra da escolha dela antes que ela aceite o pedido. Patrícia deu alguma notícia? — perguntou, esperando que não tivesse havido nenhum comentário sobre o encontro que tivera com a ex de Denny.

— A Patsy Gostosinha e o dono da agência de modelos estão de férias no iate dele na Sardenha.

— Sente falta dela?

— Não muito. Mas sempre imaginei que teria uma agência de modelos e um iate.

— Pobre Denny. — Eva riu e acariciou os cabelos dele, já que a cabeça voltara a se apoiar na mesa. — Tudo bem. Veja, a moça do biquíni prateado está voltando para cá.

A Terra Tremeu?

Capítulo Trinta e Dois

C hacoalhando dentro do Peugeot, atravessaram o portão aberto em direção ao campo verdejante. Anna e Robbie davam risadinhas excitadas no banco de trás, enquanto Eva se preocupava com as caixas de comida no porta-malas, esperando que tivessem sobrevivido à viagem.

Ela esperava um campo, mas isto era perfeito. O campo perfeito! Grama verde-esmeralda bem aparada, sol forte... Ela seguiu a cerca de corda em direção ao estacionamento tentando tirar os olhos da adorável tenda azul e rosa, da pista de dança de madeira ao ar livre decorada com bandeirinhas, palmeiras de plástico e grandes buquês de flores.

Aos pés da colina, a uns trezentos metros, cadeiras dispostas em semicírculo estavam prontas para a cerimônia.

O céu estava azul, não havia um sopro de vento. Apesar de ser meio-dia, era óbvio que o clima seria excelente.

Assim que ela estacionou, Denny saiu da tenda para recebê-la.

— Mamãe! Olá! O refrigerador não está funcionando direito, Deepa está tendo "contrações de teste" ou algo parecido, ninguém sabe onde Tom está... Mas, tirando isso, está tudo perfeito! — Ele deu um beijinho na testa dela enquanto Anna e Robbie abriram caminho entre eles para ver o local.

— O quê?! Como é que ninguém sabe onde Tom está? — Foi a reação dela ao ouvir a notícia.

— Bom, não sabemos mesmo. Ele não estava no apartamento quando acordei esta manhã. O celular dele está desligado. Não consigo falar com ele, nem Deepa.

Denny encolheu os ombros de leve.

— Ainda não estamos nos preocupando com isso, OK? Ainda temos... — ele olhou o relógio — horas pela frente.

— Tenho um monte de coisas no porta-malas. O que mais Deepa quer que façamos? — Eva perguntou.

— Estou com meu caderno de instruções aqui. — Denny puxou um calhamaço de páginas datilografadas do bolso traseiro e alisou para abrir. — Veja!

Páginas e páginas de informações, com desenhos de onde colocar as flores, como arrumar as cadeiras, onde colocar laços...

— Ela esteve aqui hoje cedo decorando o bolo e dobrando milhões de guardanapos e agora foi para casa descansar um pouco — Denny explicou.

— Ela estava preocupada com Tom?

— Não muito, mas é difícil saber. Ela parece enlouquecida com os preparativos para casamento. Você está preocupada? — ele perguntou.

— Muito... Me empresta seu celular?

— Sim, deixe-me cuidar disto. — E começou a descarregar as caixas e as vasilhas do porta-malas.

— O refrigerador vai funcionar? Caso contrário, preciso levar tudo de volta... ou arrumar outra solução.

— Acho que vai funcionar.

Ela estava nervosa, agitada, levemente enlouquecida... Percebeu que se tratava de nervosismo da mãe do noivo, aumentado porque o noivo havia desaparecido.

Ligou para Tom e caiu direto na caixa postal. Por um instante, não soube o que dizer:

— Tom, é a mamãe. Quer telefonar, por favor? Pelo menos ligue para Deepa... avise que está tudo bem.

E desligou, pensando se não deveria ter sido mais rígida. O que ele estava fazendo? Queria matar todos de enfarte?

* * *

A Terra Tremeu?

Foi até a linda tenda, toda em rosa Barbie, cheia de drapejados românticos, com cadeiras e mesas douradas, saídas dos contos de fadas.

— Ah, está maravilhoso — comentou com Denny, com os nervos à flor da pele, com medo de que Tom estragasse tudo aquilo.

Fileiras e fileiras de copos de champanhe alinhados ao lado dos talheres e guardanapos em rosa-choque. Todas as mesas estavam enfeitadas com pequenas estrelas douradas, traços de purpurina e grandes arranjos de flores — rosas cor-de-rosa, misturadas com girassóis e galhos de hera.

Os toques de Deepa estavam em toda parte: nos cata-ventos cafonas espalhados por todos os lados, na Barbie vestida com um sari beijando Ken no topo do enorme bolo rosa e branco. Tudo estava fabuloso e, o mais importante, a cara deles. Eles teriam o casamento com que sonhavam... assim que Tom aparecesse.

Anna e Robbie corriam pelo piso de madeira, de mãos dadas, fingindo dançar.

— O que mais posso fazer? — Eva perguntou a Denny.

— Não muito. Estamos aqui desde as oito da manhã. Só falta Tom. — E deu o que imaginou ser um sorriso reconfortante. — Venha ver tudo do alto.

Acompanhou a mãe e as crianças pelo caminho que levava ao semicírculo de cadeiras montado para a cerimônia. Parecia uma pequena colina, mas, do alto dela, o terreno caía em acentuado declive descortinando um enorme panorama de bosques, aldeias com torres de igrejas e tetos vermelhos. Debaixo do sol forte, parecia que estavam na Itália. Era o mais bonito que o condado de Kent podia parecer.

— Uau! — ela exclamou. — Já vou começar a chorar e ainda faltam quatro horas.

— Eu sei, eu também. — Denny sorriu.

— Tom está bem? — ela perguntou. — Encontrou com ele na noite passada?

— Sim, ele saiu com alguns amigos e voltou para casa pouco depois das 11 da noite. Parecia estar bem... normal. Bom, nervoso, mas bem.

Denny passou um braço ao redor dela, e ela deu um sorriso forçado.

— É melhor irmos para casa, nos arrumar e voltar para cá mais tarde. Tenho certeza de que ele vai aparecer, usando um jeans especial para o casamento.

— *Não!*

— Não faço ideia. Ele não comentou nada sobre o que vai usar.

— Não podemos fazer mais nada — ela concordou e, notando as olheiras do filho, comentou: — Você precisa dormir um pouco, Denny.

— Sim... mas não hoje.

— Acha que ele vai aparecer?

— Sim. Por que não? São um casal legal. Torço para que tudo dê certo entre eles. — Tão displicente. Gentil e verdadeiro, mas displicente. O que mais alguém pode dizer em um casamento nos dias de hoje? Você espera que funcione, pelo menos por um tempo, que um faça o outro feliz, pelo menos por um tempo, e que, se divorciarem — o que se pode esperar de qualquer casamento nos dias de hoje —, seja amigável e que os dois guardem boas recordações do passado.

— Mamãe, por que não convidou o veterinário? — Denny perguntou enquanto desciam a colina.

— Ah... É um dia muito importante... E nós... Acho que estamos mantendo as coisas devagar — foi a melhor explicação que conseguiu arrumar. — Na verdade, tenho coisas demais acontecendo na minha vida.

— Entendi — Denny respondeu, mas ficou triste por sua mãe.

— Então, estou sentada ao lado de quem? — Eva perguntou. — Joseph, por acaso? Anna já mexeu na arrumação dos convidados?

— Não, não. Você está ao lado do tio *solteiro*, maduro e muito atraente de Deepa. Não faço a mínima ideia do porquê disso. — Denny sorriu.

— Nem eu, com certeza.

De volta a casa, entre dar banho nas crianças, passar as roupas, engraxar os sapatos e arrumar o cabelo, continuou tentando falar com Tom ao celular. Nenhuma resposta. Só a caixa postal. Não era fácil decidir o que

A Terra Tremeu?   271

dizer: mensagens ríspidas? Mensagens amáveis? Fez as duas coisas e deciu ligar para Deepa.

Mas quem atendeu foi a mãe dela, e Eva foi informada de que Deepa dormia profundamente.

— Ela está bem? Não está preocupada? — Eva perguntou.

— Preocupada? Não? Está muito feliz, muito relaxada. Com o que deveria se preocupar?

Hummm. Ou isso queria dizer que tudo estava bem no tocante a Tom ou que Deepa não compartilhara a informação de que seu noivo estava desaparecido.

— Odeio o meu penteado! — Anna voltou do banheiro, onde havia ido inspecionar seu coque de dama de honra, enfeitado com fitas, perigosamente à beira das lágrimas.

— O que você quer? Posso tentar fazer o que você quer.

— Só um rabo de cavalo. Nada enfeitado.

— Tem certeza de que Deepa vai gostar? Ela me pediu para arrumar seu cabelo desse modo.

— Não estou nem aí. — Face emburrada com um grande bico. — Já é ruim o suficiente ter que usar este sari idiota.

— Você está linda neste sari — Eva mentiu. Rosa-choque e dourado não eram as melhores cores para Anna. Ela parecia ter sido atacada por um vampiro.

Uma hora da tarde. Hora de entrar no carro, ligar o ventilador no máximo para combater o calor e voltar para o local do casamento, rezando para que Tom aparecesse.

Quando chegaram, só havia outro carro no estacionamento — o carro de Dennis. Enquanto subiam a colina, viram Denny, lindo em um terno, descendo na direção deles, acenando.

— Ele está aqui! — Ela ouviu. — Esperem só para vê-lo!

Correram na direção do lado oposto da tenda, seguindo as instruções de Denny.

— Oh, Tom! — foi a primeira reação dela.

— Aaaaaargh! — Anna deu um grito.

Seu filho estava parado, de pé, na sua frente, usando um smoking dos anos 50, branco, com uma camisa azul com babados e o primeiro corte de cabelo desde que tinha 13 anos. Ele estava lindo. Era outra pessoa. Ele sabia disso e sorria para eles.

— Lamento, mamãe — disse, com um sorriso largo e um abraço. — Não queria assustar todo mundo. É que vi meu reflexo no espelho esta manhã, com a roupa que ia usar e pensei "nada feito". Isto é muito importante. Vou me casar. Vou ser pai. Preciso mudar.

— Este tempo todo, enquanto estava entrando em pânico por sua causa, você estava fazendo compras e cortando o cabelo!

— Bom, também estive pensando. Andando e andando... pensando.

— Então, o que foi que passou pela sua cabeça? — Ela estava tentando ser severa, mas era impossível com Tom. Ele era jovem, meio bobo, mas com um coração tão gentil.

— Acho que vai ser legal.

— Legal? Legal?! Bom, já que vai ser legal... está tudo bem então. — Os braços de Eva estavam cruzados, mas não via motivo para ficar zangada com ele.

— Reescrevi meus votos de casamento. Todo mundo vai chorar, garanto.

— Eu não — Anna respondeu. — Bobagens sentimentais.

— Anna! Você acredita em tudo isso! Não se dê ao trabalho de fingir que não. Deixa para lá. Mamãe não está fantástica? — Tom disse.

— Estou muito zangada com você — Eva respondeu. — Não tente se safar.

— Você está linda — ele disse sorrindo. — *Adooooro* como arrumou o cabelo!

Anna e Robbie começaram a dar risadinhas e não adiantava mais, ela iria deixar Tom se safar desta.

Afinal de contas, era o dia do casamento dele.

— Vamos lá... Hora de abrir a primeira garrafa do dia. — Denny foi até o refrigerador.

* * *

A Terra Tremeu? 273

Eva não conseguia se lembrar sobre o que conversaram e brincaram enquanto faziam um piquenique no gramado — comendo sanduíches, frutas e bolo que trouxera e bebendo duas garrafas de champanhe gelado.

Exceto por Tom reclamando:

— Sanduíches de ovo! Mamãe! Não posso comer isso... O noivo não pode ter bafo de ovo.

— Tudo bem. Vim preparada — Anna respondeu, procurando algo na grande mochila preta. — Trouxe pastilhas de hortelã só para você.

Eva observou seus quatro filhos rindo e brincando uns com os outros, com o coração quase explodindo de orgulho e tentando afastar o pensamento de que aquilo era um encerramento. No próximo piquenique familiar, Deepa e o bebê estariam com eles. Isso era bom, não podia ser triste, certo? Então, por que estava tão chateada com a ideia?

Joseph foi o primeiro convidado a chegar, logo depois das 15 horas. Estacionou seu carrinho boboca, que ela achava que não combinava nada com ele. Ele era alto demais. Saltou para fora do carro como um personagem de um livro de dobraduras de papel, usando um terno de linho branco e aparentemente... sozinho. Estava sorrindo para eles, acenando e carregando um presente enorme, que segurou contra o peito quando viu Anna disparando em sua direção.

Eva olhou para Robbie, que não havia corrido na direção dele, mas estava de pé no tapete, pulando para cima e para baixo tremendamente excitado.

— É meu papai, Jofus, é meu papai, Jofus — repetia sem parar, fazendo todos caírem na gargalhada.

Joseph beijou todo mundo, até mesmo Denny e Tom, e agarrou Robbie para um abraço.

— E aí, Tom, como se sente? — Joseph perguntou.

— Estou legal.

— Claro que sim. Muito bem. Adorei a camisa... Como vai a futura esposa?

— Vai bem... faltam só três semanas e meia para o parto, estamos quase lá. Mas ela vai bem.

Ele entregou o presente e, antes que Tom o levasse para a tenda, acrescentou:

— Tenho outro presentinho e quero falar sobre ele com vocês, quando tivermos um momento... antes da cerimônia, OK?

— OK, mas não precisava, você sabe.

— Sim, precisava!

Joseph sentou-se na toalha, com Anna enroscada embaixo de um braço e Robbie brincando com os laços dos sapatos.

— Então, Eva, o primeiro a sair do ninho. Como está lidando com isso? — Ele estava sorrindo para ela. E ela estava se esforçando ao máximo para ignorar como ele estava lindo.

— Estou bem, muito bem. Não me faça chorar novamente. Não devia ter me maquiado.

— Onde está Michelle? — Denny perguntou. — Ela está bem?

— Hããã... mil desculpas, mas ela não pôde vir. Deu um mau jeito nas costas.

— Ah, coitadinha. O que ela fez? — Eva esperava que o comentário soasse sincero, mas, na verdade, não podia estar mais aliviada com a ausência de Michelle.

— Ah... um acidente na academia ou coisa assim. — Joseph desviou-se da pergunta e alisou os cabelos de Anna. — Você está linda — ele disse.

— Você gosta? — Ela sorriu. — Sou uma versão em miniatura de Deepa.

E todos riram.

— Então... estou ansioso para conhecer Dennis. — Joseph virou-se sorrindo para Eva.

— Ahá! — Ela respondeu. — Bom, você vai me dizer o que acha dele.

Joseph acenou com a cabeça e ergueu as sobrancelhas.

Um comboio de carros dirigia-se para o campo. Era hora de dobrar a toalha de piquenique, arrumar as roupas e iniciar a cerimônia.

Eva quis dar um último abraço em Tom e deslizou para o lado dele.

— Bom, é isso então... — Ela acariciou o cabelo recém-cortado na nuca do filho. Ele olhou dentro dos olhos dela, cheios de água.

A Terra Tremeu?

— Está pronto? — ela perguntou.

— Sim. — Colocou a mão no ombro dela e a puxou em um abraço. — *Você* está pronta? — ele devolveu a pergunta.

— Acho que sim — ela conseguiu dizer, com o rosto apertado contra o paletó. — Estou tão orgulhosa de você — ela disse. — Desculpe — fungou —, não tinha noção de como isso seria difícil.

— Você vai ficar bem — ele disse.

— Sim. Amamos você — ela respondeu.

— Também te amo — ele disse e deu um tapinha masculino nas costas dela.

Depois disso, era hora de irem receber os convidados, apresentar pessoas e acompanhá-las a seus lugares. Jen e o marido, Ryan, estavam subindo a ladeira com Terry e John atrás.

— Meu Deus, os meninos estão lindos — Eva disse enquanto Jen a abraçava. — Adorei seu chapéu.

— Como está lidando com isso, sua velhota? — Jen perguntou. — Parece que você chorou a tarde toda.

— Mesmo? Ah, não.

— Não, não, estou brincando. — O que estava fazendo, aumentando o pânico da mãe do noivo? — Você está linda — Jen corrigiu —, e tudo está maravilhoso. — Foi então que viu o noivo. — Olhe o Tom! Meu Deus! Não posso acreditar!

— *Eva!* — Agora era Janie. Uma Janie esplendorosa, bronzeada, de volta de suas férias sozinha pela América do Sul. David a seu lado, parecendo relaxado e feliz... E as crianças... estavam horríveis! Mas Eva achou que mesmo isso parecia bom. Christine vestia um uniforme gótico, toda de preto e usando delineador, o que toda menina de 14 anos deve poder usar, e Rick entrando na fase que Tom acabara de deixar para trás... Cabelos compridos, jeans caindo e uma camiseta em que se lia "Hardcore".

O mais importante é que Janie deixara que eles comparecessem ao casamento daquele jeito. Todos pareciam felizes. Isso era muito bom.

Ela deu um grande abraço na irmã.

— Como está indo? — Janie perguntou.

— Ah, um horror. Você precisa sentar do meu lado para me beliscar quando eu começar a fungar.

— Papai está a caminho, subindo a colina — Janie disse com um tom de voz engraçado, do tipo "espere só para ver".

— Ah, Deus, ele precisa de ajuda?

— Não, não, não... Olhe, lá vem ele, com sua *namorada, Martha!* — Janie sussurrou dramaticamente.

Eva virou-se para ver seu pai, a poucos metros delas, parecendo um antigo astro do cinema britânico, usando um terno com colete e uma camisa branca impecável. De braços dados a uma loira voluptuosa e arrebatadora, que não devia ter mais de 60 anos.

— Aparentemente, os dois se conheceram no hospital — Janie explicou.

— Não! — Eva estava boquiaberta.

— Evelyn! — O pai localizara as duas. — Aqui está alguém doida para conhecer você. Martha. Ela quer fazer ioga, você entende disso.

Eva beijou o pai e queria fazer uma lista de perguntas, mas...

— *Aquele é Dennis?!* — Janie sussurrou freneticamente.

Eva virou-se para ela e acenou com a cabeça.

— Olá, Dennis, Susan... venham conhecer e dizer olá para Janie e sua família.

Tudo muito contido e civilizado, vários apertos de mão educados e muitos "Prazer em vê-lo" proferidos. Eva e Janie trocaram vários olhares disfarçados e movimentaram muito as sobrancelhas. Seu pai fez um esforço razoável para ocultar seu desprezo por Dennis.

Eva achou engraçado como Dennis e sua família tinham um visual britânico. Terno esporte para ele, um vestido de tafetá verde-limão com chapéu combinando para ela. Ela imaginara que quase vinte anos no exterior teriam removido um pouco do lado inglês deles.

As filhas adolescentes usavam decotes e exibiam as pernas em minivestidos em cores fortes e jaquetas combinando. Estavam lindas, e, quando Eva foi cumprimentá-las, sentiu o cheiro de cabelos limpos, perfume de melão e a beleza de ter 14 e 16 anos.

A Terra Tremeu?

* * *

Finalmente, todos estavam em seus lugares, e foi a vez de Deepa caminhar vagarosa e calmamente até o alto da colina, de braço dado com seu pai e Anna atrás deles.

Eva respirou fundo várias vezes, colocou um sorriso no rosto e tentou não chorar assim que viu os dois.

Estava sentada na primeira fileira, com Denny a seu lado, Robbie se remexendo do outro, Janie e família ao lado deles.

Joseph estava na fileira atrás dela, e Eva imaginou que Dennis e sua família não deveriam estar muito longe.

Tentou manter os olhos em seu filho pequeno com o trenzinho de madeira enquanto Deepa e Tom diziam seus votos matrimoniais e começaram a recitar suas promessas um para o outro. Esperava que Robbie seria distração suficiente para que conseguisse atravessar a cerimônia. Mas, de tempos em tempos, quando erguia os olhos e via Deepa, com os olhos fixos em Tom, delirante de felicidade, ela voltava a engasgar com as lágrimas.

Tom segurava a mão dela, sem tirar os olhos dos seus, enquanto dizia:

— Vou amar, idolatrar e honrar você, Deepa, da melhor maneira que puder, sei que não será sempre fácil assim.

Os convidados deram uma leve risada ao ouvir isso, e ele continuou, extremamente sincero:

— Quando as coisas não estiverem indo muito bem, prometo lembrar do dia de hoje e de como nos sentimos. — E quase sussurrando, acrescentou: — Porque hoje é um dia perfeito, e há amor suficiente aqui para durar a vida toda.

Eva não conseguiu mais se controlar e começou a soluçar o mais discretamente possível. Robbie e o trenzinho desapareceram atrás das lágrimas. *Amor suficiente para durar a vida toda...* Ó meu Deus. Ela estava engasgando com o esforço para manter os soluços sob controle. Sentiu uma mão em seu ombro trêmulo e segurou-a com força. Já havia tido amor suficiente para durar a vida toda? E o mandara embora? Os pensamentos estavam invadindo sua mente e acabaram acalmando-se ao concluir que nunca seria melhor. Viu que a mão era a de Joseph e não a de Denny e chorou ainda mais. Ela iria lamentar ter terminado com ele pela vida toda?

Deepa, fazendo várias pausas e enxugando os olhos, conseguiu dizer seus votos matrimoniais, e agora os dois estavam beijando-se por cima da radiante barriga rosa, ao som de palmas e vivas. Eva olhou para os dois: Deepa com sandálias cintilantes e um louco sari rosa — o vestido branco de cetim foi devolvido para a loja —, Tom com cabelos curtos e usando um terno. Os dois, mal entrados na casa dos 20 anos, entendiam o significado de um compromisso muito melhor do que ela. Não mudaram o modo de ser por causa do outro, mas trabalharam juntos para crescer e definir um ponto de equilíbrio no relacionamento. Caso contrário, a única solução seria o afastamento.

Com a bolsa lotada de lenços de papel, ela começou a enxugar o rosto e conseguiu levantar-se, aplaudir e sorrir.

— Eles vão ser uma dupla excelente, não? — Joseph disse atrás dela.

Ela virou e sorriu para ele.

— Sim, vão.

— Você está bem? — ele perguntou.

— Estou bem. Muito bem. Juro. — Sorriu, deixou de olhar nos olhos dele e olhou para o lado.

Logo depois, foi envolvida pelo furacão do casamento... Fotos, arremesso de confete e o barulho de um grupo nada convencional de cem convidados cumprimentando, conversando e dando os parabéns. No meio de toda a confusão, Eva conseguiu finalmente se aproximar de Deepa e Tom.

— Você chorou, não foi? — Tom perguntou enquanto a abraçava. — Você abriu o berreiro.

— Sim, querido, chorei. Foi lindo.

— Olhe só para o meu anel! — Disse Deepa, com o braço ao redor do marido. — Olhe só para ele! Foi isto que Tom tirou do bolso para

A Terra Tremeu?

colocar no meu dedo. Quase tive um enfarte! Não entra nos meus dedos inchados, mas é lindo!

Eva olhou para a mão esticada: três diamantes de bom tamanho em uma aliança fina no dedo mindinho.

— É lindo — ela concordou... e muito acima do orçamento de Tom.

— Por favor, não me diga que gastou todo o depósito do apartamento! — Deepa exclamou justamente o que Eva estava pensando.

— Hã... não. Preciso explicar uma coisinha sobre o anel... mas você não vai ficar zangada. Prometa — ele disse a ela enquanto uma nova onda de parentes se aproximava.

Na tenda, Eva pegou Robbie no colo e olhou para a multidão para ver com quem deveria falar.

— Ora, Robbie, quase esqueci, tenho algo para você. — Joseph estava novamente perto deles. Ela não o queria ver neste momento, ainda estava muito abalada com a cerimônia de casamento.

Ele tirou um trenzinho do bolso do paletó e o deu para Robbie.

— Obrigado, papai Jofus.

— Ah, meu Deus — Joseph gemeu. — Esse nome faz com que eu me sinta um velhote de 100 anos e não consigo fazer com que ele pare com isso.

— Pobre papai Jofus. — Eva conseguiu sorrir.

— Que casal adorável! — Uma das tias idosas de Deepa moveu-se na direção deles. — Olhe só, suas roupas combinam, e este é o menininho de vocês? — Ó meu Deus, ela estava falando com *eles*.

— Sim! — responderam juntos. As roupas deles combinavam? Olhou para o terno creme dele e teve de concordar. Ele já havia notado o vestido dela, mas deu uma nova olhada.

— Ah, ele deve trazer muita felicidade aos dois. Quantos anos tem?

— Três — Eva respondeu.

— É o seu primeiro?

— Ah! — Eva sorriu, sem saber o que responder. Toda a saga explicando que era a mãe do noivo, mas que se separara do pai dele há muito tempo e que tinha dois filhos com Joseph, mas que se separaram antes de Robbie nascer... Tudo parecia muito longo e muito complicado.

— Não, também temos uma menina — Joseph disse.

— Ah, que adorável! Um casal. Que sorte! Pretendem ter mais? — A pergunta foi feita com a cara de pau que só as tias idosas podem ter.

— Ah, bom... vamos ver. — Joseph novamente salvando a pátria.

— Acho que Deepa quer um menino — Eva disse, esperando desviar a atenção da tia sobre a vida deles.

— Ah, sim. E olhe só para a forma da barriga dela. É um menino, com certeza. — A tia sorriu para os dois e partiu em busca de novas vítimas.

— Nils veio? — Joseph perguntou.

— Não... infelizmente não pôde vir. — Eva mentiu. Mas era mais fácil do que admitir a verdade. De qualquer modo, não tinha certeza se queria que Joseph soubesse que seu relacionamento mais importante desde a separação deles havia acabado tão depressa.

— Precisamos conversar... mas não hoje — ele disse, olhando o mar de convidados que ela precisava cumprimentar e receber. — Mas vou voltar a viver em Londres.

— Jura?

— Sim... por causa dos projetos ambientais. — Ele sorriu. — Conto tudo a respeito... mas gostaria que pensasse na possibilidade de deixar as crianças comigo duas ou três noites por semana. Dividir as responsabilidades.

— Está bem. — Ó meu Deus, que grande mudança! Duas ou três noites por semana! Ficou pensando se conseguiria concordar e, ao mesmo tempo, ficou feliz que ele quisesse isso.

— Eva, aí está você! — Um braço contornou sua cintura, e ela voltou-se para ver Janie. — Ah, Joseph, olá... faz muito tempo. — Janie parecia verdadeiramente feliz em vê-lo. — Como vai você?

Foi a imaginação de Eva, ou ele pareceu constrangido com a pergunta de Janie.

— Então você vai se casar?

Quando Joseph pegou Robbie e saiu em busca de um suco, Janie não se controlou e disse:

A Terra Tremeu? 281

— Ele é absolutamente adorável. Muito mais bonito do que me lembrava.

— Eu sei — Eva disse. — Fica mais bonito com a idade. Não é justo.

— E ele é tão bom com as crianças.

— Janie! — Eva censurou. Se Janie estava aquecendo os motores para começar um sermão do tipo "como é que deixou este homem escapar?", escolheu o dia 'errado. — Agora me conte tudo sobre suas férias maravilhosas.

O jantar passou voando, os discursos... Um milhão de pessoas com quem conversar. Toda a família de Deepa, sem falar no charmoso tio Rani, cuidadosamente colocado ao lado de Eve durante o jantar. O casal de noivos não resistiu à tentação otimista de bancar o cupido. Rani, um psicólogo, conseguiu arrancar a história da vida dela — bom, foi o que pareceu — entre as distrações causadas por Robbie.

Depois do jantar, veio o baile, e Jen estava ao lado dela, com um copo de refrigerante na mão — nada-de-bebida-alcoólica-eu-estou-dirigindo-desta-vez —, ainda de chapéu, seios saltando para fora de uma roupa justa preta e prateada.

— Seus filhos estão lindos — Jen disse. — E você também, sua magricela.

— Olhe só para você! Está maravilhosa. Eu te amo. — Eva sorriu, estava completamente emotiva nesta altura da noite.

A música começou quando o sol se pôs, e John, o filho mais novo de Jen, dançava na pista com Anna. Robbie copiava tudo o que faziam, mantendo uma distância segura dos dois.

— Você é a mãe choraminguenta do noivo? — Jen colocou o braço ao redor dela.

— Claro. Não me encoraje.

— Eles são um casal completamente adorável. Tenho certeza de que vai correr tudo bem.

— Espero que sim.

— É tudo o que podemos fazer, querida. Manter a esperança. — Jen deu um gole da bebida. — Terry vai ficar bem, acho.

Terry, agora com 21 anos, fora um adolescente terrível, mas parecia finalmente estar tomando juízo.

Jen indicou discretamente o filho mais velho recém-transformado em sábio.

— Decidiu que quer ser bombeiro — Jen contou.

— Um bombeiro! Fantástico... Vai ficar mais rico do que um astro do rock. — Eva gargalhou.

Lizze, do escritório, juntou-se às duas:

— A propósito, seu ex-marido — ela disse para Eva. — Um perfeito imbecil. Seu ex-companheiro, algo completamente diferente.

— Sim — Jen concordou.

Eva não estava ouvindo com atenção, mas pensou ter ouvido alguma coisa sobre um teto e um piso de bambu nos alto-falantes. Prestou mais atenção e... sim, lá estava a música que não ouvia há anos. Uma canção boba, boba que deixara Joseph obcecado um verão inteiro. Nunca a ouvira em outro lugar, "A Casa de Bambu", e imaginara que era uma gravação obscura, independente. Lá estava ele, sorrindo, tirando o copo da mão dela e puxando-a para a pista de dança.

— Em nome dos velhos tempos. — *Em nome dos velhos tempos?* O que isso significava?

— Você trouxe o disco? — Ela perguntou.

— Não. Não tenho nada a ver com isso. — Era verdade. Tinha ficado tão surpreso quanto ela.

Era o verso que rimava "revista no" com "cappuccino". Ela esquecera como a música era boba, não pensara nela em anos, mas descobrira que sabia a letra completa, incluindo os estribilhos "dum dum di dum".

Anna e Robbie estavam dançando, e Deepa e Tom. Até mesmo Denny e uma moça desconhecida foram para a pista.

Ela, Joseph e os filhos não conseguiram evitar e começaram a cantar juntos e a fazer todos os movimentos idiotas que inventaram naquele verão. Os outros dançarinos pararam por um momento, percebendo que era um momento familiar, mas foram convidados a se juntar a eles.

No fim, o DJ tocou a música três vezes seguidas. Mais tarde, devolveu o disco para Anna, que o guardou na mochila sem mencionar nada a ninguém.

A Terra Tremeu?

Durante a música, Eva manteve os olhos em Anna e Robbie e riu com eles — fazendo o possível para não pensar na mão segurando a sua, em seu ombro e envolvendo sua cintura. Joseph puxou-a contra si e depois a afastou, em uma espécie de coreografia ritmada... *do do dee do*. Sempre que ela se atrevia a olhar nos olhos dele, esses estavam colados nela.

Ela não sabia que, durante o jantar, Joseph procurara por ela e a vira conversando e rindo com o tio de Deepa enquanto alimentava Robbie. Joseph observou as mãos dela, pequenas, mas fortes, com as unhas curtas de jardineira, uma segurando a coxa do filho em seu colo e a outra movimentando a colher com habilidade. Observou as mãos dela atentamente e, por um bom tempo, sentiu-se calmo, ao perceber com total clareza que Eva, Anna e Robbie eram as paixões de sua vida. Qualquer outra coisa era bobagem. O que ele precisava fazer para que ela entendesse isso?

— Todos aquecidos? — A voz do DJ ressoou nas caixas de som. — Então é hora da salsa.

Eva e Joseph reduziram o ritmo e pararam. Ela pensou que deveria parar de dançar com ele porque se sentia ridiculamente corada.

— Vamos? — Ele perguntou. Não a tinha soltado.

— Somente danço salsa com Jen. — A resposta saiu sem fôlego, e ela estava ficando vermelha.

— Por quê?

— Eu sempre conduzo.

A música estava aumentando de intensidade, quente e irresistível. Restava apenas uma faixa dourada e rosa no aveludado céu azul, deixando a pista de dança mais escura, secreta, iluminada somente pela fileira de tochas.

Ele a puxou para mais perto e voltaram para a pista.

— Então, conduza — foi o que ele disse, mas as palavras foram ditas muito perto de seu ouvido, seu corpo estava perto demais do dela, o pescoço dele quase tocando seu rosto... O que ele estava tentando fazer com ela?

— Sinto muito, Joe. — Ela se afastou dele. — Preciso beber algo... para refrescar.

Virou-se e afastou-se o mais depressa possível, esperando que ele não a seguisse.

Observou os dançarinos na segurança oferecida pelo bar. Deepa estava mesmo animadíssima, literalmente balançando o esqueleto. Eva pensou por um momento se não deveria ir até lá e pedir que ela diminuísse o ritmo. Mas logo depois deduziu que estava sendo muito maternal. Deepa era uma estudante de medicina que conhecia seu corpo. Era o casamento dela, que dançasse se estivesse a fim disso. Tom ria com ela, girando-a.

De repente, o pai de Eva estava ao seu lado, insistindo para que ela se sentasse e tomasse um drinque com ele.

— Quem sabe algo mais forte desta vez? — Comentou, olhando desconfiado para o suco de laranja dela.

— Então... Martha parece ser legal — ela o provocou.

Ele falou sobre a *nova amiga* e o casamento... Tom... os outros filhos dela, mas as únicas palavras que ela ouviu de verdade, que ficaram registradas, foram ditas em um momento sério em que, com a mão pousada em seu braço, ele disse:

— Nunca é tarde demais, Eva. Quando você tiver chegado à minha idade não vai lamentar o que fez, mas o que não fez.

— Sobre o que você está falando, papai?! — Ela disfarçou com um sorriso.

— Seu parceiro de dança.

— Hum... sei. — Deu um grande gole na taça de champanhe que ele pusera em sua mão.

— Robbie precisa fazer cocô. — Seus filhos mais novos apareceram na frente dela. Robbie, pálido de cansaço, pois já havia passado, e muito, da hora de dormir. Os dois com os cabelos úmidos de suor de tanto dançar.

— O dever chama — disse ao pai e carregou o menino até o banheiro portátil instalado nos fundos da tenda.

— Eva — Jen apareceu no caminho —, tenho algo que preciso contar...

— Pode esperar um minuto? Estamos a caminho do banheiro.

A Terra Tremeu? 285

— As meias de Joseph... são um sinal — Jen disse e foi embora. O quê? Eva desconsiderou a frase, que atribuiu a muito champanhe.

Enfiada no cubículo apertado, com Robbie dormindo com a cabeça no colo dela, ouviu horrorizada o que acontecia no cubículo ao lado dela.

Sarah e Louisa, as filhas de Dennis, estavam cheirando cocaína, fazendo piadas e dando risinhos histéricos sobre como haviam descolado a droga com o DJ.

— Mas você sabe o que ele vai querer como pagamento mais tarde. — Mais gargalhadas de histeria drogada.

Eva não podia suportar aquilo. Aquelas duas meninas lindas — uma delas podia ter sido dela, ela não conseguia afastar o pensamento ilógico — com a vida inteira pela frente.

Mas não as podia enfrentar, não se sentia à vontade para isso.

Quando finalmente saíram do banheiro, pegou Robbie nos braços e foi marchando encontrar Dennis. Ele estava sozinho em uma das mesas menores, olhando o ambiente, com um grande copo de gim-tônica na frente.

— Olá, Dennis. — Ela conseguiu dar um sorriso e puxou uma cadeira para sentar-se ao lado dele, com Robbie dormindo em seu colo, um peso morto em seu braço.

Depois de uma conversa branda sobre o casamento, ela tomou coragem para contar sobre as filhas dele.

— Entendo — foi a resposta dele. Pegou o copo, bebeu tudo e arrumou as abotoaduras. Ela lembrava-se desse gesto, e parecia muito estranho não conhecer mais uma pessoa e lembrar-se dos tiques nervosos dela.

— Elas estão "no toalete" — ela finalmente disse. — Muito Evelyn de sua parte, não? A esperta e descolada Eva não deveria dizer "banheiro", ou "privada", ou algo mais moderno?

— Esta não é uma resposta adulta, é?

— Bom, o que você espera que eu faça, *Eva*? — Pronunciou o nome com desdém.

— Não pode impedir? Pelo menos conversar com elas? — ela perguntou. — São suas filhas.

— Se 15 mil libras em uma clínica de reabilitação não resolveu, que diabos posso fazer? — Ele acenou para o barman e apontou para o copo.

– Sou apenas o pai delas. O cara com bolsos grandes que paga tudo: roupas, escolas, cavalos, férias. Estou ansioso para quando tiver que pagar por carros, abortos e plásticas no nariz. É só isso o que elas querem, meu dinheiro, e depois jogar essa merda toda na minha cara. Ele estava falando alto demais agora.

— Ah, pelo amor de Deus — ela sibilou, esperando que ele abaixasse a voz.

— Bom, o que você quer que eu faça?

— Jesus, Dennis. — Estava furiosa com ele, muito além da proporção da situação. A represa estava prestes a romper...

— Talvez elas queiram que você as ame, que preste atenção nelas... que seja um *pai*, pelo amor de Deus. — Ouviu a si mesma cuspindo as palavras. — Ser pai, Dennis, é um verbo. É sobre as horas gastas: limpando bundas e narizes, ajudando com a lição de casa, ensinando seus filhos a andar, falar, ler, nadar. Assistir a jogos de futebol na chuva e com frio todas as semanas, fazer curativos em joelhos machucados, ler repetidas vezes histórias longas na hora de dormir, ouvir os problemas enormes e tumultuados das amizades. Fazer café da manhã, almoço e janta todos os dias, todas as semanas e convencê-los a comer tudo... E sabe qual é a recompensa por tudo isso? — A voz dela começou a tremer com o esforço. — Sua recompensa são crianças felizes e bem ajustadas que amam você com paixão, mas que também crescem, mudam e começam vidas e famílias próprias.

Ele deu um bom gole na bebida e respondeu:

— Bom, você sempre foi a mãe perfeita. Ninguém pode criticar você nesse ponto. Mas uma porcaria de esposa — ele acrescentou. — As crianças sempre tiveram prioridade. E quer saber a verdade? Não me surpreende que esteja sozinha e com mais filhos. Nunca vai haver lugar na sua vida para outra pessoa. Como pode haver espaço? Você está sempre

A Terra Tremeu? 287

ocupada demais sendo a mãe perfeita. — Ela sentiu como se tivesse sido esbofeteada. Lágrimas surgiram em seus olhos. Como ele se atrevia?

— Cale a boca, Dennis — ela respondeu furiosa. — Você não faz a mínima ideia. Não faz a mínima ideia mesmo. Tive que fazer tudo sozinha. Acha que não queria alguém do meu lado? Mas o que você fez comigo tornou as coisas mais difíceis.

Percebeu que havia alguém atrás de sua cadeira, mas estava zangada demais para parar de falar.

— Os meninos não precisam de você agora, Dennis. Não precisam de seu dinheiro, não precisam ficar impressionados com você ou com seu trabalho... Eles precisavam de você quando eram pequenos. E você os abandonou.

Susan, a mulher de Dennis voltara para a mesa, e Tom e Denny haviam se materializado ao lado dela. Mãos nos ombros dela, esfregando seu pescoço.

— Está tudo bem, mamãe — Tom dizia, agachado ao lado dela, tentando apaziguar as coisas.

— Se você e os meninos querem se conhecer melhor agora, tudo bem — ela disse, de modo mais calmo. — Mas nunca entenderei o que você fez e nunca o perdoarei por isso.

Dennis pegou o copo e tomou tudo, colocando-o cuidadosamente na mesa. Quando voltou a olhar para ela, as lágrimas nos olhos dele fizeram com que ela sentisse uma pontada de dor.

— Sinto muito, Eva. Peço desculpas a todos — disse. — Não parece que possa fazer muito mais.

— Bom... pedir desculpas já é um começo. — Era a voz de Joseph. Ela levou um minuto para perceber que Joseph é quem estava atrás dela, que eram as mãos dele em seus ombros.

— Acho que devemos ir embora — Susan disse a Dennis. — Sabe onde as meninas estão? — Ele deu uma gargalhada amarga como resposta a essa pergunta e levantou-se.

— Boa-noite a todos. Aproveitem o resto da festa — foi tudo o que ele disse. Deu o braço para Susan, e saíram juntos da tenda.

Denny deixou escapar um suspiro e disse:

— Bom, acabou.

Eva estava limpando as lágrimas, e Joseph estava ajoelhado a seu lado.

— Está tudo bem. Você vai ficar bem. — ele disse. — Ele merecia ouvir tudo o que você disse, viu? Cada palavra. — Entreolharam-se, e Eva tinha consciência de que algo importante acontecera, que os laços que a prendiam a Dennis estavam desaparecendo.

Tom sabia que estava interrompendo, mas precisava perguntar algo à mãe.

— Sei que não é o momento perfeito — disse —, mas sabe onde está Jen? — Eva viu a ansiedade em seu rosto. — Deepa quer falar com ela porque está se sentindo um bocado estranha e começando a se preocupar.

— Ah, meu Deus! — Eva passou o menino adormecido para Joseph, deu um pulo e atravessou a tenda correndo.

— Quando Jen e Deepa saíram do banheiro, onde se esconderam para um exame de contrações, Tom e Eva já sabiam, pelas expressões excitadas e um pouco surpresas das duas, que algo estava acontecendo.

— Sim, ela entrou em trabalho de parto — Jen disse, baixa e suavemente para Tom, para que a multidão presente não se juntasse a eles. — Três centímetros. Hora de voltar para Londres.

— Mas falta apenas meia hora para a grande despedida — Deepa reclamou. — Não podemos esperar por isso e sair em disparada em nosso carro como planejado? Só que vamos direto para o hospital.

Jen não tinha muita certeza, mas acabou concordando.

— No máximo, mais vinte minutos. Vou no carro com vocês, caso precisem de uma parteira mais cedo do que pensam.

O casal sorriu ao ouvir isso porque pareceu simplesmente ridículo.

— Olhe para mim, estou muito bem — Deepa disse. — Não sinto nada além de uma pontadinha de vez em quando.

— Sim, mas tudo pode começar bem devagar e constante, e nada acontecer por horas, mas nunca se sabe, a bolsa pode romper, e aí vai ser uma correria danada.

A Terra Tremeu?

A ideia de que a bolsa pudesse estourar no casamento pareceu deixar Deepa em polvorosa.

— OK, todo mundo forme um círculo para a despedida.

Foi o final perfeito. Todos os convidados ao redor do casal, batendo palmas e cantando junto com a música enquanto Deepa e Tom percorriam o círculo, beijando e abraçando todo mundo, tentando não se deixar envolver com a emoção. Mas era impossível, Eva se deixou levar e soluçou horrivelmente alto, um braço envolvendo Janie, o outro, Denny. Deepa avisou a mãe e as irmãs sobre o que estava acontecendo, e a notícia foi se espalhando. A despedida estava alcançando um nível histérico de excitação e preocupação.

"Ah, Deepa, cuide-se", "Amamos você", "Deus os abençoe" eram as frases gritadas na direção deles enquanto entravam no carro alugado — um Fusquinha imaculadamente branco — e diziam ao motorista assustado que os planos haviam mudado.

— Você fica mais um pouco? — Joseph perguntou a Eva enquanto o carro saía, com parentes quase sendo atropelados em suas últimas tentativas de beijar a noiva e desejar felicidades.

— Não! — Eva respondeu. — Ela entrou em trabalho de parto, eles foram para o hospital. Tenho que levar Jen, eles estão esperando por mim na primeira parada na estrada. Você sabe, caso...

— Ah, meu Deus! Vamos, então. Por que você e Jen não vão na frente? Vou atrás com Robbie e Anna. Vocês podem precisar de outro carro... ou de outra pessoa.

— Bom... — Ela viu como ele estava agitado... difícil de recusar — Bom, eu fico com Robbie, a cadeirinha dele está no meu carro, mas por que não leva Anna para casa e espera notícias? — Deu-lhe as chaves da casa.

O motor do pequeno Peugeot zumbiu e chacoalhou na rodovia até Londres. Ela havia perdido o Fusca por quilômetros, mas estava determinada a chegar a tempo no hospital. Na verdade, não parava de checar o acostamento, com medo de que o Fusca estivesse estacionado com seu primeiro neto a caminho. Mas havia Jen e estariam bem.

Ela olhou para o filho, completamente apagado na cadeirinha no banco de trás, e lembrou-se de Jen trazendo-o ao mundo, esperneando e chorando. Ela não deixou Joseph assistir ao parto. Achou que seria muito estranho, levando-se em consideração que estavam separados e que ele estava namorando outra pessoa. Mas ele correu para o hospital, o mesmo para onde Deepa estava sendo levada. Permitiu que ele entrasse no quarto apenas quando ela e o filho estivessem de banho tomado, vestidos e prontos para receber visitas.

Ele segurara o bebê no colo e acariciara o cabelo úmido, comovido demais para conseguir dizer algo.

A mãe perfeita? Uma porcaria de esposa? As palavras de Dennis ressoavam em seus ouvidos. Haviam machucado tanto porque eram, de alguma maneira, verdade, não eram? Não havia espaço em sua vida para um parceiro porque ela não dava esse espaço. Dissera a si mesma que não iria enfrentar a dor de perder outro amor, mesmo que fosse para não ter mais nenhum.

Pisou fundo no acelerador, hurnrrtmrnrnm, as estradas estavam vazias, mas o carro estava sofrendo para ultrapassar os noventa quilômetros por hora. Se a polícia a parasse agora, eles iriam se divertir com a explicação dela.

Quando chegou ao andar da maternidade, correndo pelos longos corredores com piso de linóleo com uma criança adormecida nos braços, foi informada de que Deepa e Tom estavam em uma sala de parto com Jen.

— Tudo está bem — a enfermeira da recepção informou. — O estágio inicial está sendo lento, mas ela está se saindo bem. Não há nada mais a fazer a não ser esperar.

Eva estava na metade de sua primeira xícara de chá quando foi surpreendida ao ver Joseph na recepção — Joseph de mãos dadas com uma Anna muito pálida, ainda usando o sari rosa.

Estava tentando explicar à enfermeira o que fazia ali quando Eva foi ao encontro deles.

A Terra Tremeu?

— Olá. — Estava aliviado ao vê-la. — Anna insistiu. Se recusou a ir para casa enquanto vocês estivessem aqui. E eu... bom, entendo o ponto de vista dela.

— O bebê já chegou? — A visível excitação de Anna iria mantê-la acordada a noite toda, se necessário. Já era 1h30 da manhã.

— Não, mas Deepa está bem. Venham tomar chá comigo, se a Irmã Leanne concordar.

Irmã Leanne disse que preferia que eles fossem para a cantina do hospital e que ela mandaria alguém dar notícias se algo acontecesse.

Uma pilha de copos de isopor formou-se ao redor dos quatro... porque Robbie estava completamente acordado, olhos cintilando, querendo brincar, antes que as novidades finalmente chegassem às quatro da manhã.

Jen apareceu na cantina, corada, cabelos desgrenhados, marcas vermelhas na nuca, onde o avental fora amarrado sobre a roupa de festa.

— Parabéns. — Ela abraçou Eva, com a voz embargada, pois havia feito o parto do neto de sua melhor amiga e era como lhe dar um presente. — Você é avó. Você é avó agora! Eles tiveram um menino lindo, três quilos e oitocentos. Eva, ele é perfeito. É absolutamente perfeito.

Todos ficaram de pé.

— Como ela está? — Eva conseguiu perguntar. — Podemos ir visitá-la?

— Claro! Ela está bem... cansada. Mas esperem para ver os dois, estão nas nuvens!

Capítulo Trinta e Três

Todos puderam entrar no quarto, até mesmo Joseph, que havia sido barrado na porta pela Irmã Leanne, com um "somente família", o que fez Tom retrucar:

— Está tudo bem, ele é meu pai. — Eva imaginou por um breve momento o que a Irmã Leanne podia pensar, mas esqueceu de tudo ao ver a nova família em sua frente... Tom, Deepa e um bebê doce, cor de caramelo, minúsculo e enroladinho.

— Ah... ah... parabéns. — Eva abraçou e beijou o filho, que parecia exausto, mas louco de felicidade, usando a camisa encharcada de suor do casamento, com a frase "Um bom partido", estampada em prateado.

Depois foi em direção da nora, já de banho tomado e deitada em uma cama com lençóis brancos e engomados, e com o bebê dormindo em seus braços.

— Ele é simplesmente lindo — Eva sussurrou e deixou que Anna e Robbie subissem na cama para dar uma olhada. — Você está bem? — ela perguntou a Deepa.

— Sim... mas foi meio dolorido. Isso minimizando as coisas um pouco. — Deepa conseguiu tirar os olhos do filho e olhar para Eva. — Mas ele é maravilhoso — ela sussurrou e, por um instante, quase começaram a chorar novamente.

— Muito bem, querida — Eva disse, beijando o topo da cabeça de Deepa. — Sua família já sabe?

— Sim, Tom ligou para eles.

— Não vou ter problemas em lembrar a data de nosso casamento — Tom acrescentou, incapaz de remover os olhos da esposa e do filho.
— Já escolheram um nome? — Joseph perguntou.
— Vamos usar o nome da mamãe — Tom respondeu.
— Eva? — Anna perguntou, meio surpresa.
— Não... Adão — Tom disse, sorrindo. — Entenderam o trocadilho?
— Ah! Legal! — todos concordaram.
— Obrigada — Eva disse, emocionada demais para acrescentar algo.
— Deepa? O bebê vai beber leite no seu peito? — Robbie quis saber.

Finalmente, era hora de ir embora. Eva carregou Robbie, e Joseph, Anna, quando voltaram para os carros.
— Você precisa dormir um pouco antes de voltar dirigindo para Manchester, não? Quer um chá ou outra coisa? — Eva perguntou quando chegaram ao apartamento, desesperada para que ele não fosse embora. Este fora um dia e tanto. Ela precisava da companhia dele por mais algum tempo.
— Talvez tirar uma soneca no sofá. Se for possível.
— Claro. Acho que não vou conseguir dormir. Nunca mais!
Acomodaram Anna e Robbie nas camas, vestidos com as roupas de festa, cada um dando um beijinho e fazendo um carinho nas crianças.

Na cozinha, ele sentou-se à mesa e observou-a fazendo chá, havia removido a maquiagem derretida da festa e tirado o vestido, agora vestia um roupão com uma estampa pálida de rosas, o cabelo rosa e loiro preso em um coque desestruturado no alto da cabeça e o rosto lavado.
Ela foi até as latinhas de chá e preparou a bebida do modo que ele esperava, despejou a água fervendo e mexeu em seguida. Ele sentiu uma pontada, que sabia ser seu coração e saudades. Ali era seu lar. Era ali que deveria estar, e aquela era a pessoa com quem deveria ficar. A emoção era

tão forte que ele precisava fazer algo a respeito. Dizer algo. Pelo menos tentar. Não haveria um momento melhor.

Ela trouxe o bule e duas xícaras.

— Por que Tom agradeceu a você pelo anel? — ela perguntou antes que ele pudesse dizer algo. — Você emprestou o dinheiro para que ele o comprasse?

— Não... Dei o anel. Achei que Deepa iria gostar dele.

Eva estava olhando para ele com a testa franzida, esperando mais explicações.

— Era o anel de Michelle — ele disse.

— Ah. — Ela estava paralisada, com o bule na mão, suspenso no ar.

— Cancelamos tudo. Terminamos... Não precisa dizer nada para me consolar — ele acrescentou. — Foi tudo culpa minha.

Houve uma grande pausa, repleta de expectativa entre os dois. Eva não se atrevia a respirar. Pousou o bule.

— Acho que você só sabe o quanto ama alguém quando tudo acaba — ele disse, subitamente interessado em uma mancha na toalha, que começou a arranhar. — Não amava Michelle o suficiente para me casar com ela... Mas o que aconteceu entre nós ainda parece ser muito importante e imagino se algum dia vou superar isso... Se é que quero superar.

O olhar dela desceu para o chão e pousou nas botas de camurça caramelo que ele estava usando. Ele balançava o pé levemente, e, com cada solavanco, ela podia ver um pouco das meias. Foi então que Eva entendeu o que Jen queria dizer. Provavelmente, eram meias muito caras — Paul Smith ou outro estilista da moda —, mas eram meias listradas... As cores eram, inacreditavelmente, roxo e turquesa.

Ela olhou para ele e tentou ler seu rosto. Não sabia que ele estava reunindo toda a coragem que possuía para perguntar:

— Eva? — Disse, pigarreando. — Já pensou por acaso... Quero dizer, já pensou se talvez... Pelas crianças... talvez devêssemos...

Os olhos dela estavam colados nos dele, e, por um instante, ele fraquejou. O que ela estava pensando? Ele estaria prestes a cometer um terrível engano? Olhou ao redor buscando um sinal. Enquanto ele fazia

A Terra Tremeu?

isso, a mão dela pegou a caneca fazendo um leve ruído, e ele viu que ela ainda usava, depois de todo esse tempo, o anel que lhe dera. Uma fita de platina com uma esmeralda que não havia sido jogada em sua cara. Deveria significar algo. Não? OK, respire fundo.

— Eva, ainda amo você demais — ele disse, com a voz pouco mais do que um sussurro.

Silêncio mortal.

— Você sabe que eu sou uma avó? — ela finalmente respondeu.

— Não importa. — Ele quase caiu na gargalhada.

Ela olhou para ele por muito, muito tempo. Ele temia o que ela poderia dizer a seguir.

— Acha mesmo que podemos fazer isso? — ela perguntou, com a cabeça inclinada para um lado. — Voltarmos? — *Será que ele sabia o quanto ela gostaria de voltar para ele?*

— Não. Não podemos voltar. — Colocou sua mão sobre a dela. — Mas talvez possamos seguir em frente.

— Não sei se posso acreditar em tudo aquilo novamente.

— Então acredite um pouco. Arrisque.

Quem não arrisca não petisca, mamãe. As palavras de Tom ecoaram em sua mente.

Ela olhou para a mão quente sobre a dela.

— E as crianças? — Ela pensou em voz alta. — Não vou suportar vê-las magoadas novamente.

— Amo as crianças, Eva — foi a resposta dele. — Não as use como desculpa quando elas são outro motivo para tentarmos novamente.

Ela olhou para o rosto dele — tão sério, tão sincero, tão absolutamente adorável. Quem não gostaria de acordar ao lado desse rosto pelo resto da vida?

— Está tudo errado — ela disse.

— É? — Ele parecia muito preocupado.

— Sim, você devia ter começado com beijos. Me amolecer um pouco com beijos e depois partir para o grande discurso.

— Mesmo? — Uma onda de alívio passou pelo rosto dele. — OK... Deixe-me corrigir isso. Beijos agora? Isso seria bom?

— Ahã, beijos agora... muito bom. — Ele inclinou-se na direção dela e beijou a ponta do seu nariz, bem de leve. — Senti tanto a sua falta — ele disse. — Todos os dias.

— E noites — ela acrescentou, inclinando-se para beijá-lo na boca, envolvê-lo em seus braços e abandonar-se... dentro dele, no amor por ele, no futuro com ele.

O gosto dele era como ela se lembrava, o cheiro era como ela se lembrava, o toque era como ela se lembrava, no melhor de seus sonhos. O beijo finalmente acabou, e os dois entreolharam-se, bem de perto, nariz com nariz. Pupilas dilatadas.

— Venha para fora comigo — ela disse e o puxou pela mão, atravessando a porta da cozinha em direção ao jardim.

Ali, embaixo das palmeiras mais altas, apoiados contra uma treliça de flores perfumadas, começaram a se beijar novamente. Novamente... Mais uma vez... Tinha razão. Ela passou os dedos pelo cabelo dele, puxou-o contra seu corpo, impaciente para sentir de novo todas aquelas coisas que antes tinham sido tão maravilhosas entre os dois. Como foi que ela vivera sem isso? Vivera sem ele?

O vestido dela caiu a seus pés; lutou com os botões da camisa dele, com muita pressa, passando a língua e beijando o pescoço suave e salgado, abrindo o zíper e sentindo-o envolvê-la com firmeza em seus braços.

Só quando ele a penetrou, e os dois corpos se apertaram um contra o outro e um no outro, movendo-se com decisão, é que ela se atreveu a abrir os olhos.

— Está tudo bem — segredou ao ouvido dele. — Tudo bem.

Ela quis falar de coisas práticas — mais nenhuma surpresa sobre bebês —, mas o "tudo bem" por ora bastava. A estranheza e a familiaridade, a novidade e os gestos conhecidos de fazer amor com ele novamente. O seu homem. O rosto apertado com força em seu pescoço. Ela, e só ela, conhecia aquele som de respirar e prender a respiração que ele

A Terra Tremeu?

Impresso no Brasil pelo
Sistema Cameron da Divisão Gráfica da
DISTRIBUIDORA RECORD DE SERVIÇOS DE IMPRENSA S.A.
Rua Argentina 171 – Rio de Janeiro, RJ – 20921-380 – Tel.: 2585-2000